FANTASY

Von Margaret Weis und Tracy Hickman
liegen im Goldmann Verlag
bereits folgende Bände vor:

Die Chronik der DRACHENLANZE:

1. Drachenzwielicht (24510)
2. Drachenjäger (24511)
3. Drachenwinter (24512)
4. Drachenzauber (24513)
5. Drachenkrieg (24516)
6. Drachendämmerung (24517)

Die Legenden der DRACHENLANZE:

1. Die Brüder (24527)
2. Die Stadt der Göttin (24528)
3. Der Krieg der Brüder (24530)
4. Die Königin der Finsternis (24531)
5. Der Hammer der Götter (24533)
6. Caramons Rückkehr (24534)

Die Geschichte der DRACHENLANZE:

1. Die Zitadelle des Magus (24538)
2. Der Magische Turm (24539)
3. Die Jagd des Toede (24540)
4. Der Zauber des Palin (24541)

Weitere Bände folgen.

MARGARET WEIS · TRACY HICKMAN

Die Geschichte der Drachenlanze 4

DER ZAUBER DES PALIN

Aus dem Amerikanischen übertragen
von Marita Böhm

DRAGONLANCE™

GOLDMANN VERLAG

Das Buch erschien im Original unter dem Titel
»Dragonlance Tales, Volume Two:
Kender, Gully Dwarves and Gnomes/Book 2«
bei TSR, Inc., Lake Geneva, WI, USA

Deutsche Erstveröffentlichung

Der Goldmann Verlag
ist ein Unternehmen der Verlagsgruppe Bertelsmann

Made in Germany · 8/91 · 1. Auflage

Published in Federal Republic of Germany by
Wilhelm Goldmann Verlag GmbH, München
Deutschsprachige Rechte beim
Wilhelm Goldmann Verlag, München
Umschlaggestaltung: Design Team München
Umschlagillustration: Caldwell
Innenillustration: Steve Fabian
Satz: IBV Satz- und Datentechnik GmbH, Berlin
Druck: Elsnerdruck, Berlin
Verlagsnummer: 24541
Redaktion: Antje Hohenstein/SN
Herstellung: Peter Papenbrok
ISBN 3-442-24541-9

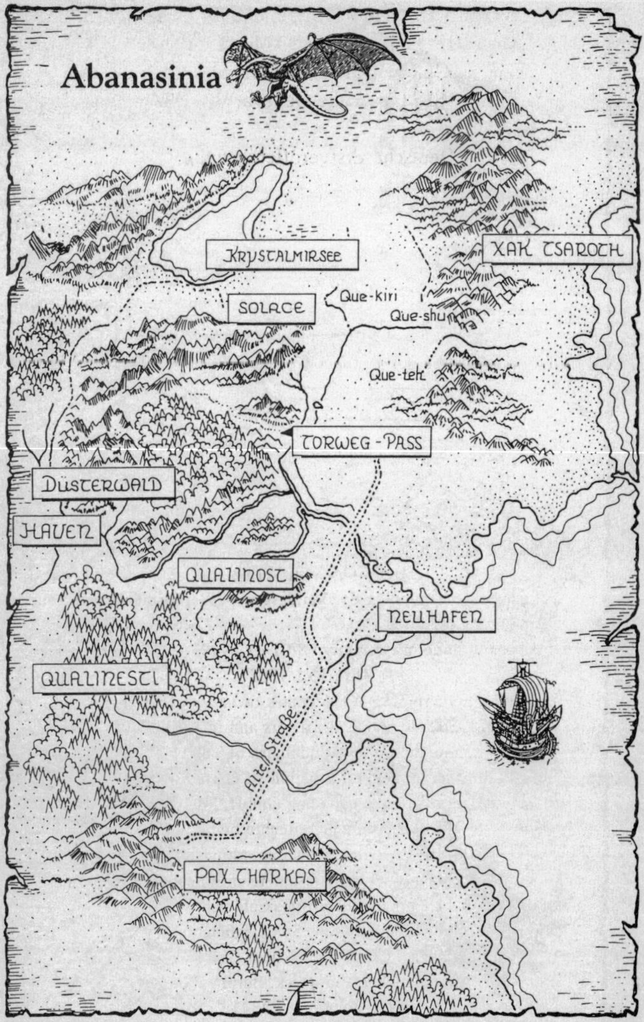
Abanasinia
KRYSTALMIRSEE
XAK TSAROTH
SOLACE
Que-kiri
Que-shu
Que-teh
TORWEG-PASS
DÜSTERWALD
HAVEN
QUALINOST
NEUHAFEN
QUALINESTI
Alte Straße
PAX THARKAS

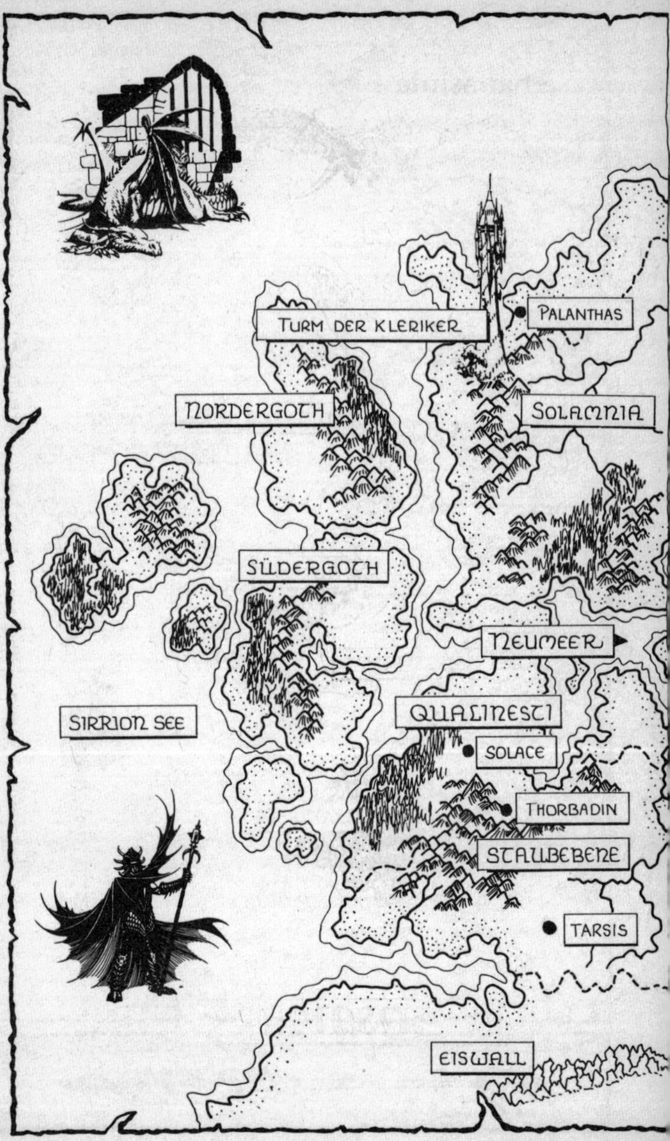

TURM DER KLERIKER
PALANTHAS
NORDERGOTH
SOLAMNIA
SÜDERGOTH
NEUMEER
SIRRION SEE
QUALINESTI
SOLACE
THORBADIN
STAUBEBENE
TARSIS
EISWALL

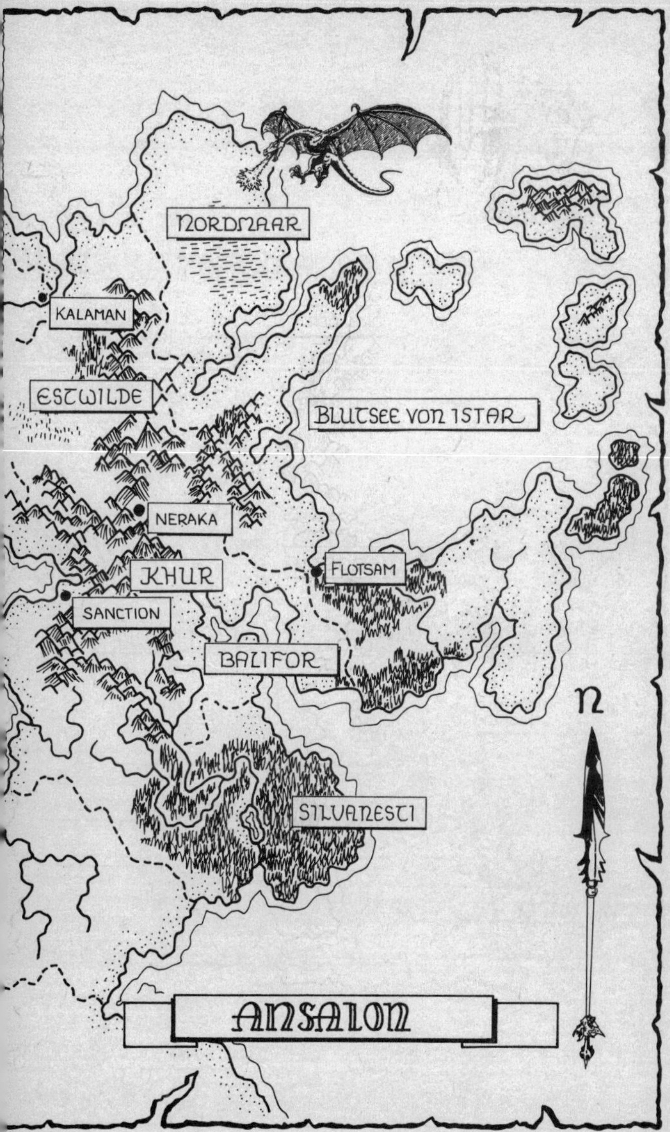
NORDMAAR
KALAMAN
ESTWILDE
BLUTSEE VON ISTAR
NERAKA
FLOTSAM
KHUR
SANCTION
BALIFOR
SILVANESTI
N
ANSALON

Von Eichhorn und Zaunkönig

Nancy Varian Berberick

Der gelbgescheckte Kater betrachtete das eingesperrte Eichhörnchen mit müdem Interesse. Das Eichhörnchen keuchte verzagt. Es war sich nicht sicher, was schlimmer war: das grausige Schicksal, das die weißen Zähne der Katze versprachen, oder die quälende Tatsache seiner Gefangenschaft. Der Käfig, entschied es deprimiert.

Im Käfig taten ihm die Knochen weh, und sein Herz schlug vor Angst schnell und ruckweise. Doch als das Eichhörnchen in den mandelförmigen, grünen Augen der Katze die Leidenschaft brennen sah, dachte es, daß die Gitterstäbe zwischen ihnen eigentlich doch nicht so schlimm seien.

Sag mir, Eichhörnchen, murmelte der Kater, *wann wird er uns wohl füttern?*

Oh, bald, bald, da bin ich mir sicher! antwortete das Eichhörnchen nervös. *Sehr bald. Aber ich kann mir nicht vorstellen, daß du noch hungrig bist. Du hast doch gerade erst zwei Mäuse verspeist...* Das Eichhörnchen zuckte zusammen, bewegte ruckartig den Schwanz und putzte mit den kleinen, weißen Pfoten seine Schnurrhaare. Es wollte nicht an die Mäuse denken und daran, wie sie vergeblich weggehuscht waren. Und insbesondere wollte es nicht an den kalten, vernichtenden Blick des Katers denken, wie er sich mit der rauhen, rosaroten Zunge die

Lippen abgeleckt hatte, und an das erbärmliche Knirschen von kleinen Mauseknochen.

Es waren ziemlich kleine Mäuse gewesen. Das Eichhörnchen fragte sich, ob der Käfig halten würde, wenn der gescheckte Kater auf die Idee kommen sollte, ihn vom Tisch zu stoßen.

Kater, sagte es und versuchte, so freundlich und liebenswürdig zu klingen, wie es ihm in all seiner Angst möglich war, *ich glaube, hier könnte irgendwo noch eine Maus sein. Nur für den Fall, daß du noch hungrig bist.* In einem entlegenen Winkel seines Tierverstandes war es ein wenig beschämt, daß es so bereitwillig ein anderes glückloses Wesen in den Rachen des Katers werfen wollte, um die eigene Haut zu retten. Aber es unterdrückte dieses Schamgefühl. Schließlich war es ein Eichhörnchen. Und was sind Mäuse schon für ein Eichhörnchen, wenn nicht Katzenfutter?

Der gescheckte Kater schnurrte, doch den sanften Ton strafte der harte Glanz in seinen Augen Lügen. Er sprang anmutig auf den Tisch. *Eichhörnchen*, seufzte er. Für das Eichhörnchen hörte es sich an, als würde sich der Kater inbrünstig an eine Mahlzeit erinnern, die er schon lange Zeit nicht mehr genossen hatte.

O Kater, o Kater, warum hältst du kein Nickerchen in der Sonne? Die Sonne scheint so herrlich auf den Kamin. Solch einen warmen Tag haben wir in diesem Winter selten erlebt. Ich meine, du solltest das ausnutzen. Er wird bald zurückkommen, um uns zu füttern.

Um die Wahrheit zu sagen: Auch das Eichhörnchen war hungrig. Es konnte fast eine süße, schwer zu kauende Kastanie schmecken. Oh, hätte es doch jetzt nur einen großen Haufen Kastanien! Oder wenigstens ein paar bittere Eicheln.

Eine weiche Pfote schlug leicht an die Gitterstäbe. Schnatternd und schimpfend machte sich das Eichhörnchen in der ge-

genüberliegenden Ecke seines Käfigs so klein wie möglich. Es war hin- und hergerissen zwischen dem angeborenen Bedürfnis, dem Gefängnis zu entkommen, und der Einsicht, daß nur die Gitterstäbe den Kater in Schach hielten. Enttäuscht bewegte das Eichhörnchen wieder blitzschnell den Schwanz.

Doch der Kater schnurrte nur noch einmal, als hätte er den Entschluß gefaßt, sich diesen wohlschmeckenden Imbiß für später aufzuheben. Er machte sich davon und putzte sich im goldenen Licht der Spätnachmittagssonne. Hin und wieder schaute er zu dem Eichhörnchen auf, gähnte und grinste es an.

Das Grinsen war vernichtend und böse und äußerst zuversichtlich.

Obwohl es tagsüber so warm gewesen war wie im Frühling, war das Wetter plötzlich, wie es so häufig im Spätwinter vorkam, kurz vor Einbruch der Nacht umgeschlagen. Jetzt fiel der Regen in Strömen von einem schmutziggrauen Himmel und klatschte heftig gegen das Dach und die Wände von Flints Haus. Der Geruch der feuchten Vallenholzrinde vermischte sich wohltuend mit dem eines behaglichen Feuers.

Der alte Zwerg gab einem kleinen Gegenstand, an dem er den ganzen Nachmittag geschnitzt hatte, den letzten Schliff. Er hatte nicht einen Blick auf seine Arbeit geworfen, seitdem er sie begonnen hatte. Es gab Zeiten, in denen er seinen Händen einfach die Führung überließ, wenn er angestrengt über etwas nachdachte oder wenn er sich in einer sehr friedlichen Stimmung befand. Das Ergebnis der Arbeit war dann nicht einfach handwerklich gekonnt, sondern ein wahres Kunstwerk.

Die Unterhaltung an diesem Abend war unzusammenhängend gewesen. Ständig war sie abgeschweift, ziellos war sie in verschiedenen Bahnen verlaufen, die jedoch immer wieder zu Tolpans plötzlichem und so dringendem Aufbruch drei Tage zuvor zurückgekehrt waren. Zumindest war er für Tolpan dringend gewesen.

Es ging um einen sprechenden Zaunkönig. Tolpan war davon überzeugt, daß der Vogel gesprochen und ihn um Hilfe gebeten hatte. Seine großen braunen Augen hatten von dieser Gewißheit geleuchtet. Niemandem war es gelungen, ihn davon abzubringen. Und folglich hatte er sich wie ein kleiner Ritter auf den Weg gemacht.

Alle stimmten darin überein, daß es ohnehin das Beste war, damit die Einwohner von Solace Gelegenheit hatten, ihren Zorn abzukühlen und Tolpan eine Zeitlang zu vergessen. Ein Kender, der durch das Winterwetter in einem Dorf wie Solace festgehalten wurde, konnte mehr Schaden anrichten als ein Rudel Füchse in einem Hühnerstall oder eine eindringende Armee. Nur wenige Leute hatten genug Geduld für Tolpans lange und verworrene Erklärungen, daß er sich Gegenstände, die in den Häusern vermißt wurden, lediglich »ausgeborgt« hätte, sie wirklich zurückgeben wollte und einfach nicht verstehen konnte, wie die gestohlenen Sachen in seinen Beuteln landen konnten.

Caramons tiefes, fröhliches Lachen dröhnte durch den Raum und übertönte die leisen Stimmen seiner Freunde.

»Ein sprechender Zaunkönig!« Er versuchte, höher zu sprechen, um den schrillen Tonfall des Kenders nachzuahmen, in dem er hartnäckig behauptet hatte, wirklich mit einem Zaunkönig geredet zu haben. Aber Caramon gelang das nicht annähernd. »Und einer, der um Hilfe bittet. Dann verschwindet er und verabschiedet sich nicht einmal!«

Raistlin murmelte etwas, und Tanis lächelte. Sturm schüttelte nur den Kopf und polierte seine Schwertklinge weiter, obwohl die bereits glänzte.

Flint legte die Hände auf seine kleine Schnitzarbeit und fuhr prüfend mit den Daumen über die Ecken. Neuerdings schien sein Haus ständig mit dieser seltsam zusammengewürfelten Gruppe von jungen Leuten gefüllt zu sein.

Tanis, der ruhige, anscheinend noch sehr junge Halb-Elf, dessen Mandelaugen jetzt vor guter Laune strahlten, schien schon immer dagewesen zu sein, obwohl sich der alte Zwerg auch an eine Zeit erinnern konnte, in der es nicht so war.

Caramon, der fast zwei Meter groß war, hatte es sich zur Lebensaufgabe gemacht, ständig für gähnende Leere in Flints Speisekammer zu sorgen. Raistlin dagegen war dünn und wie von einem beunruhigenden Geheimnis umgeben, so auch jetzt, wie er von dem Schatten der Ecke eingehüllt wurde. Wie stets, saß er gewohnheitsmäßig nahe der Feuerstelle und war so schweigsam, daß man seine Anwesenheit beinahe vergaß. Beinahe...

Und dann Sturm, der größer, aber schlanker war als Raistlins kräftiger Zwillingsbruder Caramon. Er hätte dessen gutmütigen Prahlereien eigentlich gewachsen sein müssen. Aber das war nicht der Fall. Zum Teil zu verbissen! dachte Flint jetzt, während er den jungen Mann beobachtete, der eifrig sein Schwert bearbeitete. Die Waffe mußte so vollkommen sein, wie sein Herr zu sein strebte.

»Tolpan wird schon zurückkommen«, sagte Caramon gähnend. »Wie weit kann er überhaupt einem Vogel folgen?«

Tanis, der während der Unterhaltung meistens geschwiegen hatte, stand auf und reckte sich. »Wahrscheinlich nicht weit. Sobald er den Vogel aus den Augen verliert, wird er auf etwas anderes stoßen, und das wird ihn ablenken.« Lächelnd schüttelte er den Kopf. Die Gedanken des Kenders waren sprunghaft wie Federn im Wind. »Trotzdem bezweifle ich nicht, daß du recht hast, Caramon. Der Regen wird sich noch in der Nacht in Schnee verwandeln. Wir haben den Winter noch nicht ausgestanden, und Tolpan liebt ein schönes Feuer und eine gute Mahlzeit genauso wie jeder andere auch. Vermutlich wird er so schnell zurückkehren, daß Solace nicht die kleinste Gelegenheit hat, ihn überhaupt zu vermissen.«

»Ihn vermissen?« Raistlin verließ seinen Platz am Feuer, warf seinem Bruder einen kurzen Blick zu und schenkte Tanis ein mürrisches Lächeln. »Er könnte ein Jahr fortbleiben und würde hier nicht vermißt werden. Es ist spät. Kommst du mit, Caramon?«

Caramon nickte, wünschte seinen Freunden eine gute Nacht und folgte seinem Bruder aus dem Raum. Kurz danach verschwand auch Sturm, und außer dem klatschenden Regen gegen das Dach war es jetzt ruhig im Haus.

Tanis schürte das Feuer im Kamin und goß sich einen letzten Becher Wein ein. Dann machte er es sich auf dem Boden neben Flints Stuhl bequem und betrachtete die tänzelnden Flammen.

»Sprechende Zaunkönige«, sagte er nach einer Weile, »vermutlich war es eher Langeweile und Unruhe. Nach diesem langen Winter ist vieles verständlich.«

Flint schnaubte. »Lange Winter sind schön und friedlich, wenn man nicht von Kendern geplagt wird.«

»Und alte Zwerge sind todernste, grimmige Geschöpfe, wenn sie keinen Kender um sich haben, der sie ärgert. Heute abend warst du sehr schweigsam, Flint.«

»Ich habe gearbeitet und eurem Geschwätz zugehört.«

Tanis sah auf die kleine Schnitzarbeit in Flints Händen. Mit einem fragenden Lächeln bat er um Erlaubnis, sie anzuschauen. Flint reichte ihm widerwillig die Figur.

Tanis machte mit Flints Arbeiten immer erst mit den Händen Bekanntschaft. »Erfahre erst mit den Händen, was es ist«, hatte der alte Zwerg ihn gelehrt, »bevor du mit den Augen siehst, was es ist.«

Daher fuhr der Halb-Elf auch jetzt mit den Fingern über ein sorgfältig gearbeitetes Detail, die lebensechte Darstellung von Flügeln und Federn. »Schön. Ein Zaunkönig, nicht wahr?«

Mit einem Knurren, von dem er hoffte, daß es gefährlich klänge, riß Flint ihm den Holzvogel weg. »Hast du kein Zuhause? Verschwinde jetzt, und laß mich schlafen.«

Tanis erhob sich taktvoll und legte eine Hand auf die Schulter seines alten Freundes. »Na schön, dann schlaf gut und verbring die Nacht bloß nicht damit, dir um Tolpan Sorgen zu machen. Es geht ihm bestimmt gut.«

»Sorgen? Ich doch nicht! Man muß sich höchstens Sorgen um jede Person machen, die das Pech hat, ihm bei seiner Vogeljagd zu begegnen. Sprechende Zaunkönige, in der Tat. Das ist so wahrscheinlich wie die, man könnte einen Kender mit funktionierendem Gehirn finden. Gute Nacht, Tanis.«

Tanis lächelte. »Gute Nacht, Flint.«

Der strenge, hohle Hungergeruch des Katers durchzog die kleine Hütte. In den Augen des gelbgescheckten Tieres lag Mordlust.

Du kannst nicht annähernd so hungrig sein wie ich, Kater! dachte das Eichhörnchen voller Groll. Eigentlich war das nur mehr eine Hoffnung. Der Kater hatte ein drittes Mal zugeschlagen, gerade als die Fensterbank in das orangene Licht der untergehenden Sonne getaucht worden war. Jetzt war es völlig dunkel, und das Eichhörnchen war froh, daß die Monde wegen der Wolken und des Regens nicht zu sehen waren. Lunitaris Licht hätte es zu stark an Blut erinnert.

Ich bin so hungrig! Und so durstig! Und ich weiß nicht, ob ich kräftig genug bin, wegzulaufen, wenn dieser Kater den Käfig vom Tisch stößt, um an mich ranzukommen. Dann würde ich wirklich wieder auf einem Baum sein können…

Das Eichhörnchen lachte beinahe. Es wünschte, es wäre in Sicherheit, bequem in einem Baum zusammengerollt mit der Nase im buschigen, grauen Schwanz versteckt. Und im Kamin brannte ein hübsches Feuer.

Kamin?

Das Eichhörnchen schüttelte sich und schlug den Schwanz über den Kopf. Wie kam es denn auf diesen komischen Gedanken? Was es wirklich wollte, war ein hübsches, blätterumsäumtes Nest, einen großen Vorrat an Nüssen, an denen man von Zeit zu Zeit knabbern konnte, ein wenig Wasser von den Pfützen am Boden… *und ein paar Eier und Käse, ein kleines, frisches Brot und neuen Honig*… Es fragte sich, ob der Hunger es um den Verstand gebracht hatte, und auch, wann der Mann endlich zurückkommen würde, damit der Kater und es selbst zu fressen bekamen.

Wieder sprang der Kater auf den Tisch, fuhr mit der Pfote über die Stäbe und gab ein unheilvolles Knurren von sich. Der Atem des gescheckten Katers roch nach toten Mäusen.

Kater, wagte es zu sagen, *du siehst aus, als könntest du ein Nickerchen vertragen.*

Den ganzen Tag habe ich schon Nickerchen gehalten, Eichhörnchen.

Du hast den ganzen Tag gefressen.

Es würde mir nichts ausmachen, auch die ganze Nacht zu fressen.

Daraufhin rümpfte das Eichhörnchen die Nase und bleckte die Zähne. *Sei gerecht, Kater! Du hast jede arme Maus gefressen, die dumm genug war, in diese Hütte zu geraten. Seitdem ich in diesen entsetzlichen Käfig eingesperrt wurde, habe ich nichts zu fressen bekommen. Und ich bezweifle, ob du mich sehr appetitlich findest – noch bevor die Nacht zu Ende geht, werde ich nur noch aus Haut und Knochen bestehen.*

Immerhin Knochen, schnurrte der Kater, *von mir aus auch die.*

Er wird bald zurück sein, wirklich.

Vielleicht. Manchmal bleibt er tagelang weg.

Das Eichhörnchen fühlte, wie sein Bauch an den Rippen scheuerte. Tagelang! Tagelang in diesem fürchterlichen Käfig hocken, ohne Futter, ohne Wasser und mit einem hungrigen Kater! Es mußte hier herauskommen!

Kaum hatte es diesen Gedanken gehabt, als der Kater den Kopf hob, die Ohren spitzte und lautlos über den Tisch auf den Boden glitt. Menschengeruch hing in der Luft; draußen vor der Tür waren Schritte zu hören. Mit zuckender Nase stellte sich das Eichhörnchen bebend auf die Hinterbeine. Es roch Freßbares!

Der Mann hatte wirklich Futter mitgebracht. Mit dem Austeilen nahm er sich aber Zeit. An der Tür schleuderte er seine Stiefel weg, schüttelte den Regen von seiner schwarzen Robe und beschwerte sich mit tiefer, polternder Stimme über den Regen, der sich bald in Schnee verwandeln würde, und über einen Zaunkönig, den er nicht finden konnte.

Zaunkönig? Der Zaunkönig... Das Eichhörnchen wollte über den Zaunkönig nachdenken. Es wußte, es *sollte* über den Zaunkönig nachdenken, es wußte, daß der Vogel irgendwie wichtig für ihn war. Aber es gelang ihm lediglich, sich auf den Mann zu konzentrieren, der das Feuer in dem kalten Kamin schürte und hin und wieder eine verängstigte Maus aus einer Geheimtasche seiner Robe fallen ließ.

Zur großen Belustigung des Mannes putzte der Kater die erste Maus unverzüglich weg, nahm sich mit der zweiten Zeit und schlug die dritte nur bewußtlos.

Die bewahrt er sich zweifellos für später auf, dachte das Eichhörnchen mürrisch. Es roch bittere, schön holzige und dünne Eicheln. Es verlor die Geduld, und mit wütendem Geschnatter, mit dem es den Mann für seine fehlende Rücksichtnahme gegenüber seinem ausgehungerten Zustand ausschalt, warf es sich gegen die Holzstangen.

»Ah! Ja, ja, ich wollte gerade zu dir gehen, du kleiner Krachmacher.« Der Mann griff in eine Tasche und holte eine Handvoll glanzloser Eicheln hervor. Seine dunklen Augen glänzten kalt in dem zerfurchten Gesicht, als er eine nach der anderen in den Käfig schob.

Zu dir gehen! Zu dir...! Das Eichhörnchen stürzte sich auf die Eicheln. Es peitschte mit dem Schwanz auf und ab, hielt ein- oder zweimal inne, um den Mann anzufunkeln, und schaffte es schließlich, die Eicheln zu einem Haufen aufzuschichten.

»Hungrig, häh!« sagte der Mann. In seinen schwarzen Augen brannte ein kaltes Licht, das das Eichhörnchen noch wütender machte.

Hungrig! O ja, du Hinterteil eines Maulesels! Ich bin hungrig! Ich bin am Verhungern: Und ich habe hier den ganzen Tag mit diesem mordlustigen Ganoven von einem Kater verbracht! Den ganzen Tag in einem Käfig!

Die Katze knurrte und zuckte mit dem Schwanzende. Der Mann genoß die Reaktion des gescheckten Katers und auch den Zorn des Eichhörnchens, lachte und steckte einen Finger zwischen die Stäbe des Käfigs, um das Eichhörnchen noch mehr zu reizen.

Schadenfroh grub das Eichhörnchen die scharfen kleinen Zähne in das weiche Fleisch des Fingers. Es kümmerte es fast gar nicht, daß sein Gehirn beinahe aus dem Kopf geschlagen wurde, als der Mann mit der Faust den Käfig gegen die Wand stieß.

Caramon war sich sicher, daß die Tornister gepackt, Proviant zusammengetragen und Schwerter und Bogen auf Tauglichkeit überprüft worden wären, wenn Tanis, Raistlin oder Sturm den Hilferuf des Zaunkönigs gehört hätten. Wie die Dinge lagen, war diesmal er es gewesen, den der Zaunkönig für seinen Hilferuf auserkoren hatte, und Flint glaubte auch ihm nichts von seiner Geschichte.

»Aber ich sage dir«, beteuerte Caramon beharrlich, »ich habe ihn wirklich *gehört*!«

Flint seufzte. Den ganzen Morgen hatte er sich diese Geschichte angehört, und davon war er jetzt mehr als nur ein wenig müde. »Es reicht jetzt, hörst du! Es war schon von Tolpan ein erbärmlich schlechter Witz.«

Der kräftige junge Mann da vor ihm war wegen seiner Geduld nicht gerade berühmt und auch nicht wegen seiner besonderen taktischen Fähigkeiten, wenn es nicht gerade um militärische Fragen ging. Aber er hatte oft einen guten Instinkt, der ihm gerade jetzt sehr dienlich war. Er holte tief Luft, biß die Zähne zusammen, um den Protest zu unterdrücken, der ihm auf der Zunge lag, und goß sich noch einen Becher Bier ein. Er sah sich in dem verlassenen Wirtshaus um, hörte nur noch Otik in der Küche und seufzte schwer.

»Flint, hör mir zu«, sagte er ruhig und vernünftig, jedenfalls hoffte er das. »Ich war doch der erste, der Tolpan ausgelacht hat. Noch gestern abend habe ich über ihn gelacht. Aber heute morgen habe ich nicht mehr gelacht, weil ich den Zaunkönig gehört habe.«

»Die Götter wissen«, brummte Flint, »daß ich mehr als glücklich bin, wenn der Winter vorüber ist. In letzter Zeit seid ihr jungen Leute wie Fohlen, die den Wind jagen; in jeder Brise hört ihr nichts anderes als den Ruf, davonzulaufen.«

»Flint, der Vogel hat mich um Hilfe gebeten. Genau das gleiche hat auch Tolpan erzählt, und weg war er. Er ist jetzt seit drei Tagen verschwunden, und der Vogel ist zurück.«

»Und du kannst einen Zaunkönig von einem anderen unterscheiden, ja?«

Caramon konnte sich ein spöttisches Grinsen nicht verkneifen: »Wenn sie sprechen, kann ich es.«

»Pah! Jetzt hörst du dich schon an wie dein Bruder.«

Das ließ den jungen Mann jäh innehalten. Er wußte nicht, worauf er antworten sollte: auf Flints indirekte Beleidigung (auch wenn er sich nicht ganz sicher war, ob er beleidigt worden war) oder auf den immer noch offenkundigen Zweifel des Zwerges. Ihm blieb die Notwendigkeit einer Antwort erspart, als sich die Tür zum Wirtshaus langsam öffnete.

»Caramon, ich glaube, du solltest wirklich deinen Bruder suchen.«

Es war nicht Sturms Stimme, auf die Caramon reagierte. Er hörte das leise Piepsen des Zaunkönigs, und aus den Augenwinkeln konnte er sehen, daß auch Flint es vernahm. Er ruhte gelassen und zuversichtlich auf Sturms Handgelenk. In der zierlichen Goldkette, die er um den Hals trug, spiegelte sich die Mittagssonne wider.

Hilfe! O Hilfe!

Die anstrengende Auseinandersetzung, die den ganzen Morgen angehalten hatte, war dieser Augenblick wert, dachte Caramon, während er zur Tür stürzte. Dieser völlig überwältigte Ausdruck im Gesicht des alten Zwerges machte die ganze Anstrengung wett. Lachend polterte er die Holzstufen des hoch in den riesigen Vallenholzbaum gebauten Wirtshauses hinunter.

In der ganzen Stadt sahen die Frauen vom Waschen und Bakken auf, ließen Händler ihre Kunden im Stich und liefen ans Fenster, unterbrachen Kinder ihr Spiel und eilten herbei, und alle fragten sich, was diesen kräftigen jungen Mann nur veranlaßt haben mochte, so laut nach seinem Bruder und seinem Freund Tanis zu rufen.

Beim Aufwachen war das Eichhörnchen verwirrt. Es hatte lange geschlafen, doch im Winter hatte es immer ein tiefverwurzeltes Bedürfnis nach Schlaf. Aber es hatte geträumt. Und diese Träume waren die Ursache für seine Verwirrtheit. Während des Winterschlafes hatte noch nie ein Eichhörnchen geträumt. Und als ob die Tatsache, daß es überhaupt geträumt hatte, nicht reichte, waren die Träume an sich auch noch höchst merkwürdig gewesen.

Es hatte von Menschen geträumt und nicht etwa von dem graupelzigen, breitschwänzigen Eichhörnchenvolk. Von Menschen und auch von einem Zwerg und einem großäugigen Halb-Elfen, dessen Haar die Farbe eines Fuchses hatte. Sie waren in seinen Träumen aufgetaucht, und es hatte gewußt, wer sie waren; manchmal sprach es mit ihnen, und sie sprachen mit ihm. Und wenn sie mit ihm sprachen, dann wußte es – obwohl es sich das nicht erklären konnte – daß sie nicht mit einem Eichhörnchen sprachen.

Ihm kam es vor, als hätte es die Träume eines anderen geträumt.

Jetzt gähnte es, streckte zuerst die Hinterbeine, dann die Vorderbeine aus und stöberte in den säuberlich gestapelten Eichelschalen nach übriggebliebenen Leckerbissen. Es gab keine.

Daraufhin sah es sich in der Hütte um und stellte fest, daß der Mann wieder verschwunden war, wenn sein Geruch auch noch den ganzen Raum durchzog. Dann versteifte es sich plötzlich beunruhigt: Der Kater streifte rastlos vom Fenster zur Tür und wieder zum Fenster.

Nicht schon wieder hungrig, oder?

Immer, murmelte der Kater, ohne sich umzuschauen. *Du*

schläfst viel, Eichhörnchen. Er hat sich wieder auf die Suche nach dem Zaunkönig gemacht.

Der Zaunkönig. *Schön, ich würde ihn selber gerne finden. Ich glaube, ich habe mit ihm noch eine Angelegenheit zu regeln.*

Jetzt sah sich der gescheckte Kater um. Seine grünen Augen glänzten vor einer gewissen zurückhaltenden Neugierde. *Mit dem Zaunkönig? Und was sollte das für eine Angelegenheit sein?*

Das Eichhörnchen war sich nicht sicher und sagte das auch. Wieder war es verwirrt und beunruhigt. Es erinnerte sich an seine Gedanken vom Abend zuvor, daß der Zaunkönig für es wichtig sei. Doch als es sich jetzt zu erinnern suchte, fiel ihm der Grund dafür nicht ein. Seine Versuche, sich zu erinnern, waren genauso beunruhigend wie seine Träume.

Der Kater tappte lautlos durch das Zimmer und sprang anmutig auf den Tisch. Als das Eichhörnchen schimpfte und in den hinteren Teil des Käfigs flitzte, gähnte der gescheckte Kater lediglich und lächelte.

Immer mit der Ruhe, Eichhörnchen! Er musterte es scharf. Dieses Mal hatte das Eichhörnchen allerdings den Eindruck, nicht als Mittagessen begutachtet zu werden. Nach einem Augenblick zuckte der gescheckte Kater mit dem Schwanz und murmelte: *Ich dachte – vielleicht – aber vermutlich nicht. Du bist nur ein Eichhörnchen, nicht wahr?*

Ich ... ich denke ja, antwortete das Eichhörnchen, *obwohl ich mich manchmal nicht so fühle. Vielleicht liegt es daran, daß ich hier gefangen bin und mir das verhaßt ist. Vermutlich sollte ich dankbar sein, daß zwischen uns Gitterstäbe sind, angesichts deines ständigen Hungers – oh! Ich wollte dich natürlich nicht beleidigen ...*

Natürlich nicht, murmelte der Kater.

Das wollte ich wirklich nicht. Aber du bist eine Katze, und ich bin ein Eichhörnchen, und ihr Katzen habt von Zeit zu Zeit Appetit auf Eichhörnchen und...

Ich bin keine Katze...

Was? Natürlich bist du eine. Du bist eine Katze, das kann ich dir versichern. Und du hättest eine harte Zeit, wenn du die Mäuse, die du hier einschüchterst, vom Gegenteil überzeugen wolltest.

Ich bin keine Katze. Der gescheckte Kater hob den Kopf, und zum ersten Mal bemerkte das Eichhörnchen ein schmales Halsband aus geflochtenem Leder, das ihm lose um den Hals hing. *Siehst du das?*

Das Halsband? Sehr schön.

Ja, seufzte der Kater, *stimmt. Das dachte ich auch, als sie es mir schenkte.*

Sie? Wer?

Der Zaunkönig.

Der Zaunkönig. Dem Eichhörnchen begann der Kopf zu schmerzen. Es schloß die Augen und vergrub die Nase zwischen den Vorderpfoten. *Kater, ich weiß nicht, wovon du eigentlich sprichst.*

Das ist für ein Eichhörnchen ja nichts Ungewöhnliches.

Schon gar nicht für eines, das zu verwirrt ist, um sich Gedanken über Zaunkönige und Halsbänder zu machen.

Der gescheckte Kater schnurrte sanft. *Was verwirrt dich denn, Kleiner?*

Träume, seufzte das Eichhörnchen.

Träume... Der Kater hob den Kopf. *Träume?*

Ja, Träume. Und Eichhörnchen träumen doch nicht. Das weiß ich. Ich weiß es, weil ich ein Eichhörnchen bin. Und dennoch träume ich.

Aber, sagte der Kater, *trägst du nichts?*

Das Eichhörnchen blähte beleidigt die Backen auf. *Natürlich nichts, beziehungsweise nichts außer meinem Fell. Und das auch nur deshalb noch, weil zwischen dir und mir ein Käfig ist. Was sollte ich denn sonst noch tragen?*

Wenn du mehr als nur ein Eichhörnchen wärst, würdest du etwas tragen. Der Zaunkönig trägt eine goldene Kette. Ich trage ein Halsband. Es beschützt uns, damit wir das bleiben, was wir sind – trotz unserer jetzigen Gestalt.

Die Kopfschmerzen des Eichhörnchens wurden schlimmer. *Ich verstehe gar nichts.*

Ich bin ein Mann. Mein Name ist Pytr. Der Zaunkönig ist eine Frau und heißt, nun ja, Zaunkö Nig. Pytr rekelte sich träge und rollte sich auf dem Tisch neben dem Käfig zusammen. Es war eine lange Geschichte, die er zu erzählen hatte, und dafür wollte er es sich gemütlich machen. Es hatte wieder zu schneien begonnen, und der Tag ging zu Ende. Er war hungrig und unruhig und besorgt. Es half ein wenig, jemanden da zu haben, dem man seine Geschichte erzählen konnte, auch wenn es nur ein Eichhörnchen mit Kopfschmerzen war.

Und, seufzte der Zaunkönig, *weil ich nicht zustimmte und mich weigerte, Pytr für ihn aufzugeben, warf der Magier einen Zauber auf uns beide. »Zaunkö Nig«, sagte er, und der Vogel schlug leicht mit den Flügeln, als würde er erschaudern, »Zaunkö Nig heißt du, und ein Zaunkönig sollst du werden.« Und – und Pytr verwandelte er in einen Kater. Doch schließlich konnte ich entkommen. Ich bin weit geflogen und gelangte nach Solace, wo ich den kleinen Kender fand, der mich hörte und mir zu Hilfe kam. Und jetzt ist auch er in der Gewalt des Magiers. Oh, gibt es keine Möglichkeit, uns zu helfen?*

Auf diese Geschichte hin hatte Zaunkö Nig sie weit weg geführt, war vorausgeflogen und blitzschnell zurückgekehrt, um sicherzugehen, daß die fünf nicht vom Weg abkamen. Ihre ganze Kraft brachte sie dafür auf, sie anzuführen und diesem Hilfstrupp zu helfen, so daß sie kaum noch sprechen konnte. Während sich Caramon ständig neue Fragen stellte und Sturm grübelte, stimmten Tanis und Raistlin überein, daß später genauere Einzelheiten eingeholt werden müßten, sobald Zaunkö Nig zu neuen Kräften gekommen wäre. Flint grübelte nicht und stellte sich auch keine Fragen. Er hatte Angst. Und da er seine Angst nicht zeigen wollte, verbarg er sie hinter einem mürrischen Wortschwall, in dem holzköpfige Kender eine große Rolle spielten. Doch er konnte die anderen nicht täuschen.

Sie folgten ihr durch den ganzen Tag und auch bis in den Abend, bis sie nicht mehr konnten. Nachdem ein Lager aufgeschlagen worden war, ließ sich Zaunkö Nig wieder auf Sturms Handgelenk nieder. Sie fühlte sich bei ihm wohl, denn sie spürte eine Güte in dem jungen Mann, die ihr Zuversicht gab. Sie klammerte sich nur leicht an ihn und steckte den Kopf unter den getüpfelten Flügel, als ob sie sich ausruhen wollte.

»Zaunkö Nig«, sagte Sturm leise. »Zaunkö Nig?«

Vom Fliegen und von der Angst erschöpft, schaute sie auf und stellte den Kopf schräg.

»Was ist mit dem Kender passiert, Zaunkö Nig?«

Das Eichhörnchen war unversehrt, als ich es das letzte Mal sah.

Sturm runzelte verwirrt die Stirn. Mit den Ohren vernahmen sie Zaunkö Nigs Stimme als Vogelgesang, doch gleichzeitig hörten sie die sanfte Stimme einer Frau. Das war immer wieder sehr verwirrend. Aber plötzlich verstand Sturm die Antwort von Zaunkö Nig, und er hörte auch Raistlin trocken und leise lachen.

»Was sonst?« fragte der junge Magier. »Was sonst sollte man aus einem Kender machen? Wer auch immer dieser Magier ist, mit Kendern scheint er sich sehr gut auszukennen.«

Er hat das Eichhörnchen in einen Käfig gesperrt. Es belustigt ihn. Ich glaube, so wie es ihn belustigt, Pytr in einen Kater und mich in einen Vogel verwandelt zu haben.

Tanis zuckte zusammen. Flint knurrte leise aus Protest. Die Seele eines Kenders, der in einen Käfig eingesperrt oder gefesselt war, würde tiefe Wunden davontragen. »Wer ist dieser Magier, Zaunkö Nig?«

Er heißt Rieve.

Jetzt hob Raistlin den Kopf wie einer, der im Wind Rauch riecht. Tanis warf ihm einen Blick zu. Caramon, der bisher still gewesen war, richtete sich auf.

»Raist«, fragte Caramon, und seine Hand fuhr automatisch zu seinem Schwert, das vor seinen Füßen in der Scheide steckte, »hast du von diesem Magier gehört?«

»Er hat einen schlechten Ruf, dieser Rieve. Ich habe von ihm gehört.« Raistlin lächelte langsam und freudlos, als wüßte er, welche Frage ihm sein Zwillingsbruder als nächstes stellen wollte. »Aber du brauchst keine Angst zu haben, mein Bruder. Zwar wäre ich ein Narr, wenn ich beiseite lassen würde, daß Rieves Kenntnisse bei weitem größer sind als meine jetzigen, aber ich meine, er ist mit seiner Grausamkeit so weit gegangen, daß er mir eine Waffe gegen sich selbst in die Hand gelegt hat.«

»Eine Waffe?« fragte Tanis.

Raistlins hellblaue Augen funkelten. Hätten in dieser Nacht die Monde geschienen, dann wäre ihr Licht auf dem Neuschnee genauso kalt gewesen. »Eine Waffe. Oder vielleicht auch vier.«

Obwohl sie ihn bedrängten, lehnte sich der junge Magier einfach in seinen warmen Umhang zurück und beantwortete keine Fragen mehr, sondern starrte nur noch ins Feuer.

Als Tanis die Nachtwache aufstellte, fragte er sich, was für Waffen Raistlin wohl aus seinem Schweigen und den Flammen schmieden mochte.

Pytr wußte, daß sich das Eichhörnchen in Schwierigkeiten befand. Er hatte erkannt, daß es im Grunde nicht wirklich ein Eichhörnchen war, und seine Träume bestätigten ihm das. Aber was es eigentlich war, konnte Pytr nicht herausfinden. Trotzdem wußte er, daß die Persönlichkeit desjenigen, der das Eichhörnchen einst gewesen war, schwächer werden und sich eines Tages auflösen würde. Da es kein Teil seines wirklichen Selbst trug, woran es sich klammern konnte, würde es am Ende ohne Träume erwachen und feststellen, daß es wirklich ein Eichhörnchen war. Und wahrscheinlich, dachte Pytr fröstelnd, wird es sich dann niemals daran erinnern, daß es eine Zeit gegeben hat, in der es kein Eichhörnchen war.

Komm, Eichhörnchen, sag mir deinen Namen.

Mein Name? Vermutlich Eichhörnchen.

Nein, sag mir deinen richtigen Namen. Ich glaube nicht, daß du wirklich ein Eichhörnchen bist. Wie ist dein richtiger Name?

Ich weiß es nicht.

Denk nach, bitte!

Das Eichhörnchen gab sich große Mühe, aber vom Denken wurde das Pochen in seinem Kopf noch schlimmer. Laß es gut sein, Kater – Pytr. Ich glaube, ich halte erst einmal ein Nickerchen.

Das solltest du nicht tun.

Warum nicht? Vielleicht träume ich wieder, vielleicht…

Ah! Die Träume. Pytr schnurrte, stubste das Eichhörnchen zwischen den Stäben an und schaffte es, den Katzenhunger zu unterdrücken, der ihm sagte, wie wohlschmeckend doch ein Eichhörnchen sein konnte. *Schlaf nicht, Eichhörnchen. Sprich mit mir, ja? Erzähl mir, wie er dich gefangen hat.*

Direkt vor der Tür. Das Eichhörnchen seufzte. *Direkt vor der Tür.*

Darum habe ich gedacht, du wärst ein Eichhörnchen. Ich

habe nicht gesehen, wie er dich verwandelt hat. Ich dachte – nun ja, tut mir leid, aber ich dachte schon, du wärst mein Abendessen.

Ich verstehe schon, warum du das gedacht hast. Aber ich glaube, ich bin es immer noch.

Abendessen?

Nein. Ein Eichhörnchen. Ich erinnere mich nicht daran, »verwandelt« worden zu sein. Ich glaube, ich bin schon immer ein Eichhörnchen gewesen.

Eichhörnchen träumen nicht, hast du das schon vergessen?

Vielleicht verrückte Eichhörnchen.

Nein, nein, du bist nicht verrückt, Eichhörnchen. Pytr ließ einen leisen Ton aus seiner Kehle, der ein Kichern hätte sein können. *Du bist nicht verrückt.*

Auf einmal schaute das Eichhörnchen auf, und Pytr glaubte, eine Erinnerung in den schwarzen Augen aufleuchten zu sehen.

Nicht verrückt – holzköpfig.

Was?

Ein Holzköpfiger... etwas. So hat er mich immer genannt, ich glaube nicht, daß er es wirklich so gemeint hat, aber so hat er mich immer genannt.

Pytr schnurrte vor Zufriedenheit. *Wer? Wer hat dich so genannt?*

Aber der Glanz und die Erinnerung waren verschwunden. Das Eichhörnchen rollte sich wieder zusammen und seufzte schwer. *Ich weiß es nicht. Ich erinnere mich nicht. Läßt du mich jetzt schlafen, Pytr? Ich brauche Schlaf. Es ist Winter. Ich muß schlafen.*

Armes Eichhörnchen, dachte Pytr. Er glitt vom Tisch und schlich durch das Zimmer hinüber zum Kamin. Er wußte nicht, wie er helfen konnte, obwohl er es sich so sehr wünschte.

Rieve, dachte er. Er knurrte in die mondlose Nacht und fragte sich, wo eine Maus stecken konnte: *Du wirst für vieles büßen müssen.*

Raistlins Plan hatte Stil. Tanis erkannte das mit einem Lächeln an.

»Was sollen wir machen, Raistlin?«

»Essen.«

Tanis runzelte die Stirn. »Wie bitte?«

»Essen. Eßt, soviel ihr könnt, den ganzen Proviant, den wir dabei haben.« Die Lippen des jungen Magiers kräuselten sich. »Für meinen Bruder dürfte das kein Problem sein, aber ihr anderen solltet so viel essen, daß ihr platzt.«

»Aber...«

»Jetzt fang keine Debatte an, Tanis. Ich weiß, was ich tue. Aber ich werde dir trotzdem den Grund nennen. Ihr werdet nicht nur die Gestalt dieser Tiere annehmen, sondern ihr werdet sie *sein.* Im Winter ist aber das wichtigste Bedürfnis eines Tieres, dafür zu sorgen, daß der Bauch voll ist. Solange dieses Bedürfnis nicht befriedigt ist, geraten alle anderen Absichten in Vergessenheit. Bis zu einem bestimmten Grad werdet ihr das eigene Bewußtsein behalten, aber nicht euren Körper und auch nicht eure Instinkte. Bei einem Tier ist aber der Instinkt das, was für uns das Bewußtsein ist. Verstehst du?«

Tanis verstand, und jetzt war er sich nicht mehr sicher, ob der Plan wirklich so stilvoll war. »Raistlin, ich...«

Der junge Magier runzelte die Stirn und forderte ihn sanft heraus. »Angst, Tanis?«

»Ich wäre ein Narr, wenn ich keine hätte.«

»Ja, das stimmt. Worauf läuft das Ganze dann hinaus? Kannst du mir vertrauen? Diese Frage mußt du dir selbst beantworten. Für dich und auch für die anderen. Sie werden das tun, um was du sie bittest.«

Tanis wußte, daß Raistlin recht hatte. Das war schon viele Male zuvor der Fall gewesen. Er sah von dem jungen Magier zu seinen Freunden, die am erlöschenden Feuer saßen. Caramon muß nicht überzeugt werden, dachte er, der vertraute seinem Zwillingsbruder völlig. Sturm, der sich leise mit Zaunkö Nig unterhielt, die immer noch auf seinem Handgelenk hockte, konnte zur Einsicht gebracht werden. Aber Flint? Das würde ein Problem werden. Der alte Zwerg hegte gegen alles, was mit Magie zusammenhing, Mißfallen und Mißtrauen.

Als könnte er die Gedanken des Halb-Elfen lesen, beugte sich Raistlin vor und sagte leise: »Flint soll der erste sein. Ich mache es so schnell, daß er gar nicht merkt, was mit ihm geschieht.«

»Warum?«

»Wenn du ihm die Gelegenheit zur Auseinandersetzung gibst, stehen wir hier in zwei Tagen noch herum.«

Tanis lächelte freudlos. Wieder hatte der andere recht. »Bei ihm wird alles in Ordnung sein?«

»Es wird ihm gutgehen. Euch allen wird es gutgehen. Sie vertrauen dir, Tanis. Vertraust du mir?«

Vertrauen war eine Haltung, die man langsam erwirbt und die man schnell wieder verlieren konnte. Trotz des Unbehagens, das Tanis jetzt empfand, vertraute er Raistlin noch. »Ja, ich vertraue dir.«

»Gut. Dann sag ihnen, sie sollen essen. Das letzte, was wir gebrauchen können, wäre, wenn einer von uns die anderen aus Hunger anfällt. Insbesondere«, fügte er hinzu und lächelte wie über einen vertraulichen Witz, »gilt das für meinen Bruder.«

Ich vertraue dir, dachte Tanis, als er sich erhob, aber du machst es mir manchmal sehr schwer.

Raistlin war nicht nur mit seiner Auswahl, sondern auch in anderer Hinsicht äußerst verständnisvoll. Tanis erkannte das, als er den jungen Magier beobachtete, wie er lautlos hinter Flint trat, als wäre der alte Zwerg der letzte, an den er denken würde. Die Luft um die beiden erbebte und seufzte leicht auf, und bevor Tanis Luft holen konnte, war Flint verschwunden.

An seiner Stelle stand ein Hund, der sich schüttelte, als wäre er naß geworden. Tanis lächelte. Es war kein Mischling mit mageren Beinen, sondern ein Schäferhund mit breiter Brust und dickem Fell. Zwar war seine Schnauze weiß vom Alter, aber die langen, spitz zulaufenden Zähne waren noch kräftig. Diese Zähne, das wußte Tanis, konnten die Kehle eines plündernden Wolfes zerreißen. Aber auch mit edler Zurückhaltung ein Kätzchen behutsam am Genick hochhheben, um es vor einer Gefahr in Sicherheit zu bringen. Dieser Hunderasse vertrauten Schäfer seit Generationen ihre Herden und Familien an.

Doch gerade jetzt sah dieser Hund, Flint, gefährlich aus. Mit zurückgelegten Ohren knurrte er und bleckte die großen Fangzähne.

Zaunkö Nig flog von Sturms Handgelenk und ließ sich vor dem Hund nieder. Sie flüsterte ihm etwas zu, das danach klang, als wollte sie ihn ermutigen, und das Knurren schwächte sich zu einem vertrauten, leisen Brummen ab. Wie Tanis es mit Raistlin besprochen hatte, kniete er sich neben den Hund – *Flint!* erinnerte er sich – und band ihm einen leuchtendblauen Stoffstreifen um den Hals, den er von einem Ersatzhemd des Zwerges abgerissen hatte. In den Augen des Schäferhundes lag ein Ausdruck, der Tanis zurückhielt, die seidenweichen Ohren zu streicheln.

Caramon holte tief Luft, um zu sprechen – oder zu lachen oder etwas zu fragen. Tanis war sich nicht sicher, was er wollte, als plötzlich ein gelbbrauner Panther dort stand, wo Raistlins Zwillingsbruder gerade noch gesessen hatte, dessen Muskeln spielten und der unruhig mit dem Schwanz peitschte.

Gut gemacht! dachte Tanis. Um die breite Brust und die

Schultern des Panthers legte er Caramons Gürtel. Er schaute sich nach Sturm um, sah aber weder den jungen Mann noch ein Tier, in das der Magier ihn vielleicht verwandelt hatte.

»Raistlin?«

Der Magier zeigte zu den Bäumen hoch. Ein schwarzköpfiger, grauer Wanderfalke stieß einen langen, hohen Klageton aus und breitete unwillkürlich voller Anmut die Flügel aus.

Er kennt sie gut, dachte Tanis, so daß er die passenden Tiergestalten auswählen kann. Er streckte die Hand aus, und der Falke glitt herab und umklammerte sie mit scharfen Krallen.

»Sachte, Sturm, sachte!«

Der Griff lockerte sich ein wenig. Als der Falke den Kopf neigte, zog Tanis ihm einen festverknoteten Lederriemen und den Siegelring, von dem sich Sturm niemals trennte, über den Kopf.

»Jetzt ist nur noch einer übrig, Tanis«, flüsterte Raistlin.

»Ich bin bereit.«

Raistlin erwiderte den Blick des Halb-Elfen. »Ich bin bei euch«, versicherte er ihm. »Ich bin immer in der Nähe, um euch wieder zurückzuverwandeln.«

»Ich weiß.«

Wieder erbebte die Luft und seufzte auf. Jetzt stand Raistlin allein mit Zaunkö Nig, dem Schäferhund, dem Panther, dem helläugigen Falken und einem schnellen Rotfuchs auf der Lichtung.

»Was sonst?« fragte Raistlin Zaunkö Nig, die den Kopf neigte, als stellte sie seine Wahl in Frage. »Ein schneller und ausdauernder Jäger.« Er band dem Fuchs ein Tuch aus Tanis' Tornister um den Hals und lehnte sich zurück. »Schließe dich dem Zaunkönig und der Jagd an, Fuchs. Setze deine ganze List ein. Und denk daran, daß ihr dem Magier nichts antut, denn nur ich allein kann meine Zauber rückgängig machen.«

Pytr roch Gefahr in der Luft. Rieve, der am Nachmittag von einer weiteren ergebnislosen Suche nach Zaunkö Nig zurückgekehrt war, saß düster brütend vor dem Feuer. Die Gefahr ging jedoch nicht von ihm aus. Pytr nahm bei ihm nur den harten, bitteren Geruch des Zornes wahr. Da war aber noch etwas anderes. Es waren Gerüche von grundverschiedenen Geschöpfen, die eine gemeinsame Sache verband. Der Wind trug eine unheilvolle Botschaft von ihnen herüber. Er roch Hund – und Fuchs. Pytr hob den Kopf und fing den Geruch eines großen, kühnen Vogels auf, eines tödlichen Raubtiers. Darüber hing der schwere, moschusartige Duft eines weitentfernten Cousins: Ein Panther streifte in der Nähe umher. Die Gerüche sagten ihm, daß sie zwar auf der Jagd waren, aber nicht aus Hunger.

Im Käfig auf dem Tisch erwachte das Eichhörnchen und schnupperte in der Luft.

Kater! Pytr! Riechst du das?

Ja. Der Geruch von Feinden.

Feinde? Das Eichhörnchen schlug mit dem Schwanz auf und ab. Ja, das war der Geruch von Feinden. Und trotzdem hatte der Traum, aus dem es gerade erwacht war, nicht von Feinden gehandelt.

Kater – Pytr, im Traum glaubte ich aber, Freunde gerochen zu haben.

Pytr zuckte ungeduldig mit der Schwanzspitze, dann bewegte er seinen Schwanz langsam und nachdenklich hin und her. *Freunde?*

Also, es ist schwer zu erklären. Es ist… ich rieche den Hund und den Fuchs, den Falken und den Panther. Und meine Nase sagt mir, daß ich Angst haben müßte. Aber… in meinem Bewußtsein sehe ich nicht die Tiere, die ich aufgrund ihres Geruchs eigentlich sehen sollte. Ich… ich weiß nicht, wie ich es sonst erklären kann.

Allmählich fragte sich Pytr, ob es nicht vielleicht doch so war, daß das Eichhörnchen verrückt war. Er machte einen großen Bogen um Rieve und sprang auf den Tisch. *Was siehst du denn in deinen Träumen, Eichhörnchen?*

Ich weiß es nicht mehr. Es gibt nichts, wovon ich dir mit Sicherheit erzählen könnte. Ich sehe einfach keinen Hund oder einen Fuchs oder die anderen Tiere. Was ist mit dem Mann?

Rieve? Er hat keinen ausgeprägten Geruchssinn, wie alle seinesgleichen.

Das Eichhörnchen seufzte. *Ich weiß nicht, woher ich das weiß, Pytr, da ich ja nur ein Eichhörnchen bin, aber ich habe einfach das Gefühl, daß Freunde kommen.*

Das anhaltende, schaurige Jaulen eines Hundes drang durch die Nacht. Das durchdringende Heulen eines Fuchses folgte, und dann schrie ein Falke schrill auf. Der Panther schwieg, aber Pytr wußte, daß auch er in der Nähe war.

Pytr richtete sich auf und machte einen Buckel. Seine Schwanzhaare waren gesträubt, und sein Schwanz war jetzt fast so breit wie der des Eichhörnchens. Rieve war auf den Beinen und stand mit dem Rücken zum Feuer. Die Luft war von seinem herben, durchdringenden Angstgeruch geschwängert.

Laß uns hoffen, Eichhörnchen, daß es wirklich Freunde sind. Wenn das aber so ist, kann ich dir nur sagen, daß du für ein Eichhörnchen recht sonderbare Freunde hast.

Ein Teil des Eichhörnchens stimmte ihm zu. Ein anderer Teil jedoch, der Teil, der von Erinnerungen träumte, von denen es wußte, daß es sie nicht haben durfte, lachte glücklich auf.

Der Falke kam auf einem Luftstrom herab, erreichte elegant den kahlen Ast eines Baumes und ließ sich dort nieder. Seine dunklen Augen leuchteten auf, als er die Flügel spreizte und laut und gebieterisch seine Herausforderung verkündete.

Sturm! dachte der Fuchs und spannte den Kiefer mit den scharfen Zähnen zu einem anerkennenden Lächeln an. Hinter sich hörte er den Schäferhund, Flint, der den Hügel herunterwanderte. Der Weg würde ihn direkt zur Tür der Hütte führen, die jetzt im tiefen Schatten der Bäume lag. Weiter vorne zu seiner Linken knurrte der Panther leise an der anderen Seite der Hütte. Caramon war an seinem Platz. Es fiel dem Fuchs, Tanis, mit Erleichterung ein, daß Caramon vor seiner Verwandlung viel gegessen hatte.

Der Fuchs schnupperte aufmerksam und machte die Gerüche seiner Gefährten und auch die der Bewohner der Hütte aus. Die Gerüche von Mensch, Katze und Eichhörnchen waren sehr stark.

Eichhörnchen. Trotz allem lief dem Fuchs das Wasser im Maul zusammen. Eichhörnchen, das wußte er aus einer bisher unbekannten Informationsquelle, schmeckten fast so gut wie Hasen. Tanis erschauderte und schüttelte sich.

Wieder nahm er Menschengeruch wahr. Er kam von einem Hügel hinter ihm. Diesen Geruch kannte er gut, obwohl er erst vor kurzem gelernt hatte, ihn zu erkennen: Raistlin. Leicht und süß war der schwache Geruch eines Zaunkönigs, der sich in der Nähe aufhielt. Alle hatten ihre Positionen eingenommen.

Zaunkö Nig, flüsterte er, obwohl es jemand, der ihn hätte hören können, für das leise Keuchen eines Fuchses gehalten hätte, der bei der nächtlichen Jagd eine Pause einlegt.

Hier, hier.

Du weißt, was zu tun ist?

Ja, ich bin bereit.

Dann geh!

Anmutig verließ sie das Gebüsch, wo sich Raistlin versteckt hielt, bewegte sich blitzschnell durch die Schatten der Bäume nahe am Eingang der Hütte, an dem bereits Flint kauerte.

Der Panther, Caramon, hatte sein unheilvolles Grollen eingestellt, aber Tanis roch, daß er sich genähert hatte, und wußte, daß er lautlos wie ein Geist an der Hausseite entlangstreifte. Oben flog der Falke davon und landete auf dem Dach über der Tür. Tanis hielt den Atem an; gleichgültig, wo er den Falken sah, überall würde er Sturm an der stolzen Kopfhaltung wiedererkennen.

Zaunkö Nig setzte sich auf die Fensterbank und schlug mit den Flügeln gegen die Scheibe. Sie piepste und klagte mit der Stimme eines Vogels. Sie wirkte wie ein Geschöpf, das von der Nacht überrascht wurde und Zuflucht sucht.

Am Fenster erschien ein Schatten. Tanis hörte, daß jemand Luft holte. Der Menschengeruch war jetzt noch stärker. Die grünen Augen des Panthers glitzerten gefährlich im Licht, das durch die Scheibe fiel. Es schien Tanis mit seinem ausgeprägten Geruchssinn, daß Rieve eigentlich wissen müßte, was ihn vor der Tür erwartete.

Zaunkö Nig flog von der Fensterbank zur Tür, wo Flint im Dunkeln wartete.

Der Schatten von Rieve verschwand vom Fenster und fiel kurz danach auf die Lichtspur, die unter der Tür hervorsickerte. Wie ein roter Geist in der Nacht glitt Tanis den Hügel hinunter. Er hielt sich im Schatten, bis er sich auf der anderen Seite der Tür zu Flint gesellte. Er hörte, wie ein Riegel zurückgeschoben wurde.

»Zaunkö Nig«, sagte eine kalte Stimme von innen. »Du bist also zurückgekehrt?«

Ja! piepste sie. *O bitte, laß mich hinein!*

»Natürlich, meine Kleine, natürlich.« In der Stimme des Magiers lag eine sanfte Drohung. »Hast du es dir anders überlegt?«

Ja! Laß mich nur hinein! Bitte!

Schnell öffnete sich die Tür, und orangenes Licht erhellte die

Nacht. Zaunkö Nig schoß wie ein kleiner brauner Komet an dem Magier vorbei; der drehte sich um und stürzte zu Boden. Der Atem stockte ihm unter dem Gewicht eines großen schwarzen Schäferhundes und eines schlanken Rotfuchses.

Der Magier trat heftig nach dem Fuchs, der über den Boden taumelte. Doch bevor er aufstehen konnte, gruben sich die Zähne des Hundes in seine Schulter. Hinter ihm zischte der Kater, und das Eichhörnchen im Käfig schimpfte und schnatterte. Er zog ein Knie an und stieß es dem Hund in den Bauch. Knurrend wich das Tier zurück.

Rieve rappelte sich auf, trat wieder nach dem Hund. Diesmal verfehlte er ihn. Er drehte sich schnell zur Tür und erblickte den rasiermesserscharfen Schnabel eines dunkeläugigen Falken.

»Nein!« schrie er und warf einen Arm hoch, um seine Augen zu schützen. Der Falke fuhr mit den Krallen über seinen Handrücken. »Nein!«

Als ob der Falke auf seinen Protest eingehen würde, flog er davon und nahm auf dem Kaminsims Platz. Rieve holte zitternd Luft und taumelte wieder zur Tür. Eine schwere, gelbbraune Tatze stieß ihm heftig gegen die Brust, und er sank zu Boden. Die Fänge des Panthers glänzten wie Dolche in glühendem Feuer.

Neben dem Panther stand ein helläugiger, blasser, junger Magier. Eine Hand ruhte auf dem breiten, goldgelben Kopf der Wildkatze, die andere hielt er wie als Parodie zum Gruß ausgestreckt. Sein kaltes Lächeln ließ so große Angst in Rieve aufsteigen, wie sie nicht einmal von den glitzernden Fängen des Panthers hervorgerufen worden war.

Rieve stöhnte auf. Er fragte sich, ob ihm wohl genug Zeit blieb, sich auf den Tod vorzubereiten.

Um es herum verwandelten sich Tiere in Menschen, und das Eichhörnchen wußte nicht, wohin es zuerst sehen sollte. Der Falke, dieser wunderschöne Vogel, wurde ein großer, dunkelhaariger, junger Mann. Er hatte immer noch etwas von einem Falken an sich. Das Eichhörnchen dachte, daß er schon immer so gewesen sein mußte. Der Fuchs, der von dem Tritt noch hinkte, war überhaupt kein Fuchs, sondern ein rothaariger Halb-Elf, der sich gegen die Wand lehnte und sich die Rippen hielt. Dem Blick in seinen großen Augen nach zu urteilen, mußte er starke Schmerzen haben.

Der Hund... ah, der Hund! Das Eichhörnchen wußte beinahe schon vor seiner Verwandlung, daß er ein Zwerg mit braunem Bart sein würde, der über Bauchschmerzen klagte.

Jetzt war nur noch der Panther übrig, der über Rieve kauerte. Seine Pranke lag noch auf der Brust des Magiers. Der dünne junge Mann kraulte müßig an den Ohren der großen Raubkatze und lächelte, als wäre er nur zufällig zu Besuch da, um sich aufzuwärmen.

»Vier weitere Verwandlungen sind nötig, Freund Rieve«, murmelte der junge Mann. »Wenn du drei ausgeführt hast, erledige ich die letzte.«

Rieve stieß keuchend ein paar Worte hervor, und das Eichhörnchen dachte, daß das Luftholen wahrscheinlich schwer sein mußte, wenn ein Panther einem auf der Brust lag.

»Soll ich das als Zustimmung werten?«

»Habe ich... habe ich denn eine andere Wahl?« fragte Rieve verdrießlich.

»Nun ja. Wir haben immer die Wahl zwischen verschiedenen Möglichkeiten. Deine Auswahl ist jedoch begrenzt.«

Rieve schluckte mühsam, erkannte seine Grenzen und nickte. Das Eichhörnchen schlug wild mit dem Schwanz und flitzte im Käfig herum.

Kater! Pytr! Paß auf! Paß auf! Sie machen noch mehr Verwandlungen! Pytr? Pytr, wo bist du?

Pytr, beziehungsweise der Kater, war verschwunden, und an seiner Stelle war ein stämmiger, blonder Mann getreten, der ein schmales Armband aus geflochtenem Leder um sein Handgelenk trug.

Und auch der Zaunkönig, der sich während des Angriffs der Tiere noch kurze Zeit zuvor ängstlich in der Nähe des Eichhörnchenkäfigs an den Tischrand geklammert hatte, war verschwunden. Statt dessen ruhte die Hand eines zarten, hübschen Mädchens, dessen Haar so braun war wie die Federn eines Zaunkönigs, auf dem Käfig.

»Noch eine«, sagte sie. »Und das ist vielleicht die wichtigste.«

Der Panther natürlich, dachte das Eichhörnchen. *Er schaut so wild drein, als wollte er den Magier zum Abendessen verspeisen. Aber dann wird er immer noch hungrig sein. Jetzt werden sie den Panther verwandeln.*

Aber zu seiner Überraschung blieb der Panther ein Panther, der ein tiefes Grollen von sich gab. Das Mädchen beugte sich über den Käfig und schob den Riegel zurück. Behutsam nahm sie das Eichhörnchen in beide Hände und trug es hinaus.

Kein Käfig mehr! Als hätte das Eichhörnchen schon tagelang nicht mehr geatmet, sog es die Lungen mit Luft voll und sprang aus den Händen des Mädchens. Es konnte die süße Nachtluft riechen. Es konnte sie schmecken, und sie schmeckte nach Freiheit.

Das Mädchen schrie auf, der dunkelhaarige junge Mann rief etwas, und der Halb-Elf sprang auf, um die Tür zuzustoßen. Aber Eichhörnchen können sich sehr klein machen. Es holte soviel Luft wie möglich und flitzte zwischen der sich schließenden Tür und dem Türpfosten hindurch und stürzte in die Nacht hinaus. Es hatte genug von Menschen, Tieren und Käfigen. Es wollte Bäume, gemütliche Nester und Proviantlager mit süßen Kastanien. Und es war auf dem Weg, sich seine Wünsche zu erfüllen, egal, was sie dort drinnen schrien...

»Komm zurück, du holzköpfiger Kender!«

Das Eichhörnchen war am erstbesten Baum schon halb hochgeklettert, als es auf den Schrei des Zwerges wie erstarrt innehielt. Nicht verrückt, hatte er Pytr erzählt, sondern holzköpfig. Holzköpfiger... etwas. Holzköpfiger Kender! Kender?

Mit der kalten Nachtluft geschah etwas Merkwürdiges. Sie bebte wie in sommerlicher Hitze, und dann seufzte sie wie eine kleine Brise. Das Eichhörnchen versuchte zu atmen, stellte aber fest, daß es nicht genügend Luft holen konnte. Plötzlich verlor es den Halt und stürzte zu Boden.

Kender!

»Und wohin, im Namen aller Götter, wolltest du gehen?«

»Ich...« Tolpan bekam seine Beine zu fassen und rappelte sich auf. Ein Teil von ihm dachte immer noch wie ein Eichhörnchen, und er mußte hart schlucken, um das starke Bedürfnis zu unterdrücken, vor dem Zwerg davonzulaufen. »Ich... ich weiß nicht. Ich weiß nicht einmal genau, wie ich hierhingekommen bin, was immer das auch für ein Ort ist. Ich bin dem Zaunkönig gefolgt, glaube ich, und... nun, dann war ich hier und fiel von diesem Baum. Aber ich kann mich an Träume erinnern... seltsame Träume von Eichhörnchen und Katzen und...«

Flint schnaubte und zog den Kender hoch. Trotz seines bissigen Tons waren seine Hände sanft und behutsam. »Nun komm schon zurück. Caramon ist jetzt sicherlich sehr hungrig. Und Raistlin hat noch einiges zu erledigen.«

»Aber Caramon ist doch immer hungrig«, wandte Tolpan ein, während er den Staub von sich abklopfte. »Was ist so wichtig daran – oh, der Panther?«

Flint nickte. Tolpan, der sich an Pytrs ständigen großen Katzenhunger erinnerte, grinste verschlagen. Er war nicht unglücklich darüber, daß jetzt Rieve diese Erfahrung machen sollte, einem solchen Hunger ausgesetzt zu sein. »Es ist nur ein Gedanke, Flint, aber vielleicht können sie Caramon einfach mit dem füttern, was in der Hütte herumliegt.«

Obwohl Tolpan mit seinem sehnsüchtigen Wunsch nicht allein dastand, wurde Rieve nicht dem Panther zum Fraß vorgeworfen. Ein Schwur oder ein Versprechen wurde ihm abgerungen, doch was sich genau zwischen ihm und Raistlin abspielte, erfuhr keiner von ihnen, denn außer dem großen Panther mußten auf Raistlins Geheiß alle die Hütte verlassen. Falls Caramon etwas gehört und verstanden hatte, so schwieg er, was für ihn nicht typisch war. Und eine Woche später, als sie alle die Kater, Eichhörnchen, Zaunkönig, Falke, Fuchs, Hund und Panther gewesen waren, in Solace gemütlich zusammensaßen, konnte man darüber weiterhin nur Mutmaßungen anstellen.

Zaunkö Nig beobachtete Raistlin, der im Schatten von Flints Feuerstelle saß. »Um die Wahrheit zu sagen, ich bin mir gar nicht sicher, ob ich es wissen möchte.«

»Es würde mir nichts ausmachen, es zu erfahren«, murmelte Pytr. Er strich ihr über das Haar und seufzte. »Ich würde gerne wissen, mit welcher Münze Rieve seine Schuld bezahlen mußte.«

Die junge Frau schüttelte den Kopf und lächelte. Ihre kleinen braunen Augen leuchteten fröhlich, als sie Pytr ansah. Flint dachte, daß sie tatsächlich einem Zaunkönig sehr ähnlich war, nach dem sie benannt worden und der sie auch eine Zeitlang gewesen war.

Tanis, der in diesem Augenblick das Gleiche dachte, sah kurz zu dem Zwerg, und als er ein leichtes Nicken zur Antwort erhielt, ging er zum Kamin und nahm eine von Flints kleinen Schnitzarbeiten in die Hand.

»Für dich«, sagte er und setzte sich zu Zaunkö Nig.

»Was soll das? Ihr habt uns doch schon genug geschenkt!«

»Noch eine Kleinigkeit, aber du mußt jetzt die Augen schließen.«

Neugierig beugten sich Sturm und Caramon vor, und Tolpan duckte sich unter Pytrs Arm, um besser sehen zu können. Doch sie sahen nichts, denn Tanis hielt den Gegenstand in den Händen verborgen. Im Schatten am Kamin regte sich Raistlin, erhob sich aber nicht, um sich zu seinen Gefährten zu gesellen. Zaunkö Nig schloß die Augen, und Tanis legte ihr den kleinen Gegenstand in die Hände. »Flink hat mich folgendes gelehrt: Erfahre mit den Händen, was du in ihnen hältst, bevor es dir die Augen sagen. Unsere Augen können uns leicht täuschen. Das haben wir ja erst kürzlich erfahren.«

Zaunkö Nig fuhr mit den Fingern zuerst über die Flügel, dann über den sorgfältig gerundeten Rücken, den Schnabel und schließlich über die geschnitzten Schwanzfedern. »Ein Vogel!« rief sie. »Ein Zaunkönig?«

Eine kleine Brise seufzte auf, die sich dann wieder legte.

Doch als sie die Augen aufschlug und die kleine Schnitzerei betrachtete, runzelte sie verwirrt die Stirn. »Aber... es hat sich wie ein Zaunkönig *angefühlt.* Ich verstehe das nicht.«

Auch Tanis nicht. Oder Flint. Schließlich brach Tolpan das Schweigen.

»Flint! Das ist wunderbar! Das ist die schönste Miniatur, die ich je gesehen habe! Wann hast du sie geschnitzt?«

»Hab' ich nicht«, gab Flint kurz und bündig zurück. »Damit habe ich nichts zu tun.« Er betrachtete angestrengt die kleine Schnitzerei und schüttelte den Kopf. Es war Zaunkö Nig, und jedes Detail war vollendet herausgearbeitet. Das weiche Haar war zurückgekämmt, so wie sie es jetzt trug, ihr heiteres Lächeln zeigte sich auf den Lippen und in den Augen, und die Hände waren auf die Hüfte gelegt.

Flint erschauderte und sah sich im Raum um. Obwohl er sich nicht sicher war, glaubte er zu erkennen, wie Raistlin im Schatten am Kamin lächelte.

»Sollen wir wetten?«

Margaret Weis und Tracy Hickman

Vorwort

(Oder Nachwort, je nachdem)

»Ein feiner Magier bist du, kleiner Bruder«, brummte Tanin, der am Kai stand und das Schiff beim Auslaufen beobachtete. »Du hättest von Anfang an erkennen müssen, daß mit diesem Zwerg etwas nicht stimmt!«

»Wieso ich?« gab Palin zurück, »*du* warst es doch, der uns in diese ganze Sache hineingezogen hat! ›Abenteuer beginnen immer an solchen Orten‹«, äffte der junge Zauberkundige die Stimme seines älteren Bruders nach.

»Hey, Jungs«, begann Sturm in besänftigendem Ton.

»Oh, halt du den Mund!« Beide Brüder drehten sich zu ihm um. »Schließlich warst *du* es, der mit dieser blödsinnigen Wette angefangen hat!«

Die drei Brüder funkelten sich gegenseitig an; die salzige Brise wehte den zwei älteren ihr rotgelocktes Haar in die Augen und schlug dem Jüngeren die weiße Robe um die dünnen Beine.

Ein lauter Ruf kam über das aufgepeitschte Wasser und unterbrach sie.

»Lebt wohl, ihr Burschen! Lebt wohl! Es war ein netter Versuch. Vielleicht machen wir es eines Tages noch einmal!«

»Nur über meine Leiche!« murmelten alle drei Brüder gleichzeitig und winkten dem Schiff halbherzig und mit einem schwachen Lächeln hinterher.

»Es gibt *eine* Sache, über die wir alle drei einer Meinung sind«, sagte Sturm und fing an zu kichern. »Und ich weiß noch eine andere.« Die Brüder drehten dem entschwindenden Schiff, das sich durch das Gewässer schleppte, dankbar den Rücken zu.

»Und das wäre…?«

»Daß wir keiner Seele etwas davon erzählen, solange wir leben!« antwortete Sturm mit leiser Stimme. Seine zwei Brüder sahen schnell zu den anderen Zuschauern am Kai hinüber, die lachend das Schiff beobachteten. Einige warfen den Brüdern einen Blick zu und zeigten mit gedämpftem Gekicher auf sie.

Kläglich grinsend streckte Tanin die rechte Hand aus. Sturm legte seine Rechte auf die seines Brudes, und Palin legte seine Hand über beide.

»Einverstanden«, verkündeten sie ernst und feierlich.

Erstes Kapitel

Dugan Rothammer

»Abenteuer beginnen immer an solchen Orten«, erklärte Tanin und musterte das Wirtshaus mit zufriedener Miene.

»Das kann doch nicht dein Ernst sein!« entgegnete Palin entsetzt. »Ich würde hier nicht einmal mein Pferd in den Stall stellen, geschweige denn selbst hierbleiben!«

»Allerdings ist es so«, berichtete Sturm, der nach einer Besichtigung um eine Ecke des Gebäudes bog, »daß die Ställe im Vergleich zum Wirtshaus sauber sind und auch viel besser riechen. Ich schlage vor, wir schlafen im Stall und schicken die Pferde in die Gaststube.«

Das Wirtshaus am Hafen der Stadt Sankrist war in seinem Aussehen bis ins Kleinste so schäbig und häßlich wie die wenigen einkehrenden Gäste, die die jungen Männer sahen. Die Fenster zum Hafen waren klein, als hätten sie von dem langen Blick aufs Meer ein ewiges Schielen davongetragen. Das Licht von innen konnte kaum durch den Schmutz hindurchsickern. Das Haus selbst war vom Wetter und von Sandstürmen arg in Mitleidenschaft gezogen und lag am Ende einer Gasse im Dunkeln, zusammengekrümmt wie ein Taschendieb, der auf sein nächstes Opfer lauert. Allein der Name – Zum Gespleißten Vorsegel – hatte einen unheilvollen Klang.

»Ich hatte schon erwartet, daß sich unser kleiner Bruder beschwert«, sagte Tanin verdrießlich, während er vom Pferd stieg und Sturm über seinen Sattelknopf anfunkelte. »Er vermißt seine weißen Leinentücher und Mama, die ihn nachts zudeckt. Aber von dir hatte ich mehr erwartet, Sturm Majere.«

»Oh, ich habe nichts zu bemängeln«, erwiderte Sturm unbeschwert, glitt von seinem Pferd und begann, sein Gepäck loszubinden. »Ich mußte lediglich einen dummen Spruch loswerden. Uns bleibt sowieso nichts anderes übrig«, fügte er hinzu, zog einen kleinen Lederbeutel hervor und schüttelte ihn. Eigentlich hätten Stahlmünzen klimpern müssen, doch hörte man lediglich ein leises, bedrückendes Rascheln. »Heute nacht gibt es keine Leinentücher, Palin«, sagte er und lächelte seinen jüngeren Bruder an, der tieftraurig auf seinem Pferd blieb. »Denk einfach an morgen abend – da sind wir zu Gast bei Fürst Gunther im Schloß Uth Wistan. Da bekommst du nicht nur weiße

Leinentücher, sondern wahrscheinlich auch noch Rosenblätter, die um das Bett herum verstreut sind.«

»Ich erwarte keine weißen Leinentücher«, erwiderte Palin aufgebracht. »Obwohl Bettlaken wirklich eine angenehme Abwechslung wären! Und ich würde nur lieber in einem Bett mit einer Matratze schlafen, die nicht so von Untermietern wimmelt!« Gereizt kratzte er sich unter seiner weißen Robe.

»Ein Krieger muß sich an solche Dinge gewöhnen«, belehrte Tanin ihn mit seiner weltklugen Großen-Bruder-Stimme, die bei Palin den Wunsch aufkommen ließ, ihn in den Pferdetrog zu schmeißen. »Wenn du bei deinem ersten Abenteuer nur von Wanzen angegriffen wirst, kannst du dich glücklich schätzen.«

»Abenteuer?« murmelte Palin verbittert und stieg vom Pferd ab. »Dich und Sturm zum Schloß Uth Wistan zu begleiten, wo ihr der Ritterschaft beitreten werdet, das ist wahrhaftig kein Abenteuer, sondern ein Kenderausflug! Und Vater und ihr, ihr habt das gewußt, als ihr entschieden habt, daß ich mitkommen darf! Die größte Gefahr, in der wir gewesen waren, seitdem wir unser Elternhaus verlassen haben, ging ja wohl von diesem Dienstmädchen aus, das versucht hat, Sturm mit einem Schlachtermesser die Ohren abzuschneiden!«

»Das war ein Fehler, der jedem passieren kann«, murmelte Sturm und lief rot an. »Das habe ich dir oft genug erklärt! Ich wollte nur nach den Krügen greifen. Sie war nun mal das, was du als dralles Mädchen bezeichnen würdest, und als sie sich mit dem Tablett zu mir beugte, habe ich nicht genau darauf geachtet, wohin ich griff...«

»Oh, und wie du darauf geachtet hast«, widersprach ihm Palin grimmig. »Selbst als sie dich mit dem Messer bedroht hat, mußten wir dich aus der Taverne zerren! Und deine Augen waren so groß wie dein Schild.«

»Also, zumindest bin ich an diesen Dingen interessiert«, erwiderte Sturm gereizt. »Nicht so wie einige Leute, die ich anführen könnte, die sich für zu gut halten...«

»Meine Maßstäbe sind eben hoch!« gab Palin zurück. »Ich stürze mich nicht auf jede dralle Blondine, die auf mich zuwakkelt...«

»Hört jetzt auf!« befahl Tanin müde. »Sturm, führ die Pferde in den Stall und sieh zu, daß sie gestriegelt und gefüttert werden. Palin, du kommst mit!«

Palin und Sturm schauten mißmutig drein, so daß Tanin einen strengeren Ton anschlug. »Erinnert euch daran, was Vater gesagt hat!«

Den Brüdern fiel es sofort wieder ein. Sturm war zwar immer noch mürrisch, nahm aber die Zügel der Pferde und führte sie zu den Ställen. Palin schluckte eine bissige Bemerkung hinunter und folgte seinem Bruder.

Obwohl Tanin aufbrausen konnte wie seine Mutter, schien er ansonsten nur wenige Eigenschaften von seinen Eltern geerbt zu haben. In seiner Persönlichkeit glich er eher dem Mann, zu dessen Ehren er seinen Namen erhalten hatte – dem besten Freund seiner Eltern, Tanis, dem Halb-Elfen. Tanin vergötterte ihn und tat sein Bestes, seinem Vorbild nachzueifern. Daher nahm der vierundzwanzigjährige junge Mann seine Rolle als Anführer und ältester Bruder ziemlich ernst. Mit dem einen seiner jüngeren Brüder klappte das hervorragend. Sturm, der immer für Späße zu haben war, hatte viel von dem fröhlichen und unbeschwerten Wesen seines Vaters geerbt. Da er nicht gerne die Verantwortung für etwas übernahm, gehorchte er Tanin normalerweise, ohne Fragen zu stellen. Doch Palin, der gerade erst einundzwanzig geworden war, verfügte über den scharfen Verstand seines Onkels, des mächtigen Erzmagiers Raistlin, der unter so tragischen Umständen ums Leben gekommen war. Zwar liebte Palin seine Brüder, aber er ärgerte sich über das, was er Tanins unterdrückende Führerschaft nannte, und war über Sturms so wenig ernsthafte Lebenseinstellung über alle Maßen ungehalten.

Dies war jedoch Palins »erstes Abenteuer« – wie Tanin ihm unermüdlich jede Stunde unter die Nase rieb. Ein Monat war verstrichen, seitdem sich der junge Magier der grausamen Prüfung im Turm der Erzmagier in Palanthas unterzogen hatte. Jetzt war er ein anerkanntes Mitglied des Ordens der Zauberer von Krynn. Aber irgendwie befriedigte ihn das nicht. Er fühlte sich im Stich gelassen und deprimiert. Jahrelang war sein größtes Ziel gewesen, diese Prüfung zu bestehen, ein Ziel, das ihm unzählige Türen öffnen sollte, wenn er es erst mal erreicht hätte.

Doch keine einzige hatte sich geöffnet. Zugegeben, Palin war ein junger Magier. Mit seinen geringen Kräften konnte er nur kleine Zauber werfen. Es wäre ideal für ihn, wenn er bei einem erfahrenen Erzmagier in die Lehre gehen könnte, der ihn unter seine Fittiche nehmen würde. Aber nicht einer der Erzmagier hatte seine Dienste angefordert, und Palin war klug genug, den Grund zu kennen.

Sein Onkel Raistlin war der größte Zauberer gewesen, der je gelebt hatte. Er hatte die Schwarze Robe der Bösen angenommen und sogar die Königin der Finsternis herausgefordert, weil er über die Welt herrschen wollte. Ein Versuch, bei dem er ums Leben gekommen war. Obwohl Palin die Weiße Robe der Guten trug, wußte er, daß ihm einige Mitglieder des Ordens nicht trauten und vielleicht niemals trauen würden. Er besaß den Stab seines Onkels – den mächtigen Stab des Magus –, der ihm unter geheimnisvollen Umständen im Turm der Erzmagier in Palanthas übergeben worden war. Bei den Mitgliedern der Versammlung kursierten bereits Gerüchte darüber, wie Palin überhaupt an den Stab kommen konnte. Immerhin hatte der sich in einem Raum befunden, der mit einem tödlichen Fluch versiegelt war. Nein, was immer er auch vollbringen würde, das wußte Palin tief in seinem Innern, das mußte er wie sein Onkel vollbringen – er würde einsam studieren, arbeiten und kämpfen müssen.

Aber das lag in ferner Zukunft. Zur Zeit mußte er sich wohl damit zufrieden geben, mit seinen Brüdern zu reisen. Sein Vater Caramon, wie sein Zwillingsbruder Raistlin ein Held des Lanzenkrieges, war in diesem Punkt unnachgiebig. Palin hatte noch nichts von der Welt gesehen, sondern sich stets hinter seinen Büchern versteckt und sich in sein Studium vertieft. Als ihm erlaubt wurde, nach Sankrist mitzureisen, geschah es unter der Bedingung, daß er sich Tanins Autorität beugen und sich unter der Führung und den Schutz seiner Brüder stellen würde.

Palin schwor seinem Vater einen heiligen Eid, seinen Brüdern zu gehorchen, so wie Tanin und Sturm schworen, ihn zu beschützen. Im Grunde war dieser Eid aufgrund ihrer tiefen Zuneigung zueinander überflüssig. Caramon wußte das, aber er wußte auch, daß diese erste gemeinsame Reise ihre brüderliche Liebe arg strapazieren würde. Palin, der intelligenteste von ihnen, war eifrig bemüht, sich zu bewähren – eifrig bis zum Punkt der Torheit.

»Palin muß lernen, andere Leute zu schätzen und sie zu achten mit dem, was sie wissen, selbst wenn sie nicht so aufgeweckt sind wie er«, sagte sich Caramon, der sich mit Bedauern daran erinnerte, daß sein Zwillingsbruder diese Lektion niemals gelernt hatte. »Und Sturm und Tanin müssen lernen, ihn zu respektieren und zu erkennen, daß sie nicht jedes Problem mit einem Schwertstreich lösen können. Darüber hinaus müssen sie alle lernen, sich aufeinander verlassen zu können!« Der große Mann schüttelte den Kopf. »Mögen die Götter sie begleiten«, murmelte er.

Er sollte niemals etwas über die Ironie seines Gebetes erfahren.

Zu Beginn der Reise hatte es den Anschein, als ob keine von diesen Lektionen leicht zu lernen sein würde. Die zwei älteren Brüder hatten sich insgeheim entschieden (und ihren Vater sicherlich nicht eingeweiht), bei diesem Ausflug aus ihrem gelehrten Brüderchen »einen Mann zu machen«.

Aber ihre Ansichten, was einen »Mann« ausmachte, stimmten nicht mit den Ansichten von Palin überein. Soweit er es bisher beurteilen konnte, gehörte es zum »Mannsein«, mit Ungeziefer, schlechtem Essen, noch schlechterem Bier und Frauen zweifelhaften Charakters zu leben. Als Tanin beim Eintreten in das Wirtshaus Palin zuflüsterte: »Benimm dich wie ein Mann!«, überlegte er, ob er ihn auf diesen Punkt hinweisen sollte.

Doch er unterließ es. Sie betraten ein fremdes Wirtshaus in einem berühmt-berüchtigten Viertel von Sankrist. So viel wußte der junge Magier immerhin, daß ihr Leben davon abhing, ob sie der Welt ein Bild der Eintracht bieten konnten.

Trotz ihrer Auseinandersetzungen gelang es den Brüdern ziemlich erfolgreich. In der Tat so erfolgreich, daß sie auf ihrer weiten Reise von Solace nordwärts bisher auf keine Schwierigkeiten gestoßen waren. Die zwei älteren Brüder, die Caramons Körperumfang und seine Muskeln geerbt hatten, waren groß und kräftig. Als erfahrene Krieger trugen sie die Narben von ihren Kämpfen stolz zur Schau und ihre Schwerter mit geübter Leichtigkeit. Der jüngste, Palin, war groß und gut gebaut, aber er hatte den schlanken Körper eines Mannes, der das Studieren und nicht das Schwingen von Waffen gewöhnt ist. Doch jeder, der ihn für eine leichte Beute hielt, brauchte nur das gutaussehende, ernste Gesicht und den aufmerksamen, durchdringenden Blick aus den klaren Augen des jungen Mannes zu sehen, und er überlegte es sich zweimal, sich an ihm zu vergreifen.

Vielleicht hatte auch der Stab des Magus, den Palin immer bei sich trug, etwas damit zu tun. Dieser Stab aus schlichtem Holz mit einem facettierten Kristall, der von einer goldenen Drachenklaue gehalten wurde, hatte zwar kein sichtbares Zeichen seiner Magie. Trotzdem strahlte er aber eine düstere Aura aus, die den Betrachter mit Unbehagen erfüllte. Vielleicht stand sie auch im Zusammenhang mit seinem vorherigen Meister. Palin hatte den Stab stets bei sich. Wenn er ihn nicht gerade festhielt, war er doch in seiner Nähe, und oft griff er nach ihm und berührte ihn beschwichtigend.

Wie gewöhnlich beeindruckte der Anblick von Tanin und Palin die Gäste in dem Wirtshaus, das sie gerade betreten hatten, nicht sonderlich – abgesehen von einer Gruppe. Diese Gesellschaft saß in einer schmuddeligen Nische und begann unverzüglich leise zu schwatzen und auf sie zu zeigen. Als Sturm eintrat und sich zu seinen Brüdern gesellte, nahm die Aufregung zu. Einige von ihnen stießen eine Gestalt an, die an der Wand saß und deren Gesicht im tiefen Schatten verborgen war.

»Ja, ich sehe, ich sehe!« murmelte der Fremde. »Meint ihr, sie schaffen es, oder nicht?«

Die anderen am Tisch nickten und sprachen aufgeregt miteinander. Sie waren schmächtiger als die Gestalt im Schatten, doch ebenfalls kaum zu erkennen, da auch sie bis zu den Augenbrauen in braune Roben eingemummt waren.

Die Gestalt in der Ecke schenkte den jungen Männern einen scharfen, anerkennenden Blick. Die braungekleideten Wesen quasselten unentwegt. »Haltet den Mund, Burschen«, knurrte die Gestalt gereizt. »Ihr werdet ihre Aufmerksamkeit noch auf euch lenken!«

Das Geschnatter verstummte daraufhin unverzüglich, und sie verfielen in ein so tiefes Schweigen, als wären sie in einen Brunnen gestürzt. Natürlich veranlaßte das plötzliche verblüffende Schweigen alle im Schankraum, sich umzudrehen und sie anzustarren, sogar die drei Neuankömmlinge.

»Jetzt habt ihr es geschafft!« knurrte die Gestalt im Schatten. Zwei der braungekleideten Wesen ließen die Köpfe hängen, doch eins schien Einwände erheben zu wollen. »Sei ruhig! Ich werde das in Ordnung bringen!« sagte die Gestalt und erhob sich.

Er beugte sich zum Licht vor, schenkte den drei jungen Männern ein liebenswürdiges Lächeln aus den Tiefen eines prächtigen, schwarzen Vollbartes, hob seinen Krug und sprach sie freundlich an: »Dugan Rothammer, zu Euren Diensten, meine jungen Herren. Würdet Ihr mit einem alten Zwerg etwas trinken?«

»Mit Vergnügen!« erwiderte Tanin höflich.

»Laßt mich raus«, knurrte der Zwerg die braungekleideten Wesen an, die so dichtgedrängt zusammensaßen, daß man unmöglich erkennen konnte, wie viele es eigentlich waren. Unter viel Gestöhne und Gefluche und »Autsch, das ist mein Fuß, du Entenhirn« und »Paß auf meinen Bart auf, du Schraubenkopf« kam der Zwerg – ein wenig errötet und keuchend – aus der hintersten Ecke hervor. Mit seinem Krug in der Hand rief Dugan dem Wirt zu, er solle etwas von »seinem Privatbestand« bringen, und trat zu dem Tisch, an dem die jungen Männer saßen.

Die anderen Gäste im Wirtshaus, überwiegend Matrosen und Ortsansässige, wandten sich wieder ihren Unterhaltungen zu – Themen, die für Palin, ihren grimmigen und häßlichen Gesichtern nach zu urteilen, mit dunklen Absichten im Zusammenhang standen. Sie hatten den Gruß der Brüder nicht erwidert und waren offensichtlich auch nicht an dem Zwerg und seinen Begleitern interessiert. Viele warfen Dugan Rothammer einen eher finsteren Blick zu. Das brachte ihn jedoch keineswegs aus der Fassung. Der beleibte und modisch (zumindest für einen

Zwerg) gekleidete Dugan schob einen hohen Stuhl heran, der seine geringe Körpergröße ausglich, und ließ sich am Tisch der Brüder nieder.

»Was möchtet Ihr trinken, meine Herren?« fragte der Zwerg. »Den Schnaps meines Volkes? Ah, Ihr seid Männer mit Geschmack! Es gibt nichts Besseres als das gegärte Champignongebräu aus Thorbadin.«

Dugan lächelte die Brüder überschwenglich an, als der Wirt mit drei Krügen an ihren Tisch schlurfte. Nachdem er sie abgestellt hatte, stellte er vor den Zwerg mit einem lauten Geräusch eine große Tonflasche, die mit einem Korken zugestöpselt war. Dugan entkorkte die Flasche und atmete den Duft mit einem ungestümen Seufzer der Zufriedenheit ein, so daß Sturm vor Vorfreude das Wasser im Mund zusammenlief.

»Ja, der ist erstklassig«, stellte der Zwerg befriedigt fest. »Reicht mir Eure Krüge, meine Herren, und seid nicht schüchtern. Es ist für alle genug da, und da, wo es herkommt, ist noch mehr. Aber ich trinke nicht gerne mit Fremden, sagt mir also Eure Namen.«

»Tanin Majere, und das sind meine Brüder Sturm und Palin«, antwortete Tanin und schob bereitwillig seinen Krug zu dem Zwerg hinüber. Sturms Krug hielt der Zwerg bereits in der Hand.

»Nein danke, ich trinke Wein«, sagte Palin steif. Dann fügte er in gedämpftem Ton hinzu: »Ihr wißt doch, wie Vater über dieses Zeug denkt.«

Tanin funkelte ihn böse an, und Sturm lachte.

»Ach, entspann dich, Palin!« erwiderte Sturm. »Ein oder zwei Krüge Zwergenspiritus schaden nicht.«

»Da hast du recht, Bursche!« mischte sich Dugan unverblümt ein. »›Er hilft gegen jeden Schmerz‹, pflegte mein Vater zu sagen. Dieses wundersame Elixier heilt gebrochene Köpfe wie auch gebrochene Herzen. Probier es, junger Zauberer. Falls dein Vater Caramon Majere ist, einer der Helden der Lanze, dann hat er in seiner Zeit gerne ein Gläschen oder zwei getrunken, wenn die Geschichten stimmen, die ich über ihn gehört habe!«

»Ich trinke Wein«, wiederholte Palin und ignorierte kühl die Ellbogenstöße und Fußtritte seiner Brüder.

»Wahrscheinlich das Beste für so einen jungen Burschen«, sagte Dugan mit einem Augenzwinkern zu Tanin. »Wirt, Wein für den Kleinen!«

Palin errötete vor Scham. Doch jetzt konnte er kaum noch etwas sagen, da er bereits zuviel gesagt hatte. Verlegen nahm er sein Glas und kauerte sich in seiner weißen Robe zusammen. Da er überzeugt war, daß ihn alle auslachten, traute er sich nicht, sich im Wirtshaus umzuschauen.

»Du hast also von unserem Vater gehört?« wechselte Tanin abrupt das Thema.

»Wer hat nicht von Caramon Majere, dem Helden der Lanze, gehört?« entgegnete Dugan. »Auf seine Gesundheit!« Der Zwerg hob seinen Krug und nahm einen großen Schluck Zwergenspiritus. Tanin und Sturm folgten seinem Beispiel. Nachdem die drei ihre Krüge wieder abgestellt hatten, hörte man sie eine Zeitlang lediglich nach Luft japsen und schließlich drei zufriedene Rülpser.

»Verdammt gut!« sagte Sturm heiser und wischte sich über die tränenden Augen.

»Ich habe noch nie einen besseren getrunken!« schwor Tanin und holte tief Luft.

»Trink aus, Kleiner!« sagte der Zwerg zu Palin. »Du willst doch bestimmt auch auf deinen Vater trinken, nicht wahr?«

»Natürlich will er das, nicht wahr, Palin?« half Tanin mit gefährlich freundlicher Stimme nach.

Gehorsam nippte Palin an seinem Wein und trank auf die Gesundheit seines Vaters. Dann aber achteten die anderen bald nicht mehr auf ihn und vertieften sich in eine Unterhaltung über die Länder, die sie kürzlich bereist hatten. Palin, der sich an dem Gespräch nicht beteiligen konnte, betrachtete Dugan genauer. Der Zwerg war größer als die meisten anderen Zwerge, die der junge Mann bisher gesehen hatte, und obwohl er sich selbst »alt« genannt hatte, konnte er nicht älter als hundert Jahre sein, was für einen Zwerg gerade eben ein reiferes Alter darstellte. Sein Bart war offensichtlich sein ganzer Stolz und seine ganze Freude: Häufig strich er ihn glatt, und wann immer es möglich war, wandte er ihm seine Aufmerksamkeit zu. Er glänzte schwarz und fiel dicht und üppig über die Brust bis zum Gürtel. Wie der Bart war auch sein Kopfhaar schwarz und lokkig, und er ließ es fast genauso lang wachsen. Wie die meisten Zwerge war er sehr beleibt und hatte wahrscheinlich seit Jahren seine Füße unter dem dicken Bauch nicht mehr gesehen. Doch anders als die meisten Zwerge war Dugan sehr auffällig gekleidet, wie es eher dem Lord von Palanthas geziemt hätte.

Ausstaffiert mit einer roten Samtjacke, roten Samtkniebundhosen, schwarzen Strümpfen, schwarzen Schuhen mit roten Absätzen und einem Seidenhemd mit Puffärmeln – einem Hemd, das wohl einst weiß gewesen war, das aber jetzt mit Schmutz, Zwergenspiritus und allem, was es zum Abendessen gegeben hatte, befleckt war – bot Dugan einen erstaunlichen Anblick. Auch in anderer Hinsicht war er bemerkenswert. Die meisten Zwerge verhielten sich in Gegenwart von Angehörigen anderer Rassen ein wenig mürrisch und reserviert, aber Dugan war fröhlich und gesprächig und alles in allem der einnehmendste Fremde, den die Brüder auf dieser Reise bisher getroffen hatten. Er wiederum schien sich ihrer Gesellschaft genauso zu erfreuen.

»Bei Reorx«, sagte der Zwerg voller Bewunderung, während er Tanin und Sturm zusah, wie sie ihre Krüge leerten, »ihr seid Burschen ganz nach meinem Geschmack. Es ist ein Vergnügen, mit richtigen Männern zu trinken.«

Sturm lächelte. »Nicht viele können es mit uns aufnehmen«, prahlte er und gab dem Zwerg ein Zeichen, Schnaps nachzuschenken. »Du solltest also vorsichtig sein, Dugan, und langsamer trinken.«

»Langsamer trinken! Schau dir den einmal an!« Der Zwerg grölte so laut, daß sich alle Augen im Schankraum, einschließlich der Augen der kleinen Kreaturen in den braunen Roben, auf sie richteten. »Wahrhaftig, kein Mensch ist in der Lage, einen Zwerg mit seinem eigenen Gebräu unter den Tisch zu trinken!«

Tanin zwinkerte Sturm schnell zu, behielt aber einen ernsten Gesichtsausdruck. »Du hast gerade zwei kennengelernt, Dugan Rothammer«, sagte er und lehnte sich auf seinem Stuhl zurück, bis der unter seinem Gewicht knarrte. »Sturm und ich haben schon viele zähe Zwerge unter den Tisch getrunken und waren noch nüchtern genug, sie ins Bett zu bringen.«

»Und ich«, gab Dugan zurück, der die Hand ballte und dessen Gesicht unter dem schwarzen Bart feuerrot anlief, »habe zehn zähe Menschen unter den Tisch getrunken und sie nicht nur ins Bett gebracht, sondern ihnen auch noch das Nachtzeug übergezogen und obendrein ihre Zimmer aufgeräumt!«

»Das wird dir bei uns nicht gelingen!« schwor Tanin.

»Sollen wir wetten?« brüllte der Zwerg und nuschelte leicht.

»Also eine Wette?« schrie Sturm.

»Eine Wette!« rief Dugan.

»Nenn die Regeln und den Einsatz!« sagte Tanin.

Dugan strich sich nachdenklich über den Bart. »Ich nehme es mit euch beiden gleichzeitig auf, Getränk für Getränk…«

»Ha!« Sturm lachte schallend.

»...Getränk für Getränk«, fuhr der Zwerg unbeirrt fort, »bis ihr mit dem bartlosen Kinn auf dem Boden aufschlagt.«

»Es wird dein Bart sein, der auf dem Boden aufschlägt, und nicht unser Kinn«, widersprach Sturm. »Welcher Einsatz?«

Dugan Rothammer grübelte. »Dem Gewinner wird die sehr große Befriedigung zuteil werden, die Verlierer ins Bett zu bringen«, sagte er nach einer Pause, während er sich eine lange Bartlocke um den Finger wickelte.

»Und die Verlierer zahlen die Rechnung für alle«, fügte Tanin hinzu.

»Abgemacht«, sagte der Zwerg lächelnd und streckte seine Hand aus.

»Abgemacht«, stimmten Tanin und Sturm gleichzeitig zu. Beide schüttelten Dugan die Hand, dann wandte sich der Zwerg mit ausgestreckter Hand an Palin.

»Ich will an dieser Wette nicht teilnehmen!« sagte Palin nachdrücklich. »Tanin«, fuhr er mit leiserer Stimme fort, »denk an unsere Finanzen. Wenn ihr verliert, dann...«

»Kleiner Bruder«, unterbrach ihn Tanin, der vor Wut rot anlief, »erinnere mich vor der nächsten Reise daran, daß ich dich zu Hause lasse und einen Kleriker von Paladin mitnehme! Wahrscheinlich werden wir dann weniger Moralpredigten hören und mehr Spaß haben.«

»Du hast kein Recht, so mit mir zu reden«, gab Palin zurück.

»Also, ihr müßt schon alle drei mitmachen«, mischte sich Dugan kopfschüttelnd ein, »sonst gilt die Wette nicht. Für einen Zwerg ist es keine Herausforderung, zwei Menschen unter den Tisch zu trinken. Und es muß Zwergenspiritus sein. Dieses Elfenwasser, das der Bursche da trinkt, könnte doch genausogut Muttermilch sein!« (*Elfenwasser* – eine Bezeichnung der Zwerge für Wein, den sie nicht trinken mögen.)

»Ich werde das nicht trinken...«, begann Palin.

»Palin«, sagte Tanin, dessen Stimme jetzt streng und kalt klang, »du beschämst uns! Wenn du keinen Spaß verstehen kannst, dann geh auf dein Zimmer!«

Wütend wollte Palin aufstehen, doch Sturm hielt ihn am Ärmel seiner Robe zurück.

»Nun komm schon, Palin«, sagte sein Bruder fröhlich, »entspann dich! Beim Barte von Reorx! Vater wird nicht durch diese Tür kommen!« Er zog Palin so lange am Ärmel, bis sein Bruder langsam wieder seinen Platz einnahm. »Du hast zu hart studiert! Dein Gehirn ist zu Spinnweben zerfallen. Hier, probier einmal. Um mehr bitten wir dich doch gar nicht. Wenn es dir nicht schmeckt, werden wir kein Wort mehr darüber verlieren.«

Sturm schob seinem Bruder einen vollen Krug hin, beugte sich zu ihm und flüsterte ihm ins Ohr: »Mach Tanin nicht sauer, in Ordnung? Du weißt doch, wie eingeschnappt er sein kann, und wir müssen mit ihm von hier bis zu Fürst Gunther vorliebnehmen. Der große Bruder will nur dein Bestes. Das gilt für uns beide. Wir wollen doch nur, daß du ein bißchen Spaß hast, das ist alles. Probier es, ja?«

Mit einem kurzen Blick sah Palin, daß Tanin verbittert und unglücklich wirkte. Vielleicht hat Sturm recht, dachte er. Vielleicht sollte ich mich einfach entspannen und ein wenig Spaß haben. Tanin hat es nicht ernst gemeint, daß er mich beim nächsten Mal zu Hause lassen will. So hat er noch nie geredet. Ich will doch nur, daß sie mich ernst nehmen und aufhören, mich wie ein Kind zu behandeln. Vielleicht bin ich doch zu weit gegangen...

Palin zwang sich zu einem Lächeln und hob den Krug. »Auf meine Brüder?« fragte er heiser und war erfreut, Tanins grüne Augen strahlen und Sturms Gesicht in ein breites Lächeln aufgehen zu sehen. Er führte den Krug an die Lippen und trank von dem berüchtigten Gebräu, das unter dem Namen Zwergenspiritus bekannt war.

Der Geschmack war nicht schlecht – ganz im Gegenteil: ein dunkler, erdiger Geschmack, der vor seinem geistigen Auge Bilder von der unterirdischen Zwergenheimat Thorbadin heraufbeschwor. Palin ließ das Getränk auf der Zunge zergehen, nickte angenehm überrascht und schluckte...

Plötzlich fragte er sich, ob ihm eine Feuerkugel im Kopf explodiert sei. Flammen schossen durch seinen Mund. Feuer brach aus Augen und Nase hervor, wütete in seiner Kehle und versengte ihm den Magen. Er konnte weder atmen noch etwas sehen. Er wußte nur, daß er sterben würde... jetzt gleich... hier, in dieser schmutzigen, gottverlassenen Taverne...

Jemand – Palin hatte den verschwommenen Eindruck, daß es Sturm war – klopfte ihm auf den Rücken, und schließlich gelang es ihm, Luft zu schnappen.

»Ich genieße den Anblick eines Mannes, der seinen Schnaps genießt«, sagte Dugan ernst. »Jetzt bin ich an der Reihe. Auf den jungen Magier!« Der Zwerg führte seinen Krug an die Lippen, neigte den Kopf zurück und leerte ihn mit einem großen Zug. Als er sich nach vorne beugte, standen ihm Tränen in den Augen, und die dicke Knollennase leuchtete rot. »Ahhh!« keuchte er, blinzelte die Tränen zurück und wischte sich mit dem Bartende über den Mund.

»Hört, hört!« schrien Sturm und Tanin und hoben ihre Krüge. »Auf unseren Bruder, den Magier!« Auch sie leerten ihre Krüge, ohne sie zum Luftholen abzusetzen, wenn auch nicht ganz so schnell wie der Zwerg.

»Ich danke euch«, sagte Palin tief gerührt. Vorsichtig nahm er einen weiteren Schluck. Beim zweiten Mal war die Wirkung nicht ganz so schrecklich. Eigentlich war sie überhaupt nicht mehr schrecklich. Palin nahm noch einen Schluck, dann einen weiteren, und schließlich war der Krug leer. Als er ihn unter dem Jubel von seinen Brüdern und Dugan auf den Tisch stellte, war dem jungen Mann am ganzen Körper schön warm. Das Blut prickelte in seinen Adern. Tanin sah ihn mit Anerkennung und Stolz an, und Sturm füllte seinen Krug nach. Dugan leerte nacheinander zwei weitere Krüge, Sturm und Tanin tranken ihre, und dann war wieder Palin an der Reihe. Er führte den Krug an die Lippen...

Palin lächelte und konnte nicht mehr aufhören. Er liebte Tanin und Sturm jetzt mehr als alle anderen in der Welt, und das sagte er ihnen auch, bis er zusammenbrach und sich an Sturms breiter Schulter ausweinte. Aber nein! Da war doch noch jemand, den er liebte – der Zwerg. Schwankend erhob er sich und ging um den Tisch herum, um dem Zwerg die Hand zu schütteln. Er hielt sogar eine Rede. Unzertrennliche Freunde... feste Freunde, wie sein Vater und der Freund seines Vaters... der alte Flint, der Zwerg... Er ging zu seinem Stuhl zurück. Doch auf einmal schienen dort vier Stühle zu stehen. Er wählte einen aus und wollte sich setzen, verfehlte ihn aber und wäre auf dem Boden gelandet, hätte Tanin ihn nicht aufgefangen. Er trank noch einen Krug und sah seine Brüder und seinen neuen Freund mit Tränen der Zuneigung an.

»Ich sage euch, Burschen«, Dugans Stimme schien Palin aus weiter, weiter Ferne zu kommen, »ich liebe euch wie meine eigenen Söhne. Und ich muß euch sagen, daß ihr wohl ein kleines bißchen mehr getrunken habt, als ihr vertragen könnt.«

»Nein!« schrie Sturm beleidigt und schlug mit der Hand auf den Tisch.

»Wir können mit dir mithalten«, brummte Tanin schwer atmend.

Sein Gesicht war dunkelrot.

»Verdammt richtig«, stimmte Palin zu und schlug auf den Tisch – beziehungsweise er hätte auf den Tisch geschlagen, wenn dieser nicht plötzlich auf unberechenbare Weise beiseite gesprungen wäre.

Und dann lag Palin auf dem Boden und fand, daß das ein interessanter Ort wäre, viel sicherer als dort oben die vier Stühle oder der springende Tisch... Er sah sich mit trüben Augen um und bemerkte seinen Stab neben sich. Er langte nach ihm und strich liebevoll über ihn.

»Shirak!« nuschelte er, und der Kristall am Stab begann zu leuchten. Das führte zu einer gewissen Unruhe: Hohe, schrille Stimmen schnatterten irgendwo im Hintergrund. Palin kicherte und konnte nicht mehr aufhören.

Von irgendwo oben hörte er Dugans Stimme, die zu ihm schwebte. »Auf unsere Betten«, sagte der Zwerg, »und auf einen tiefen Schlaf!« Und falls in der rauhen Stimme ein unheilvoller Klang lag oder mehr als nur eine Spur von triumphierendem Lachen, so fiel es Palin nicht weiter auf. Der Zwerg war sein Freund und wie ein Bruder zu ihm. Er liebte ihn auch wie einen Bruder, wie seine teuren Brüder...

Palin legte den Kopf auf den Boden. Seine Wange ruhte auf dem kühlen Holz des Stabes. Er schloß die Augen und glitt in eine andere Welt – eine Welt voller kleiner Geschöpfe in braunen Roben, die ihn hochhoben und mit ihm davonliefen...

Zweites Kapitel

Ein wirklich schlimmer Kater

Die Welt hob und senkte sich und bebte, und Palins Magen hob und senkte sich, und seine Haut bebte ebenfalls: Das Elend liebt Gesellschaft. Er wußte nicht, worauf er lag, und nachsehen konnte er auch nicht, weil seine Augen wie zugeklebt waren. Er rollte sich auf die Seite und mußte sich übergeben, und dabei fragte er sich, wie lange es noch dauern würde, bis er endlich stürbe, damit seine Leiden beendet wären.

Als er nichts mehr in sich hatte, was er erbrechen konnte, und seine Eingeweide offensichtlich dort blieben, wo sie hingehörten, legte sich Palin mit einem Stöhnen zurück. Sein Kopf begann ein wenig klar zu werden. Als er sich bewegen wollte, stellte er fest, daß ihm die Hände auf dem Rücken festgebunden waren. Angst schoß ihm durch das benebelte Gehirn und blies kalt den Dunst des Zwergenspiritus weg. In den Füßen hatte er kein Gefühl mehr. Verschwommen wußte er auf einmal, daß es Schnüre waren, mit denen seine Knöchel gefesselt waren, die den Blutkreislauf unterbrochen hatten. Er biß die Zähne zusammen, veränderte leicht seine Stellung und bewegte seine Zehen in den weichen Lederstiefeln. Beim Prickeln des zurückfließenden Blutes zuckte er zusammen.

Mit den Händen auf dem Rücken tastete er unter sich und erkannte, daß er auf einer Holzplanke lag. Und merkwürdigerweise bewegte sich die Planke und schaukelte hin und her, was für seinen schmerzenden Kopf und aufgewühlten Magen gar nicht gut war. Zudem hörte er seltsame Geräusche über seinem Kopf – knarrendes Holz, ein merkwürdiges Zischen und Gurgeln und gelegentlich ein heftiges Brüllen und Aufstampfen und

Klatschen. Wie ein wilder Ansturm von Pferden, dachte Palin, wobei ihm der Atem stockte – so hatte sein Vater den Angriff von Drachen beschrieben. Vorsichtig öffnete der junge Magier die Augen.

Sofort schlug er sie wieder zu. Sonnenlicht flutete durch ein kleines, rundes Fenster und hinterließ in den Augen einen glühendheißen Schmerz. Die Planke schaukelte hin und her, und Palin mußte sich wieder übergeben.

Als er sich einigermaßen erholt hatte und erkannte, daß er wohl doch nicht in den nächsten zehn Sekunden sterben würde, was er tief bedauerte, zwang er sich, die Augen wieder zu öffnen und auch offen zu halten.

Das gelang ihm zwar, aber auf Kosten weiterer Übelkeit. Glücklicherweise oder unglücklicherweise war in ihm nichts mehr, was er hätte erbrechen können, und daher war er schon bald in der Lage, sich umzuschauen. Wie er vermutet hatte, lag er auf einer Holzplanke. Die Planke war in einer gebogenen Holzwand eines kleinen Raumes eingebaut und sollte wohl ein Bett sein. Weitere Planken säumten die Wände dieses merkwürdigen Raumes, und auf zweien von ihnen erblickte Palin seine Brüder, die dort bewußtlos lagen, wie er an Händen und Füßen gefesselt. Abgesehen von einigen Holztruhen, die auf dem Holzboden hin und her rutschten, enthielt der Raum sonst keine Möbel.

Palin brauchte nur aus dem kleinen, runden Fenster an der Wand zu schauen, um in seinen schlimmsten Befürchtungen bestätigt zu werden. Zuerst sah er nichts als blauen Himmel, weiße Wolken und strahlende Sonne. Doch kurz darauf schien die Planke, auf der er lag, in einen Abgrund zu stürzen. Die Holztruhen bewegten sich kratzend über den Boden an ihm vorbei. Der blaue Himmel und die Wolken verschwanden, und an ihre Stelle trat grünes Wasser.

Palin schloß wieder die Augen, rollte sich auf die andere Seite, um die verkrampften Muskeln zu lockern, und preßte seinen schmerzenden Kopf an das kühle, feuchte Holz des Bettes.

Ich sollte wohl eher »Koje« sagen, das ist doch wohl der seemännische Ausdruck, oder nicht? fragte er sich bitter. So bezeichnet man doch ein Bett in einem Schiff. Und wie bezeichnet man *uns* auf dem Schiff? fragte sich Palin verzweifelt. Galeerensklaven? An Ruder gekettet, dem Aufseher mit seiner Peitsche unterworfen, der einem das Fleisch vom Rücken peitscht...

Das Schiff änderte seine Bewegung, und die Truhen schlitterten jetzt in die entgegengesetzte Richtung. Himmel und Wolken erschienen wieder am Fenster, und Palin wußte, daß er sich wieder übergeben mußte.

»Palin... Palin, bist du in Ordnung?«

Die Stimme, die Palin aus der Bewußtlosigkeit holte, klang gequält. Schmerzerfüllt öffnete er wieder die Augen. Er mußte wohl wieder eingeschlafen sein, obwohl er sich nicht vorstellen konnte, wie ihm das trotz seines pochenden Kopfes und der Übelkeit gelungen war.

»Palin!« Die Stimme klang eindringlich.

»Ja«, antwortete Palin heiser. Das Sprechen fiel ihm schwer, und er hatte einen Geschmack im Mund, als hätten Gossenzwerge ihn als Wohnsitz auserkoren. Der Gedanke ließ neue Übelkeit in ihm hochsteigen, und er gab ihn daher eilig auf. »Ja«, wiederholte er, »ich... bin in Ordnung...«

»Paladin sei Dank!« stöhnte die Stimme. Palin erkannte jetzt, daß sie Tanin gehörte. »Bei den Göttern, du warst so blaß, als du da gelegen hast, daß ich dachte, du wärst tot!«

»Ich wünschte auch, das wäre ich«, antwortete Palin erbittert.

»Wir verstehen dich sehr gut«, sagte Sturm, der Stimme nach ein sehr gedämpfter und kläglicher Sturm.

Palin drehte sich mühsam herum und sah seine Brüder an. Wenn ich auch so schlecht aussehe wie sie, dachte er, ist es kein Wunder, daß Tanin geglaubt hat, ich wäre tot. Die zwei jungen Männer waren unter der gebräunten Haut bleich, die Blässe hatte einen leichten Grünstich, und auf dem Boden gab es genügend Beweise, daß ihnen sehr übel gewesen sein mußte. Ihre roten Locken hingen wirr, feucht und verfilzt vom Kopf, und ihre Kleidung war durchweicht. Beide lagen auf dem Rücken, an Händen und Füßen mit groben Lederbändern gefesselt. An der Stirn hatte Tanin eine dicke Beule, und seine Handgelenke waren aufgeschürft und bluteten. Offensichtlich hatte er versucht, sich zu befreien, was ihm jedoch nicht geglückt war.

»Das ist alles meine Schuld«, sagte Tanin niedergeschlagen und stöhnte, weil ein neuer Brechreiz in ihm aufstieg. »Was für ein Narr ich doch war! Ich hätte das kommen sehen müssen!«

»Gib dir nicht alleine die Schuld, großer Bruder«, sagte Sturm. »Ich habe von Anfang an mitgemacht. Wir hätten auf Palin hören sollen…«

»Nein, hättet ihr nicht«, murmelte Palin, der angesichts des unentwegt schwankenden Himmels und Meeres vor dem Bullauge die Augen wieder schloß. »Ich habe mich wie ein überheblicher Trottel aufgeführt. Und ihr beide habt versucht, mir das klarzumachen.« Er schwieg einen Augenblick und versuchte zu entscheiden, ob er sich wieder erbrechen müßte oder nicht. Als er schließlich überzeugt war, daß es vorüber war, fügte er hinzu: »Jedenfalls sind wir jetzt alle hier. Weiß jemand von euch, wo wir sind und wie es weitergehen soll?«

»Wir sind im Laderaum eines Schiffes«, antwortete Tanin. »Und den Geräuschen nach zu urteilen, haben sie oben eine riesige Bestie an der Kette.«

»Ein Drache?« erkundigte sich Palin ruhig.

»Könnte sein«, antwortete Tanin. »Mir fiel ein, wie Tanis den schwarzen Drachen beschrieben hat, der sie in Xak Tsaroth angegriffen hatte. Er hörte ein Gurgeln und ein Zischen, wie Wasser, das im Kessel kocht…«

»Aber warum sollte jemand einen Drachen an ein Schiff ketten?« wandte Sturm schwach ein.

»Aus allen möglichen Gründen«, murmelte Palin. »Die meisten sind unangenehm.«

»Er soll wahrscheinlich Sklaven wie uns bei der Stange halten. Palin!« rief Tanin mit leiser Stimme. »Kannst du etwas unternehmen? Uns befreien, meine ich? Du weißt schon, mit deiner Magie?«

»Nein«, erwiderte Palin bitter. »Meine Zauberhilfsmittel sind weg… Und wenn ich sie hätte, käme ich nicht dran, weil meine Hände gefesselt sind. Mein Stab… *mein Stab*!« erinnerte er sich mit stechendem Schmerz. Voller Angst versuchte er sich aufzurichten, sah sich um und stieß dann vor Erleichterung einen Seufzer aus. Der Stab des Magus lehnte in einer Ecke. Aus irgendeinem Grund bewegte er sich nicht von der Stelle, wenn das Schiff Schlagseite bekam, sondern blieb offensichtlich von den Naturgesetzen unberührt. »Mein Stab könnte helfen, aber ich weiß nur, wie man ihn zum Leuchten bringt«, gab er schamerfüllt zu. »Außerdem«, setzte er hinzu, während er sich benommen zurücklegte, »kann ich mich mit diesen Kopfschmerzen kaum an meinen Namen erinnern, geschweige denn an einen Zauberspruch.«

Die jungen Männer verfielen in Schweigen und grübelten nach. Tanin quälte sich wieder mit seinen Fesseln ab und gab schließlich auf. Das Leder war mit Wasser durchtränkt und hatte sich beim Trocknen zusammengezogen, so daß es selbst für den kräftigen Mann unmöglich war, sich von den Fesseln zu befreien. Plötzlich pfiff Sturm leise und wandte sich seinem jüngeren Bruder zu.

»Palin«, sagte er leise, »mir fällt eine Geschichte von Onkel Raistlin ein, wie er und Vater einmal den Banditen entkommen sind. Er hatte sich mit einem Messer befreit, das er verborgen am Handgelenk trug. Hast du…«

»Ja«, unterbrach Palin, »ich habe so ein Messer. Justarius schickte es mir nach der Prüfung. Es ist mit einem Band an meinem Handgelenk befestigt.« Er stockte, dann sagte er widerwillig: »Und ich weiß bloß immer noch nicht, wie das verdammte Ding funktioniert.«

Sturm und Tanin, die sich zu Beginn dieser Unterhaltung hoffnungsvoll aufgerichtet hatten, fielen zum Schluß mit einem Stöhnen zurück.

»Es sieht also aus, als wären wir Gefangene in diesem elenden Loch…«

»Gefangene?« rief eine dröhnende Stimme. »Verlierer vielleicht. Aber niemals Gefangene!«

Eine Klapptür an der Decke öffnete sich, und eine kleine, stämmige Gestalt in leuchtendrotem Samt und mit schwarzen, lockigen Haaren streckte den Kopf hindurch. »Meine Gäste seid ihr!« schrie Dugan Rothammer energiegeladen, während er zu ihnen durch die Öffnung spähte. »Und ihr könnt euch glücklich schätzen, denn ich habe euch von allen Menschen auserwählt, mich bei meinem großen Abenteuer zu begleiten! Ein Abenteuer, das euch in der ganzen Welt berühmt machen wird! Ein Unternehmen, das die kleinen Abenteuer, in die eure Eltern verwickelt waren, wie eine Kenderjagd nach Abfällen erscheinen lassen wird!« Dugan beugte sich so weit durch die Öffnung, daß sein Gesicht vor Anstrengung rot anlief und er fast hinuntergepurzelt wäre.

»Wir werden dich bei keinem Abenteuer begleiten, Zwerg!«

widersprach ihm Tanin mit einem Fluch. Und zum ersten Mal erhielt er volle Zustimmung von Palin und Sturm.

Dugan lächelte sie boshaft durch die Öffnung an und fragte: »Wollen wir wetten?«

»Seht ihr, Burschen, es ist eine Ehrensache«, fuhr der Zwerg fort und schaute sie selbstzufrieden an. Er ließ eine Strickleiter herab und kletterte unter großen Gefahren in den Laderaum des Schiffes. Seine Kletterei wurde dadurch behindert, daß er die Füße vor seinem dicken Bauch nicht sehen konnte. Nachdem er einige Male ausgerutscht war, erreichte er schließlich den Boden. Einen Augenblick ruhte er sich von der Anstrengung aus, holte ein spitzenbesetztes Taschentuch aus dem Ärmel seines Umhangs hervor und wischte sich das Gesicht ab.

»Ich kann euch sagen, Burschen«, erklärte er feierlich, »ich bin heute ein wenig daneben. Bei Reorx, ihr könnt ja trinken! Wie ihr auch gesagt habt.« Er taumelte leicht, als sich das Deck unter ihm neigte, und zeigte dann auf Sturm. »Besonders du! Ich schwöre bei meinem Barte« – dabei strich er über ihn –, »daß ich dich doppelt gesehen habe, Bursche, und ich war mit vieren von dir beschäftigt, bevor du die Augen zurückgerollt hast und zu Boden gestürzt bist. Dabei sind die Grundmauern des Wirtshauses ins Schwanken geraten. Ich mußte für den Schaden aufkommen.«

»Du wolltest uns doch die Fesseln abnehmen«, knurrte Tanin.

»Stimmt«, murmelte Dugan und zog ein scharfes Messer aus dem Gürtel. Er ging an den Truhen vorbei und begann eifrig, die Lederriemen an Tanins Handgelenken durchzuschneiden.

»Warum hast du uns denn dann an Händen und Füßen gefesselt«, fragte Palin, »wenn wir nicht deine Gefangenen sind?«

»Nun, Kleiner«, erklärte der Zwerg und sah mit beleidigter

Miene auf Palin, »das war zu eurer eigenen Sicherheit! Ich hatte nur euer Wohlergehen im Sinn! Ihr wart so begeistert, als ihr mitbekommen habt, daß wir euch auf dieses feine Schiff tragen wollen, daß wir eurer Begeisterung Einhalt gebieten mußten…«

»Begeisterung!« brummte Tanin. »Wir waren außer Gefecht!«

»Nun, nein, eigentlich nicht«, gab Dugan zu. »O ja, er war es.« Der Zwerg wandte mit einem Ruck den Kopf zu Palin. »Er schlief wie in Mutters Armen. Aber ihr zwei, das habe ich sofort erkannt, als ich euch zu Gesicht bekam, Burschen, ihr zwei seid großartige Kämpfer. Vielleicht hast du dich gefragt, wie du zu der Beule am Kopf gekommen bist…«

Tanin schwieg und funkelte nur den Zwerg an. Er richtete sich auf und fuhr mit der Hand vorsichtig über die Stirn, wo er eine große Schwellung hatte.

»Begeisterung«, wiederholte der Zwerg feierlich und machte sich daran, Sturm von seinen Fesseln zu befreien. »Das ist auch der Grund, warum ich euch für mein Abenteuer auserwählt habe.«

»Das einzige Abenteuer, bei dem ich dich begleiten werde, ist, dich in die Hölle zu bringen!« gab Tanin stur zurück.

Palin legte sich zurück und seufzte. »Mein lieber Bruder«, sagte er erschöpft, »ist dir vielleicht aufgefallen, daß uns in dieser Angelegenheit wenig Möglichkeiten zur Verfügung stehen? Wir sind auf einem Schiff, meilenweit vom Land entfernt« – er warf Dugan einen Blick zu, der zustimmend nickte –, »und diesem Zwerg und seiner Mannschaft von Halsabschneidern vollkommen ausgeliefert. Glaubst du, er würde uns von den Fesseln befreien, wenn wir die geringste Chance zur Flucht hätten?«

»Intelligenter Bursche«, lobte der Zwerg ihn, während er Palin die Fesseln durchschnitt. Sturm richtete sich steif auf und rieb sich die Handgelenke. »Aber andererseits ist er Magier. Und die sind alle intelligent, zumindest habe ich das gehört. So intelligent«, fügte Dugan geschickt hinzu, »daß ich überzeugt bin, daß er es sich zweimal überlegen wird, irgendeinen Zauberspruch zu werfen, nur weil er ihm gerade in den Sinn kommt. Ein Schlafzauber, beispielsweise, könnte sehr wirkungsvoll sein und meiner *Halsabschneider*-Mannschaft eine Pause gewähren. Aber seid ihr drei überhaupt in der Lage, ein Schiff zu bedienen? Außerdem«, fuhr er fort, als er Palins grimmigen Gesichtsausdruck sah, »wie ich schon sagte – es ist eine Ehrensache. Ihr habt die Wette verloren, bei der es gerecht und ehrlich zuging. Ich habe meinen Teil erfüllt und euch ins Bett gebracht. Jetzt müßt ihr euren Teil erfüllen.« Als Dugan lächelte, kräuselten sich die Enden seines Schnurrbarts nach oben. Zufrieden strich er sich über den Bart. »Ihr müßt die Rechnung bezahlen.«

»Ich will verdammt sein, wenn ich zahlen sollte«, knurrte Tanin. »Ich reiße dir den schwarzen Bart samt Wurzeln aus!«

Tanins Stimme bebte regelrecht vor Zorn. Palin zuckte zusammen, als er hilflos beobachten mußte, wie sein hitziger Bruder einen Sprung auf den lächelnden Zwerg zu machte – und mit dem Gesicht flach in das Erbrochene fiel.

»Nun, nun, Bursche«, sagte Dugan und half Tanin beim Aufstehen. »Bekomm erst mal Seefüße, bevor du mir den Bart ausreißt – das würde ja bedeuten, daß du dich weigerst, deinen Teil der Wette zu erfüllen. Aber angesichts dessen, was ich von Caramon Majere gehört habe, wäre ich in der Tat enttäuscht, wenn seine Söhne Betrüger wären.«

»Wir sind keine Betrüger!« erwiderte Tanin schmollend und lehnte sich schwach an die Koje. Mit beiden Händen klammerte er sich daran fest, als das Schiff unter ihm schaukelte. »Obwohl man einwenden könnte, daß die Wette manipuliert wurde, werden wir trotzdem dafür aufkommen! Was willst du von uns?«

»Daß ihr mich bei meinem Abenteuer begleitet«, antwortete der Zwerg. »Dort, wohin wir unterwegs sind, ist es äußerst gefährlich. Ich brauche zwei starke, erfahrene Krieger, und ein Zauberer kommt immer gelegen.«

»Was ist denn mit deiner Mannschaft?« fragte Sturm. Vorsichtig schob er sich von seiner Koje weg. Doch im selben Augenblick bekam das Schiff Schlagseite, und er stürzte zu Boden und wurde rückwärts in den Laderaum geschleudert.

Dugans lächelndes Gesicht wurde abrupt ernst. Er sah kurz nach oben, wo das seltsame Brodeln wieder zu hören war. Palin fiel auf, daß es dieses Mal mit Kreischen und Schreien vermischt war. »Ah, meine... öh... Mannschaft«, erklärte der Zwerg mit einem traurigen Kopfschütteln. »Sie sind... nun ja, ihr seht sie euch am besten selber an, Burschen.«

Dugan drehte sich auf dem Absatz seiner modischen Schuhe um und ging auf die Strickleiter zu. Er taumelte ungeschickt, als das Schiff in die andere Richtung kippte. »Autsch! Das erinnert mich an etwas«, begann er, fluchte dann und rieb sich am Bein, wo er von einer der umherrutschenden Truhen gestoßen worden war. »Eure Ausrüstung haben wir hier verstaut.« Er schlug auf den Deckel. »Schwerter, Schilde, Rüstungen und dergleichen. Ihr werdet alles brauchen, dort, wohin wir steuern!« fügte er fröhlich hinzu.

Er bekam die hin- und herschwingende Strickleiter zu fassen, kletterte hinauf und zog sich durch die Bodenklappe hoch. »Beeilt euch!« hörten sie ihn schreien.

»Also, was machen wir jetzt?« fragte Sturm, der sich vorsichtig aufrichtete, um jedoch nur mit der Bewegung des Schiffes wieder nach vorne geworfen zu werden. Das Gesicht des jungen Mannes war regelrecht grün, und Schweißperlen standen ihm auf der Stirn.

»Wir nehmen unsere Schwerter«, erklärte Tanin grimmig und wankte zu den Truhen.

»Und verschwinden von diesem stinkenden Ort«, fügte Palin hinzu. Mit einem Ärmel hielt er sich Nase und Mund zu. »Wir brauchen frische Luft, und ich für meinen Teil möchte sehen, was da oben los ist.«

»Wollen wir wetten?« spottete Tanin.

Mit einem kläglichen Lächeln schaffte Palin es, den Stab des Magus zu erreichen, der immer noch in der Ecke stand. Ob es sich um eine magische Eigenschaft des Stabes handelte oder ob ihm lediglich die Berührung Zuversicht vermittelte, jedenfalls fühlte sich der junge Magier sofort besser, als sich seine Hand um das glatte Holz schloß.

»Denk an die Gefahr, die dieser Stab erlebt hat und durch die er seine Meister sicher geleitet hat«, flüsterte Palin in sich hinein. »Magus hielt ihn, während er an Humas Seite kämpfte. Mein Onkel hielt ihn, als er die Hölle betrat und die dunkle Königin herausforderte. Eine Situation wie diese bekümmert ihn wahrscheinlich überhaupt nicht.«

Mit dem Stab in der Hand begann Palin die Strickleiter hochzuklettern.

»Halt, kleiner Bruder«, sagte Tanin und zog Palin am Ärmel. »Du weißt nicht, was oben los ist. Du hast selber zugegeben, daß du dich im Augenblick außerstande fühlst, Zaubersprüche zu werfen. Warum läßt du Sturm und mich nicht vorausgehen?«

Palin hielt inne und sah Tanin erfreut an. Sein älterer Bruder hatte ihm erstaunlicherweise keinen Befehl erteilt, wie es sonst seine Art war. Er konnte ihn fast hören: »Palin, du Narr! Du wartest unten. Sturm und ich gehen zuerst.« Tanin hatte voller

Respekt mit ihm gesprochen, sein Argument vernünftig dargelegt und es Palin überlassen, eine Entscheidung zu treffen.

»Du hast recht, Tanin«, erwiderte Palin und machte einen Schritt von der Leiter zurück – nur war es ein wenig weiter, als er beabsichtigt hatte, denn das schlingernde Schiff warf ihn wieder aus dem Gleichgewicht. Sturm konnte ihn packen, und die drei blieben stehen und warteten ab, bis sich das Schiff wieder aufgerichtet hatte. Dann stiegen sie hintereinander die Strickleiter hoch.

Sturm zog Palin mit seiner starken Hand aufs Deck hoch. Dankbar atmete der junge Magier die frische Luft ein, blinzelte in das strahlende Sonnenlicht und tat sein Bestes, um das Pochen in seinem Kopf nicht zu beachten. Seine Augen hatten sich gerade an die Helligkeit gewöhnt, als das Brodeln hinter ihm wieder einsetzte – eine angsterregende Mischung aus Heulen, Kreischen, Knarren und Zischen. Das Deck unter seinen Füßen schwankte. Beunruhigt wollte er sich umdrehen und sich dem Angriff der entsetzlichen Bestie stellen, als er Tanin schreien hörte: »Palin, paß auf!«

Sein Bruder fiel mit seinem ganzen Gewicht auf Palin, und beide schlugen aufs Deck auf, gerade als etwas Dunkles und Schreckliches mit einem lauten, klatschenden Geräusch über sie hinwegdonnerte.

»Ist mit dir alles in Ordnung?« fragte Tanin besorgt. Er stand auf und reichte Palin die Hand. »Ich wollte dir nicht so einen harten Schlag versetzen.«

»Ich glaube, du hast mir jeden Knochen gebrochen!« keuchte Palin und versuchte, den Atem anzuhalten. Er starrte zum Bug, wo das Ding über die Reling verschwunden war. »Im Namen der Hölle, was war das?« Er sah Dugan an. Der Zwerg war gerade dabei, sich aufzurappeln.

Dugans Gesicht war rot wie seine Samthose, während er

Holzstücke, Seilfetzen und Meeresschaum von sich abklopfte. Plötzlich wurde er von einer Horde plappernder kleiner Kreaturen umzingelt, die eifrig bemüht waren, ihm zu helfen.

»Ahoi!« brüllte Dugan gereizt und schlug mit den Händen nach ihnen. »Bleibt mir vom Leibe! Bleibt mir vom Leibe, sagte ich! Geht zu eurer Arbeit zurück!«

Gehorsam liefen die Wesen davon, obwohl mehrere sich ein oder zwei Sekunden Zeit nahmen, die drei Brüder zu mustern. Einer näherte sich Palin und streckte hastig eine Hand aus, um den Stab des Magus zu berühren.

»Verschwinde!« schrie Palin und zog den Stab näher zu sich.

Naserümpfend zog sich das Wesen zurück, aber die hellen Augen blieben gierig auf den Stab geheftet, während es zu seiner Arbeit zurückkehrte, was immer das auch sein mochte.

»Gnomen!« sagte Sturm erstaunt und senkte sein Schwert.

»Uh, ja«, murmelte Dugan verlegen, »meine... äh... meine Mannschaft von Halsabschneidern.«

»Die Götter stehen uns bei!« betete Tanin leidenschaftlich. »Wir sind auf einem Gnomenschiff!«

»Und das Ding?« Palin versagte die Stimme, und er konnte nicht weiterfragen.

»Das ist... uh... das Segel«, murmelte Dugan, während er Wasser aus seinem Bart wrang. Er machte eine vage Handbewegung. »In ungefähr zehn Minuten wird es wiederkommen, also... äh... haltet euch bereit.«

»Was, in der Hölle, hat ein Zwerg auf einem Gnomenschiff zu suchen?« fuhr Tanin ihn an.

Dugan wurde noch verlegener. »Ah, nun, na ja«, brummte er und wickelte sich seinen langen Schnurrbart um seinen Zeigefinger. »Das ist eine lange Geschichte. Vielleicht habe ich Zeit, sie euch zu erzählen...«

Palin versuchte, mit Hilfe des Stabes auf dem schlingernden

Deck das Gleichgewicht zu halten, und schaute aufs Meer hinaus. Ihm war ein Gedanke gekommen, und ihm begann das Herz zu sinken wie offenbar auch das Schiff. Die Sonne lag hinter ihnen, sie steuerten gen Westen und befanden sich auf einem Gnomenschiff mit einem Zwergenkapitän...

»Der Graustein!« murmelte Palin.

»Ja, Kleiner!« schrie Dugan und klopfte dem jungen Magier auf die Schulter. »Du hast die Echse am Schlund gepackt, wie die Gossenzwerge zu sagen pflegen. *Das* ist der Grund, warum ich auf diesem... öh... irgendwie einzigartigen Schiff bin, und das«, setzte Dugan fort, torkelte rückwärts, während sich sein Bauch nach vorne schob, »das ist mein Abenteuer!«

»Was?« fragte Tanin argwöhnisch.

»Meine Brüder«, sagte Palin, »es hat sich gerade herausgestellt, daß wir auf der Suche nach dem legendären Graustein von Gargat sind, der vor langer Zeit verlorenging.«

»Nicht ›auf der Suche‹«, korrigierte ihn Dugan. »Ich habe ihn gefunden! Wir sind mitten in einem Abenteuer, das alle Abenteuer beenden wird! Wir sind dabei, den Graustein *wiederzuerlangen* und – ahoi, Burschen, paßt auf!« Nach einem besorgten Blick über die Schulter warf sich Dugan aufs Deck.

»Das Segel kommt«, grunzte er.

Drittes Kapitel

Das Mirakel

Das Segelschiff der Gnomen war fürwahr ein technisches Wunder. Das Wunder bestand darin, daß es ihm gelang, sich über Wasser zu halten, anstatt wirklich zu segeln! So ungefähr hatte es Sturm beschrieben. Nach jahrelanger Planung und noch mehr Jahren im Komitee und als Produkt jahrhundertealten handwerklichen Könnens war das Gnomenschiff der Schrecken der Meere. Beim Anblick der Gnomenflagge – einer goldenen Schraube auf braunrotem Grund – flohen tatsächlich die meisten Schiffe voller Entsetzen. Das lag daran, daß die Dampfkessel unglückseligerweise zum Explodieren neigten. Die Gnomen behaupteten, einmal ein Piratenschiff der Minotaurier angegriffen und versenkt zu haben. Die Wahrheit war jedoch, daß die Minotaurier in schallendes Gelächter ausgebrochen waren und unachtsam wurden, so daß ihr Schiff zu dicht an das der Gnomen trieb. Daraufhin gerieten diese in Panik und ließen die unter Druck gesetzte, in Fässern aufbewahrte Luft zum Steuern des Schiffes frei. Es gab eine Explosion, und das Minotaurierschiff flog in die Luft. Die Gnomen kamen mehr als zwanzig Meilen vom Kurs ab.

Sollten andere Rassen sie verhöhnen, die Gnomen wußten, daß ihr Schiff in seiner praktischen Anwendbarkeit, Wirtschaftlichkeit und Bauweise seiner Zeit um Jahre voraus war. Die Tatsache, daß es langsamer war als alles andere auf dem Wasser – an einem guten Tag mit starkem Wind schaffte es durchschnittlich einen halben Knoten –, störte die Gnomen nicht. Sie wußten, daß nichts vollkommen war. Außerdem arbeitete ein Komitee derzeit an diesem Problem, und sie waren zuversichtlich, ungefähr im nächsten Jahrtausend mit einer Lösung aufwarten zu können.

Die Gnomen wußten, daß alle Schiffe Segel hatten. Ihrer Meinung nach war ein Schiff ohne Segel einfach kein Schiff. Folglich hatte das Gnomenschiff ein Segel. Aber nachdem die Gnomen die von anderen, weniger intelligenten Rassen gebauten Schiffe eingehend studiert hatten, hielten sie es für Platzverschwendung, das Deck mit Mast, Seilen und Segeltuch vollzustopfen, und zudem für Energieverschwendung, die Segel zu hissen und wieder herunterzuholen, um vom Wind in Fahrt gebracht zu werden. Das Gnomenschiff war mit einem gigantischen Segel ausgerüstet, doch nicht nur wegen des Windes, sondern im wesentlichen dafür, daß es das Schiff mit sich zog.

Und es war dieses Segel, das an der Konstruktion des Schiffes so revolutionär war. Das Segel, ein gewaltiger Apparat aus sich bauschenden Segeltüchern und einem Balken, der so breit war wie zehn dicke Eichen, ruhte auf drei eingefetteten Holzschienen, von denen sich zwei an beiden Schiffsenden befanden und die dritte durch die Mitte ging. Dieses Wunder moderner Marinetechnik wurde mittels riesiger Kabel, die längs des Rumpfes verliefen, und mit Dampf, der in einem riesigen Kessel unter dem Deck erzeugt wurde, angetrieben, indem das Segel mit hoher Geschwindigkeit über die eingefetteten Holzschienen gezogen wurde. Durch diese Bewegung erzeugte das Segel seinen eigenen Wind und trieb das Schiff auf seinem Kurs vorwärts.

Sobald das Segel seine beeindruckende, schwungvolle Fahrt über das Deck vollendet und die Heckseite erreicht hatte... (Es *gab* ein winzig kleines Problem. Es war unmöglich, das Schiff zu wenden. Folglich sah das Heck genauso aus wie der Bug. Diesen kleinen Schnitzer in der Konstruktion hatten die Gnomen behoben, indem sie das Segel so anbrachten, daß es sich nach vorne und auch nach hinten bewegen konnte, und außer-

dem das Schiff mit zwei Galionsfiguren ausstatteten – an beiden Schiffsenden eine dralle Gnomenjungfer, die Schrauben in den Händen hielt und beherzt und aufmerksam aufs Meer starrte)... Wo waren wir stehengeblieben? Ach ja. Sobald das Segel die Heckseite erreicht hatte, rollte es sich ordentlich auf und setzte seine Fahrt unter dem Schiff durch das Wasser fort, bis es zum Bug gelangt war. Hier kam es aus dem Wasser hervor, entfaltete sich und donnerte wieder über das Deck.

Zumindest hatte das Segel auf dem Zeichenbrett und in zahlreichen Gnomenbadewannen so funktioniert. Doch in der grauen Wirklichkeit verhielt es sich anders. Im Salzwasser rostete das Getriebe für den Aufzieh-Mechanismus fast unverzüglich, und das Segel öffnete sich im Wasser entweder vollständig oder teilweise. In diesem Zustand fegte es unter dem Schiff hindurch, was sich nachteilig auf die Geschwindigkeit auswirkte und wodurch das Schiff gelegentlich eher zurückgezogen wurde als nach vorne. Diese geringfügige Unannehmlichkeit wurde jedoch von einem anderen, unerwarteten Vorteil völlig aufgewogen. Denn wenn das Segel geöffnet aus dem Wasser kam, funktionierte es wie ein Netz und brachte ganze Fischschwärme mit. Wenn sich das Segel dann über dem Bug hob, fiel ein Fischregen aufs Deck, der für Mittag- und Abendessen und zuweilen für eine Gehirnerschütterung sorgte, wenn jemand das Pech hatte, von einem herunterfallenden Thunfisch getroffen zu werden.

Das Schiff hatte aus Platzmangel keine Ruderpinne, außerdem hatte das Schiff ja im Grunde zweimal einen Bug und kein Heck. Doch unerschütterlich, wie die Gnomen nun einmal waren, hatten sie ihr Schiff so gebaut, daß es mit den zuvor erwähnten, unter Druck gesetzten Luftfässern gesteuert werden konnte. An beiden Seiten des Schiffrumpfes gelagert, wurden die Fässer ständig mit einem riesigen, dampfgetriebenen Gebläse mit Luft gefüllt. Ließ man die Luft an der einen oder anderen Seite heraus, änderte das Schiff zischend seinen Kurs. (Wir hatten zuvor gesagt, daß es unmöglich sei, das Schiff zu wenden. Wir haben uns geirrt. Die Gnomen hatten herausgefunden, daß ihr Schiff durchaus gewendet werden *konnte*, indem man die Luft beider Fässer gleichzeitig herausließ. Dann drehte sich das Schiff jedoch mit einer derart beunruhigenden Geschwindigkeit, daß der Großteil der Mannschaft über Bord flog, und jene, die auf Deck blieben, daraufhin nie wieder auf einer geraden Linie gehen konnten. Diese Unglücksraben wurden prompt von der gnomischen Straßenbaugilde angeheuert.)

Der Name dieses bemerkenswerten Schiffes lautete: *Das Großartige Gnomenschiff für Erforschungen und Untersuchungen, gebaut aus Holzplanken, die mit dem Wundersamen Gnomenkleber (der Name allein spricht für sich) anstatt mit der erbärmlichen menschlichen Erfindung von Nägeln, die wir sowieso viel leistungsfähiger entworfen haben, zusammengehalten werden, angetrieben mit Dampf, der erzeugt wird, indem man Wasser zum Kochen bringt* und so weiter und so weiter. Der vollständige Name umfaßte mehrere Bände in der Gnomenbibliothek. Der Name, beziehungsweise eine gekürzte Version, wurde in den Rumpf geritzt, und als den Gnomen der Platz ausging, machten sie auf dem Deck weiter.

Unnötig zu sagen, daß das Reisen mit der *Mirakel* – die kürzere Version des Namens, die die Menschen gebrauchten – dem Seelenfrieden nicht förderlich war und auch keine Gewähr bot, das Abendessen bei sich zu behalten. Befand sich das Segel unter dem Schiff, dann torkelte es im Wasser wie ein betrunkener Meereself. Fegte das Segel aber über das Deck, schoß das Schiff nach vorne, wobei sich einem der Magen ruckartig umdrehte. Und schlug das Segel schließlich wieder im Wasser auf, schaukelte das Schiff, daß einem übel wurde. Die Lenzpumpen arbeiteten ununterbrochen (dank des wundersamen Gnomenklebers). Glücklicherweise steuerten die Gnomen in gerader Richtung – immer gen Westen. Also mußte das Schiff nicht gewendet werden, und folglich bestand nicht die Notwendigkeit, die Luftfässer zu öffnen (ein erregendes Erlebnis, vergleichbar etwa mit dem, wenn man von einem Wirbelsturm überrascht wird) –, ein Segen für Tanin, Sturm und Palin, daß ihnen dies während der gnädigerweise kurzen Reise erspart blieb. Das war also die *Mirakel* mit einer Gnomenmannschaft, einem Zwerg als Kapitän und drei seekranken, verkaterten Abenteurern (auch wenn Dugan ihnen feierlich versicherte, daß sie ihren jeweiligen Göttern für diesen Umstand danken sollten!).

Die Dämmerung brach herein. Die Sonne ging flammendrot im Meer unter, als versuchte sie, den grell gekleideten Zwerg mit ihrer Farbenpracht auszustechen. Die Brüder, die sich kläglich auf dem Vorderdeck krümmten, waren erleichtert, daß die Nacht nahte. Der ganze Tag war entsetzlich gewesen. Jedesmal, wenn das Segel über sie hinwegdonnerte, mußten sie sich ducken. Zudem wurden sie mit Fisch bombardiert und von Wasser überflutet, das sich aus dem Segel ergoß. Außer Fisch (und davon reichhaltig) und einer Art von Gnomenkeksen, die verdächtigerweise wie der Wunderkleber aussahen, gab es wenig zu essen. Um sie von ihren Sorgen abzulenken und auf das bevorstehende Abenteuer vorzubereiten, schlug Dugan vor, ihnen die Geschichte vom Graustein von Gargat zu erzählen.

»Diese Geschichte kenne ich!« schmollte Tanin. »Die kennt doch jeder auf Krynn! Ich habe sie schon als Kind oft gehört!«

»Ach, aber kennt ihr auch die *wahre* Geschichte?« fragte Dugan und blickte sie mit seinen schwarzen, glänzenden Augen aufmerksam an.

Keiner gab ihm eine Antwort. Sie waren unfähig, die eigenen

Gedanken zu ordnen, weil das Segel – mit laut aufschlagendem Segeltuch und knirschendem Gewinde – wieder aus dem Wasser zum Vorschein kam und über das Deck schlingerte. Fische klatschten aufs Deck, und die Gnomen hüpften ihnen in alle Richtungen hinterher. Die Überquerung des Decks durch das Segel wurde mit Geschrei und Gekreische durchsetzt, wenn gewisse unglückliche Gnomen vergaßen, sich zu ducken, und von dem Balken über Bord gefegt wurden. Da diese Unglücksfälle fast jedesmal auftraten, waren mehrere Gnomen ständig an den Schiffsseiten stationiert, um »Gnomen über Bord!« zu schreien (was sie mit großer Begeisterung taten) und ihren im Wasser strampelnden Kameraden lebensrettende Geräte zuzuwerfen (die im Hafen auch als Anker dienten).

»Woher sollen wir wissen, ob es die wahre Geschichte ist oder nicht?« fragte Tanin mürrisch, als man wieder etwas verstehen konnte.

»Ich weiß, daß es unterschiedliche Geschichten gibt, je nachdem, ob ein Zwerg oder der Angehörige einer anderen Rasse sie erzählt«, fügte Palin hinzu.

Dugan wirkte äußerst verlegen. »Ja, Bursche«, sagte er, »und da hast du einen wunden Punkt berührt. Aber erzähl du sie uns, junger Magier. Erzähl sie so, wie du sie gehört hast. Vermutlich hast du dich mit ihr auseinandergesetzt, da der Graustein mit der Entstehung der Magie zusammenhängt.«

»Na gut«, sagte Palin, der erfreut und geschmeichelt war, im Mittelpunkt der Aufmerksamkeit zu stehen. Viele Gnomen, die mitbekommen hatten, daß der Mensch ihre Lieblingsgeschichte erzählen würde, stellten ihre Arbeiten ein (und den Fischfang). Sie machten es sich um Palin herum gemütlich und musterten den Magier mit unterschiedlichem Gesichtsausdruck, in dem sich ihre Erwartungen widerspiegelten: von der eifrigen Gewißheit, daß er eine falsche Darstellung geben würde, bis zum regelrechten Argwohn, daß er sie zufälligerweise richtig erzählen könnte.

»Als die Götter aus dem Chaos erwachten und ihm Teile entnahmen, um zu herrschen, wurde das Gleichgewicht des Universums hergestellt und das Chaos gebändigt. Das Pendel der Zeit schwang zwischen Gut und Böse, während die Neutralität darüber wachte, daß weder das eine noch das andere stärker wurde. In jener Zeit begannen die Seelen der Rassen zwischen den Sternen zu tanzen, und die Götter entschieden, für diese Rassen eine Welt zu schaffen, in der sie leben konnten.

Nachdem die Welt geschaffen worden war, stritten sich die Götter aber um die Seelen der Rassen. Die guten Götter wollten allen Rassen die Herrschaft über die Welt geben und sie zur Güte erziehen. Die bösen Götter wollten alle Rassen versklaven und zwingen, ihre verruchten Befehle zu befolgen. Die neutralen Götter wiederum wollten den Rassen die Herrschaft über die Welt geben, aber mit der Freiheit, zwischen Gut und Böse zu wählen. Schließlich entschied man sich für die dritte Möglichkeit, wobei die bösen Götter überzeugt waren, mit Leichtigkeit die Oberhand gewinnen zu können.

Daraufhin wurden drei Rassen geboren – die Elfen, geliebt von den guten Göttern, die Oger, willige Sklaven der bösen Götter, und die Menschen, die Neutralen, die von allen Rassen die kürzeste Lebensspanne hatten und folglich leicht auf die eine oder andere Seite gezogen werden konnten. Nachdem die Rassen geschaffen worden waren, wurde dem Gott Reorx die Aufgabe erteilt, die Welt zu erschaffen. Er wählte einige Menschen aus, ihm dabei zu helfen, da sie die fleißigsten Arbeiter waren. Aber schon bald wurde Reorx wütend über die Menschen. Viele waren gierig und arbeiteten nur, um Reichtum anzuhäufen, und waren nicht stolz auf das, was sie schufen. Einige versuchten zu betrügen, andere stahlen. Wütend wie er war, verfluchte Reorx seine Arbeiter und verwandelte sie in Gnomen – kleine, verdammte Wesen. Ich meine nicht wirklich *verdammt*«, unterbrach sich Palin hastig, als er das Stirnrunzeln der Gnomen sah, »ich meine... äh... gesegnet, Bastler zu sein« – die Gnomen lächelten –, »und ihr ganzes Leben damit zu verbringen, an Maschinen zu basteln, die niemals, äh, ich meine, nicht immer funktionieren...«

Über ihnen polterte das Segel vorbei, und Palin war dankbar, eine Pause machen zu können.

»MachmitdemgutenTeilweiter!« schrien die Gnomen, die immer sehr schnell sprachen und ihre Worte zusammenklebten. Palin entschied, daß es ein guter Rat war (nachdem er ihn endlich verstanden hatte), und erzählte weiter.

»Kurz darauf wurde Reorx von einem der bösen Götter mit einem Trick dazu gebracht, die unermeßliche Kraft des Chaos in einen Edelstein einzuarbeiten. Im allgemeinen wird angenommen, daß der Gott, der dahintersteckte, Hiddukel war, der Gott des unredlichen Reichtums...«

»Nein, Bursche.« Dugan seufzte. »Es war Morgion.«

»Morgion?« wiederholte Palin erstaunt.

»Ja, der Gott des Zerfalls. Aber darauf komme ich später zurück.« Der Zwerg machte eine Handbewegung. »Fahr fort.«

»Auf jeden Fall«, sprach Palin etwas verwirrt weiter, »stellte Reorx den Graustein her und legte ihn in den Mond Lunitari, den Roten, den Mond, der den Göttern der Neutralität heilig ist.«

Jetzt lächelten alle Gnomen, denn jetzt kam ihr Lieblingskapitel.

»Während dieser Zeit hatten die Gnomen die Großartige Erfindung gebaut, mit der sie die Welt verlassen und zu den Sternen gelangen konnten. Der Erfindung fehlte nur noch ein Teil, um sie einsatzfähig zu machen, nämlich die Antriebskraft. Als sie eines Nachts zum Himmel emporsahen, entdeckten sie den Graustein, der im Herzen von Lunitari glänzte, und erkannten sofort, daß sie den Antrieb für ihre Erfindung hätten, wenn ihnen die Kraft des Chaos zur Verfügung stände, die im Graustein ruhte.«

Die Gnomen unterstrichen diesen Teil mit heftigem Kopfnikken und verständigen Blicken. Sturm gähnte. Tanin stand auf und lehnte sich über die Reling und übergab sich still.

»Ein äußerst begabter Gnom baute eine Ausziehleiter, die tatsächlich funktionierte. Mit dieser Leiter stieg er zum Mond hoch und fing mit einem Netz, das er eigens für diesen Zweck mitgebracht hatte, den Graustein ein, bevor die Götter seiner gewahr wurden. Er nahm den Stein mit nach unten. Hier aber entglitt ihm dieser und machte sich gen Westen davon, wobei er in allen Ländern, die er passierte, Chaos hinterließ. Das Chaos betrat die Welt in der Form von Magie. Alle Lebewesen, die in die Nähe des Steins gerieten, wurden in wundersame oder entsetzliche Kreaturen verwandelt, grad wie es dem Stein beliebte.

Eine Gnomengruppe, die unentwegt die Hoffnung nährte, den Graustein einzufangen und Anspruch auf ihn zu erheben, folgte ihm über das Meer. Aber es war ein Mensch, ein Mann namens Gargat, der dem Stein eine Falle stellte und ihn in seinem Schloß mit Hilfe magischer Mittel festhielt. Als die Gnomen das Schloß erreichten, konnten sie das Licht des Grausteins sehen, das die Landschaft erhellte. Sie verlangten von Gargat, er solle ihnen den Stein überlassen. Er weigerte sich. Die Gnomen drohten mit Krieg…« Die Gnomen schrien und jubelten. »…und Gargat nahm die Kriegserklärung an. Um das Schloß herum errichtete er eine hohe Mauer. Für die Gnomen bestand keine Möglichkeit, über die Mauer zu gelangen. Also zogen sie ab, schworen jedoch, sie würden zurückkehren.«

»Bravo!« schrien die Gnomen.

»Einen Monat später traf eine Gnomenarmee mit einer riesigen, dampfbetriebenen Belagerungsmaschine vor Schloß Gargat ein. Doch kurz vor ihrem Ziel brach die Maschine nicht weit von der Schloßmauer entzwei. Die Gnomen zogen sich mit schweren Verlusten zurück. Zwei Monate später kamen die Gnomen mit einer noch größeren dampfbetriebenen Belagerungsmaschine wieder. Diese Maschine stieß jedoch mit der ersten zusammen, fing Feuer und verbrannte. Die Gnomen zogen sich mit noch schwereren Verlusten zurück. Drei Monate später waren die Gnomen mit einer gigantischen dampfbetriebenen Belagerungsmaschine zurück. Sie schleppte sich mühsam durch die Asche der beiden ersten Belagerungsmaschinen und prallte gegen die Mauer, als der Antriebsmechanismus versagte. Die Maschine kippte mit einem gewaltigen Ächzen um und zerschmetterte die Mauer. Obwohl der Plan nicht ganz nach ihrer Vorstellung verlaufen war, waren die Gnomen entzückt.«

Noch mehr Jubel.

»Doch während sie durch die Bresche in der Mauer eilten, leuchtete der Stein in einem stahlgrauen Licht auf, von dem alle blind wurden. Als Lord Gargat wieder sehen konnte, sah er zu seiner großen Verblüffung, daß sich die Gnomen gegenseitig bekämpften!«

Hier und dort gab es finstere Blicke, und Rufe wurden laut: »Lügner! Über uns wurden Lügen verbreitet!«

»Eine Splittergruppe der Gnomen forderte, ihnen den Graustein auszuhändigen, um ihn zu bearbeiten und zu Geld zu machen. Die andere Gruppe wollte den Graustein aufschneiden, um seine Funktionsweise zu untersuchen.

Während sich die beiden Gruppen bekämpften, veränderte sich ihr Aussehen... Auf diese Weise entstand die Rasse der Zwerge, die Stein bearbeiten und ständig an Reichtum denken, und außerdem die der Kender, die, voll unersättlicher Neugierde, die Welt durchstreifen. In der ganzen Verwirrung konnte der Graustein entkommen. Zuletzt wurde gesichtet, wie er sich westwärts wandte, und eine Gnomengruppe und Lord Gargat verfolgten ihn. Und das«, endete Palin etwas außer Atem, »ist die Geschichte von dem Graustein – das heißt, sofern man nicht einen Zwerg fragt.«

»Warum? Was haben denn die Zwerge damit zu tun?« fragte Tanin und sah Dugan mit einem schmerzgequälten Lächeln an.

Dugan stieß einen Seufzer aus, der aus den Kappen seiner schwarzen Schuhe zu kommen schien. »Die Zwerge haben stets darauf hingewiesen, daß *sie* die Auserwählten von Reorx waren, daß er ihre Rasse aus Liebe geschaffen hätte und daß die Gnomen und Kender zufällig durchs Herumprobieren entstanden wären, bevor ihm die Zwerge gelungen seien.«

Buhrufe. Die Gnomen sahen höchst beleidigt aus, wurden jedoch von Dugan unverzüglich zum Schweigen gebracht, der herumwirbelte und sie mit einem durchdringenden Blick anstarrte. »Nach der Geschichte der Zwerge schuf Reorx den Graustein, um ihnen ein Geschenk zu machen, und das wurde von den Gnomen gestohlen.« Noch mehr Buhrufe, die auf einen finsteren Blick von Dugan jedoch sofort verstummten.

»Also, es kommt mir so vor«, sagte Sturm mit einem weiteren Gähnen, »als ob der einzige, der die wahre Geschichte kennt, Reorx ist.«

»Nicht ganz, Bursche«, widersprach Dugan, der auf einmal nervös wirkte. »Denn auch *ich* kenne die wahre Geschichte. Und darum unternehme ich ja dieses Abenteuer.«

»Und welche ist richtig?« fragte Tanin mit einem Augenzwinkern zu Palin.

»Keine«, erwiderte Dugan, der jetzt noch nervöser wirkte. Er ließ den Kopf hängen, vergrub das Kinn in den Bart, während er mit den Händen unruhig an den goldenen Knöpfen seines tropfnassen Samtumhangs herumfummelte. »Seht ihr... äh... seht ihr«, begann er so leise, daß es allen äußerst schwerfiel, ihn bei dem tosenden Meer und dem Zappeln der Fische auf dem Deck zu verstehen. »Reorx... uh... verlordenGrausteinbeieinemKnochenspiel.«

»Was?« fragte Palin und beugte sich vor.

»Erverlorihn«, murmelte der Zwerg.

»Ich verstehe immer noch nicht...«

»ER HAT DEN VERDAMMTEN STEIN BEI EINEM KNOCHENSPIEL VERLOREN!« brüllte Dugan wütend, hob den Kopf und funkelte alle anderen an. Sofort liefen die Gnomen eingeschüchtert in alle Richtungen auseinander. Viele von ihnen wurden am Kopf von dem Segel getroffen, das gerade vorbeizischte. »Morgion, der Gott des Zerfalls und der Krankheit, hatte Reorx mit einem Trick dazu gebracht, den Stein herzustellen. Morgion wußte, daß seine böse Kraft zunehmen würde, wenn das Chaos auf der Welt frei wäre. Er forderte Reorx zu einem Spiel heraus, wobei der Graustein der Einsatz war, und...« Der Zwerg verstummte und blickte finster auf seine Schuhe.

»Er hat ihn bei einem *Knochenspiel* verloren?« beendete Sturm verblüfft den Satz.

»Ja, Bursche«, sagte Dugan mit einem tiefen Seufzer. »Versteht ihr: Reorx hat eine kleine Schwäche. Es ist nur eine winzig kleine Schwäche, hört ihr, ansonsten ist er fein und ehrbar wie ein Gentleman, den man gern kennenlernen möchte. Aber« – der Zwerg stieß noch einen Seufzer aus –, »er trinkt gerne und liebt eine gute Wette.«

»Ach, dann kennst du also Reorx, nicht wahr?« fragte Sturm mit einem Gähnen, daß die Kiefer knackten.

»Ich bin stolz, das sagen zu können«, antwortete Dugan

ernst, strich sich über den Bart und zwirbelte seinen Schnurrbart. »Mit seiner Hilfe ist es mir gelungen, nach all diesen Jahren den Standort des Grausteins ausfindig zu machen. Und mit der Hilfe dieser Burschen...« Er schlug einem vorbeigehenden Gnom auf die Schulter, so daß der kleine Kerl umfiel. »...und mit der Hilfe von euch drei feinen, jungen Männern werden wir ihn zurückholen und... und...« Dugan begann zu stocken. Irgendwie war er verwirrt.

»Und?«

»Und dann geben wir ihn natürlich Reorx zurück«, beendete der Zwerg mit einem Schulterzucken den Satz.

»Natürlich«, erwiderte Tanin. Er sah zu Sturm hinüber, der auf dem Deck eingeschlafen war, und erwischte einen Gnom, der sich gerade mit dem Helm seines Bruders davonmachen wollte. »Hey!« schrie Tanin wütend und packte den Dieb am Kragen.

»Ichwollteihnnuransehen!« winselte der Gnom und krümmte sich. »Ichwollteihnehrlichzurückgeben, verstehst du?« Er redete jetzt ein wenig langsamer, als Tanin den Griff um ihn lockerte, »wir haben einen revolutionären neuen Helm entworfen. Es gibt da aber noch ein paar kleine Probleme: beispielsweise, wie man ihn vom Kopf bekommt, und ich...«

»Nein danke, wir sind nicht interessiert«, knurrte Tanin und riß dem Gnom den Helm weg, den dieser liebevoll bewunderte. »Komm schon, kleiner Bruder«, sagte er zu Palin. »Hilf mir, Sturm ins Bett zu bringen.«

»Wo ist denn ein Bett?« fragte Palin erschöpft. »Ich gehe nicht wieder in dieses stinkende Loch zurück.«

»Ich auch nicht«, stimmte ihm Tanin zu. Er schaute sich auf dem Deck um und deutete in eine Richtung. »Dieses schuppenähnliche Ding dort drüben scheint der beste Platz zu sein. Zumindest ist es trocken.«

Er zeigte auf mehrere Holzplanken, die geschickt zu einer kleinen Schutzhütte zusammengestellt und so angelegt waren, daß man vom vorbeisausenden Segel und vom Wasser und von herunterregnenden Fischen verschont blieb, wenn man sich darin aufhielt.

»Es ist trocken«, bestätigte Dugan selbstgefällig. »Das ist *mein* Bett.«

»Das *war* dein Bett«, gab Tanin zurück. Er bückte sich und schüttelte Sturm. »Wach auf! Wir werden dich nicht tragen! Und beeil dich, bevor dieses gottverfluchte Segel uns köpft.«

»Was?« Sturm richtete sich auf und blinzelte verschlafen.

»Das könnt ihr nicht machen!« brüllte der Zwerg.

»Sieh doch mal, Dugan Rothammer!« sagte Tanin, beugte sich zu dem Zwerg hinunter und starrte ihm grimmig in die Augen. »Ich habe einen Kater, ich bin seekrank und habe den ganzen Tag noch nichts gegessen. Ich wurde mit Wasser überschüttet, von Fischen geschlagen, von einem Segel überrollt und von Kindergeschichten zu Tode gelangweilt! Ich glaube dir nicht, und ich glaube nicht an dein dämliches Abenteuer.« Tanin hielt inne und hob wütend einen Finger, mit dem er vor der Nase des Zwerges herumfuchtelte. »Ich werde jetzt dort schlafen, wo ich schlafen will, und morgen, wenn es mir besser geht, werde ich diese kleinen Bastarde dazu bringen, das Schiff zu wenden und uns nach Hause zu fahren. Das schwöre ich bei den Göttern.«

»Und wenn ich dich aufhalte?« drohte Dugan mit einem höhnischen Grinsen. Tanins Wut hatte ihn keineswegs aus der Fassung gebracht.

»Dann wird es eine neue Galionsfigur am Bug geben, egal an welchem Ende von diesem dämlichen Schiff!« zischte Tanin. »Und sie wird einen langen, schwarzen Bart tragen!« Wütend stolzierte der große Mann zu dem Schuppen hinüber und ging hinein. Sturm folgte ihm verschlafen.

»An deiner Stelle, Dugan«, murmelte Palin, bevor er ihnen nacheilte, »würde ich ihm aus dem Weg gehen! Er ist wirklich imstande, seine Drohung wahrzumachen.«

»Wirklich, Bursche? Ich werde daran denken«, erwiderte der Zwerg, während er sich nachdenklich am Bart zupfte.

Der kleine Schutzraum war mit Sachen des Zwerges vollgestopft – überwiegend schien es sich um knallbunte Kleidungsstücke zu handeln. Palin schob sie mit dem Fuß unsanft aufs Deck hinaus. Tanin streckte sich auf dem Boden aus, Sturm brach neben ihm zusammen, und beide schliefen so schnell ein, als hätte ihr jüngerer Bruder einen Zauber auf sie geworfen. Palin legte sich in die Lücke, die übriggebliebenen war, und hoffte, daß auch bei ihm der Schlaf schnell kommen würde.

Aber er war kein Krieger wie seine Brüder, wie er bitter feststellen mußte. Sturm konnte mit ganzer Rüstung in der Wüste schlafen, während Tanin dafür bekannt war, selbst dann selig zu schnarchen, wenn in einen Baum neben ihm der Blitz einschlug. Bis auf die Knochen durchnäßt und vor Kälte bebend, lag Palin auf dem Boden und versank in Selbstmitleid. Er war hungrig, und doch drehte sich ihm der Magen um, sobald er ans Essen dachte. Die Muskeln schmerzten ihm von der Übelkeit, und im Mund hatte er den bitteren Geschmack von Salzwasser. Er dachte sehnsüchtig an sein Bett zu Hause, an saubere, duftende Bettücher, an Stunden des friedlichen Studiums, in denen er mit seinem Zauberbuch im Schloß unter den schützenden Ästen des Vallenholzbaumes gesessen hatte.

Palin schloß die Augen und versuchte, die Tränen des Heimwehs zurückzuhalten, aber es überspülte ihn wie eine Welle. Er streckte die Hand aus und berührte den Stab des Magus. Und plötzlich wurde er von Erinnerungen an seinen Onkel überflutet. Woher hatte er sie? Palin hatte keine Ahnung, denn Raistlin war lange vor seiner Geburt gestorben. Vielleicht lag es an dem

Stab... oder vielleicht erinnerte er sich an eine Geschichte von seinem Vater, die ihm in seinem jetzigen geschwächten Zustand auf einmal völlig Realität zu sein schien. Wie dem auch sei, Palin sah Raistlin deutlich auf dem regennassen Boden eines düsteren Waldes liegen. Eingehüllt in eine rote Robe hustete der Magier, hustete, bis es so schien, als würde er nie mehr Atem holen können. Palin sah Blut auf Raistlins aschfahlen Lippen, sah, wie der zerbrechliche Körper vom Schmerz geschüttelt wurde. Aber es kam kein Wort der Klage. Leise näherte sich Palin seinem Onkel. Der Hustenanfall hörte auf. Raistlin hob den Kopf und sah Palin direkt in die Augen...

Palin senkte voller Scham den Kopf und zog den Stab näher zu sich heran. Nachdem er seine Wange auf das kühle, glatte Holz gelegt hatte, entspannte er sich und fiel in den Schlaf. Im letzten Augenblick, bevor er über den Rand des Unbewußten glitt, glaubte er noch, die Stimme des Zwerges zu hören und ein Gesicht zu sehen, das in die Hütte spähte.

»Ich habe ein Kartenspiel dabei, Burschen... Was meint ihr dazu? Heute nacht schläft die Trumpfkarte hier?...«

Viertes Kapitel

Die Insel Gargat

Beide Brüder wußten, daß Tanin wirklich dazu fähig war, seine Drohung wahrzumachen und das Schiff zu übernehmen, auch wenn es eine völlig andere Sache war, wie er die Gnomen dazu zwingen wollte. In der Nacht begannen daher die Gnomen, die fest entschlossen waren, die Reise fortzusetzen, einen Waffenvorrat einzurichten. Da die meisten Waffen gnomischer Machart waren, war die Wahrscheinlichkeit groß, daß sie dem Träger wie auch dem beabsichtigten Opfer gleichermaßen viel oder wenig Schaden zufügten, und folglich blieb die Frage nach dem Ergebnis der Schlacht – zwei Krieger und ein Magier gegen unzählige Gnomen und einen Zwerg – offen.

Glücklicherweise sollte diese Frage wirklich gestellt werden. Am folgenden Morgen wurden die Brüder nämlich von einem gewaltigen Lärm geweckt – vom Geräusch splitternden Holzes –, der so laut war, daß er das Herz zum Stillstand bringen konnte. Gleichzeitig ertönte etwas verspätet der Ruf: »Land ahoi!«

Schwankend erhoben sich die drei und bahnten sich ihren Weg aus der Schutzhütte über das Deck. Das war keine einfache Aufgabe, da es steil nach backbord gekippt war.

»Was ist los? Was ist passiert? Wo sind wir?« fragte Tanin und rieb sich die Augen.

»Wir sind angekommen!« verkündete Dugan, der sich vor Zufriedenheit den Bart glättete. »Seht mal!« Er machte eine schwungvolle Geste zu dem – augenblicklichen – Bug. »Die Insel Gargat!«

Zuerst konnten die Brüder lediglich eine verhedderte Masse von zerfetztem Segel, herunterbaumelnden Seilen und zerbrochenen Balken sowie herumfuchtelnde Gnomen erkennen, die heftig stritten und sich gegenseitig schubsten. Das Schiff hatte aufgehört, sich im Wasser zu bewegen, was zweifellos an einer Klippe lag, mit der die Galionsfigur, die einen Teil des Rumpfes darstellte, zusammengeprallt war, woraufhin der Segelmast entzweigerissen worden war.

Mit grimmigem Gesicht bahnte sich Tanin einen Weg über das Wrack, gefolgt von Sturm und Palin, einigen zankenden Gnomen und dem Zwerg. Als er den Bug erreicht hatte, hielt er sich an der Reling fest und starrte an der Klippe vorbei auf die

Insel. Die Sonne ging hinter ihnen auf und warf ihr strahlendes Licht auf einen schmalen Sandstrand, der nach Norden hin von grauem Nebel verschluckt wurde. Seltsame Bäume mit dünnen, glatten Stämmen und farnwedelartigen Blättern säumten den Strand. Hinter dem Sandstreifen, hoch über den Bäumen und der Klippe, auf der das Schiff jetzt ruhte, ragte ein riesengroßer Berg empor. Über ihm hing eine graue Rauchwolke, die über den Strand, das Wasser und das Schiff eine Dunstglocke legte.

»Die Insel Gargat«, wiederholte Dugan triumphierend.

»Gargat?« Palin starrte ihn an. »Du meinst…«

»Ja, Kleiner. Der Lord folgte dem Graustein, wenn du dich erinnerst, nachdem dieser entkommen konnte und am westlichen Horizont verschwand. Er baute ein Schiff und fuhr ihm nach. Das war das letzte, was man auf Ansalon von ihm gehört hat. Seine Familie glaubte, er wäre über den Rand der Welt gestürzt. Aber vor einigen Jahren hatte ich zufälligerweise ein kleines Trinkgelage mit einer Gruppe von Minotauriern. Eins führte zum anderen, es fand ein Spiel statt, soweit ich mich erinnere, und dabei gewann ich diese Landkarte.« Er griff in die Tasche seines roten Samtumhangs (der vom langen Tragen und vom Salzwasser inzwischen in einem argen Zustand war), zog ein Stück Pergament hervor und reichte es Tanin.

»Das stimmt, es ist eine Karte von den Minotauriern«, bestätigte Tanin, legte sie auf die Schiene an Deck, die sich stark neigte, glättete die Karte und versuchte gleichzeitig, das Gleichgewicht zu halten. Sturm taumelte zu ihm hinüber, um auch etwas zu sehen, und auch Palin, auf den Stab des Magus gestützt, drängte sich dazu. Obwohl die Karte in der ungehobelten Sprache der Stiermenschen beschriftet war, war sie mit einer Genauigkeit und Sachkenntnis gezeichnet, für die die zivilisierten Rassen auf Krynn zähneknirschend den Minotauriern Hochachtung zollten. Unmißverständlich war der Kontinent Ansalon zu erkennen und weit entfernt im Westen eine winzige Insel, die mit dem Namen »Gargat« beschriftet war.

»Was bedeutet das?« fragte Sturm und zeigte auf ein unheilvoll wirkendes Symbol, das neben der Insel eingezeichnet war. »Das sieht aus wie ein Stierkopf, durch den ein Schwert gestoßen wurde.«

»Das?« wiederholte Dugan und zuckte lässig die Achseln. Er riß Tanin die Karte weg und rollte sie hastig zusammen. »Irgendein Minotauriergekritzel, zweifellos...«

»Das ›Minotauriergekritzel‹ für Gefahr«, unterbrach ihn Palin grimmig. »Stimmt das nicht?«

Dugan errötete und stopfte die Karte in die Tasche zurück. »Na ja, Kleiner, da könntest du vielleicht etwas spitzgekriegt haben, obwohl ich persönlich es nicht sehr ernst nehme, was sich diese primitiven Kreaturen dabei gedacht haben könnten...«

»Diese ›primitiven Kreaturen‹ haben diese Insel mit ihrem stärksten Warnzeichen versehen!« erklärte Palin. »Bei diesem Symbol wird kein Minotaurierschiff an Land gehen«, fügte er zu seinen Brüdern gewandt hinzu.

»Und es gibt kaum etwas in dieser Welt oder in der anderen, wovor sich die Minotaurier fürchten«, ergänzte Tanin, der mit düsterem Gesicht auf die Insel starrte.

»Welchen Beweis brauchst du dann noch?« fragte Dugan mit sanfter Stimme, der Tanins Blick gefolgt war; die schwarzen, glänzenden Augen des Zwerges waren voller Gier. »Der Graustein ist hier! Es ist seine Kraft, die die Minotaurier spüren und fürchten!«

»Was meinst du, Palin?« Tanin wandte sich an seinen jüngsten Bruder. »Du bist der Zauberkundige. Bestimmt kannst du ihn spüren.«

Wieder einmal empfand Palin eine erregende Freude darüber, daß seine älteren Brüder, die beiden Personen, die ihm außer seinem Vater in der ganzen Welt am wichtigsten waren – vielleicht sogar noch wichtiger als sein Vater –, ihn jetzt voller Respekt ansahen und auf sein Urteil warteten. Den Stab des Magus in der Hand, schloß Palin die Augen und versuchte sich zu konzentrieren. Ein Angstschauder ergriff ihn, legte sich mit Eisesfingern auf sein Herz und breitete sich im ganzen Körper aus. Zitternd schlug er die Augen auf und sah, daß Tanin und Sturm ihn besorgt musterten.

»Palin – dein Gesicht! Du bist totenbleich. Was ist los?«

»Ich weiß nicht…«, stammelte Palin mit trockenem Mund. »Ich spürte etwas, aber ich weiß nicht genau, was es war. Es war keine Gefahr, sondern eher ein Gefühl von Verlorenheit und Leere, ein Gefühl der Hilflosigkeit. Alles um mich herum geriet außer Kontrolle. Es gab nichts, was ich tun konnte, um es aufzuhalten…«

»Die Kraft des Steins«, erklärte Dugan. »Du hast sie gespürt, junger Magier! Und jetzt verstehst du wohl, warum er unbedingt den Göttern zur sicheren Aufbewahrung zurückgegeben werden muß. Schon einmal ist er der Obhut der Menschen entkommen, und er wird wieder entkommen. Nur die Götter wissen«, fügte der Zwerg sorgenvoll hinzu, »welches Unheil er bereits auf dieser erbarmungswürdigen Insel angestellt hat.«

Dugans schwarzer Bart wackelte hin und her, als er Tanin eine zitternde Hand entgegenhielt. »Ihr werdet mir doch helfen, Burschen, nicht wahr?« fragte er in einem herzzerreißenden, flehenden Ton, der ganz anders klang als seine übliche Prahlerei. Dadurch wurde Tanin überrumpelt, und sein Zorn kühlte sich ab. »Wenn ihr nein sagt«, sprach Dugan weiter und ließ den Kopf hängen, »kann ich es verstehen. Obwohl *ich* die Wette gewonnen habe, war es vermutlich falsch von mir, euch betrunken zu machen und in eurem schwachen, hilflosen Zustand gefangenzunehmen.«

Tanin gefiel diese Erinnerung offensichtlich nicht, und er kaute auf der Lippe.

»Und ich schwöre bei meinem Barte«, verkündete der Zwerg feierlich und strich über ihn, »wenn ihr nur ein Wort sagt, werde ich den Gnomen befehlen, euch nach Ansalon zurückzubringen. Das heißt, sobald sie mit der Schiffsreparatur fertig sind.«

»*Falls* sie das Schiff repariert bekommen!« knurrte Tanin schließlich. (Das schien unwahrscheinlich. Die Gnomen schenkten dem Schiff überhaupt keine Beachtung, sondern stritten sich untereinander, wer Wache gehalten hatte, wer die eigenen Gnomenkarten gelesen hatte, und über das Komitee, das die Karte überhaupt gezeichnet hatte. Später einigte man sich dahingehend, daß die Klippe nicht existierte und sie folglich nicht mit ihr zusammengestoßen sein konnten, da sie nicht auf der Karte verzeichnet gewesen war. Nachdem diese Einigung erzielt worden war, konnten sich die Gnomen endlich an die Arbeit machen.)

»Nun, was meint ihr zwei?« fragte Tanin seine Brüder.

»Ich finde, wir sollten uns zumindest umschauen, da wir schon einmal hier sind«, antwortete Sturm leise. »Wenn der Zwerg recht hat und wir den Graustein zurückgewinnen können, wäre unsere Aufnahme in die Ritterschaft gesichert! Wie er schon sagte, würden wir Helden sein!«

»Ganz zu schweigen von dem Reichtum, den wir womöglich erlangen«, murmelte Tanin. »Palin?«

Das Herz des jungen Magiers schlug schnell. Wer weiß, über welche magischen Kräfte der Graustein verfügt? dachte er plötzlich. Vielleicht würde *meine* Kraft zunehmen! Dann wäre ich nicht darauf angewiesen, daß mich ein großer Erzmagier unterrichtet! Ich könnte selbst ein großer Erzmagier werden, indem ich ihn einfach berühre oder... Palin schüttelte den Kopf, blickte auf und sah in die Gesichter seiner Brüder. Tanins war häßlich vor Gier und Sturms vor Ehrgeiz verzerrt. Mein eigenes Gesicht – Palin bedeckte es mit einer Hand –, wie muß es für sie aussehen? Er schaute auf seine Robe hinunter, deren weiße Farbe sich in ein schmutziges Grau verwandelt hatte. Vielleicht war es nur vom Salzwasser, vielleicht aber von etwas anderem...

»Meine Brüder«, sagte er in dringlichem Ton, »hört mich an! Denkt darüber nach, was ihr gerade gesagt habt! Tanin, seit wann bist du auf der Suche nach Reichtum gewesen und nicht nach Abenteuern?«

Tanin blinzelte, als ob er aus einem Traum erwachte. »Du hast recht! Reichtum! Was rede ich da eigentlich? Ich habe mich noch nie um Geld geschert...«

»Das ist die Kraft des Grausteins«, schrie Dugan. »Er beginnt euch zu verderben, so wie er bereits andere verdorben hat.« Sein Blick fiel auf die Gnomen. Das Schubsen und Schieben hatte sich mittlerweile zum Boxen und gegenseitigen Überbordwerfen gesteigert.

»Ich finde, wir sollten zumindest diese Insel erforschen«, sagte Palin mit leiser Stimme, damit der Zwerg nichts verstehen konnte. Er zog seine Brüder näher zu sich heran. »Und wenn es nur aus dem Grund ist, herauszufinden, ob Dugan die Wahrheit erzählt. Wenn er recht hat und der Graustein wirklich hier *ist* und wir diejenigen sind, die ihn zurückbringen können...«

»Oh, er ist hier!« unterbrach Dugan und stieß ungeduldig seinen schwarzbärtigen Kopf in ihre Mitte. »Und wenn ihr ihn zurückbringt, Burschen, werden die Geschichten, die sie von eurem berühmten Vater erzählen, Kenderlügen sein verglichen mit den Legenden, die sie über euch singen werden! Ganz zu schweigen von der Tatsache, daß ihr die armen Bewohner dieser Insel von ihrem traurigen Schicksal befreien werdet«, setzte der Zwerg feierlich hinzu.

»Bewohner?« fragte Tanin verblüfft. »Du meinst, diese Insel ist bewohnt?«

»Ja, hier leben Leute«, erwiderte der Zwerg mit einem heftigen Seufzer, wobei er die Brüder scharf beäugte.

»Ja«, bestätigte Sturm mit einem Blick auf den Strand. »Da sind Leute, das stimmt. Aber es sieht mir nicht danach aus, Dugan Rothammer, als ob sie befreit werden wollen!«

Eine Gnomengruppe brachte Tanin, Palin, Sturm und den Zwerg mit einem Dingi von der *Mirakel* ans Ufer. Es war Dugans Idee gewesen, das Dingi mitzunehmen, und die Gnomen waren von einer derart praktischen und einfachen Sache begeistert. Die Gnomen hatten ein Rettungsboot gebaut, das an der *Mirakel* befestigt werden konnte. Da das Rettungsboot ungefähr genauso schwer und groß wie das Schiff war, hatte man es zurückgelassen, damit ein Komitee es genauer studierte.

Das Boot trieb auf den Wellen mit der hereinkommenden Flut vorwärts, und als es sich der Küste näherte, konnten die Brüder die Empfangsgruppe am Strand deutlicher erkennen. Die aufsteigende Sonne spiegelte sich in Speeren und Schilden wider, die eine große Gruppe von Männern in den Händen hielten. Die Männer, großgewachsen und kräftig, trugen bei dem milden Inselklima nur wenig Kleidung. Ihre Haut war von einem satten, glänzenden Braunton, die Körper hatten sie mit leuchtenden Perlen und Federn geschmückt, und ihre Gesichter waren streng und entschlossen. Die Schilde, die sie trugen, waren aus Holz und mit grellen Farben und Mustern bemalt. Auch die Speere waren aus Holz und oben mit spitzen Steinen versehen.

»Schön scharf geschliffen, das könnt ihr mir glauben«, sagte Sturm düster. »Sie gehen durchs Fleisch wie ein Messer durch Butter.«

»Zahlenmäßig sind sie uns mindestens zwanzig zu eins überlegen«, hielt Tanin Dugan vor, der am Bug des Bootes saß und eine Streitaxt befingerte, die fast so groß war wie er selbst.

»Pah! Primitive!« gab Dugan verächtlich zurück, obwohl Palin auffiel, daß das Gesicht des Zwerges ein wenig blaß geworden war. »Sobald sie Stahl sehen, werden sie auf die Knie fallen und uns wie Götter verehren.«

Die Ankunft der »Götter« am Strand verlief allerdings alles andere als majestätisch. Tanin und Sturm sahen in ihren glänzenden Stahlrüstungen aus den Elfenwerkstätten – ein Geschenk von Porthios und Alhana aus dem Vereinigten Elfenkönigreich –, prächtig aus. Ihre Brustharnische und Helme funkelten und glitzerten in der Morgensonne. Als sie aus dem Boot stiegen, versanken sie jedoch bis zum Schienbein im Sand, und innerhalb von Minuten steckten sie im Sumpf.

Dugan in seinem roten Samtanzug verlangte von den Gnomen, direkt an den Strand befördert zu werden, damit er nicht seine Kleidung ruinierte. Der Zwerg hatte seine Aufmachung mit einem breitrandigen Hut ergänzt, der mit einer weißen Feder geschmückt war und in der frischen Brise flatterte. Er bot wahrhaftig einen erhebenden Anblick, wie er mit der Axt an seiner Seite stolz am Bug des Bootes stand und die Krieger streng anfunkelte, die am Strand eine Kampfstellung eingenommen hatten. Die Gnomen gehorchten seinem Befehl wortwörtlich und setzten das Boot mit solch einer Wucht auf Grund, daß Dugan mit dem Kopf voran herauspurzelte und sich mit seiner großen Streitaxt beinahe selbst zerstückelt hätte.

Palin hatte sich schon oft seine erste Schlacht vorgestellt – wie er an der Seite seiner Brüder kämpfen und Stahl und Magie kombinieren würde. Die Überfahrt zum Strand hatte er damit verbracht, sich die wenigen Zaubersprüche, die er kannte, ins Gedächtnis zurückzurufen. Als sie sich dem Strand näherten, schlug sein Puls sehr schnell; vor Aufregung, wie er sich immer wieder sagte, und nicht vor Angst. Er war auf fast jede Möglichkeit gefaßt gewesen... nur nicht darauf, einem fluchenden, spuckenden, zornigen Zwerg auf die Beine helfen und versuchen zu müssen, seine Brüder aus dem Sumpf zu ziehen, während sie einer Armee schweigsamer, grimmiger, halbnackter Männer gegenüberstanden.

»Warum greifen sie uns nicht an?« murmelte Sturm, während er im Wasser zappelte und versuchte, das Gleichgewicht zu halten. »Sie könnten uns doch in Streifen schneiden!«

»Vielleicht haben sie ein Gesetz, das ihnen verbietet, Idioten etwas anzutun!« fauchte Tanin gereizt.

Dugan war es mit Palins Hilfe schließlich gelungen, sich schwankend zu erheben. Er schüttelte seine Faust und schickte die Gnomen mit einem Abschiedsfluch zum Schiff zurück. Anschließend drehte er sich mit soviel Würde um, wie er aufbringen konnte, und stapfte über den Strand auf die Krieger zu. Tanin und Sturm folgten langsamer und hielten dabei die Hände am Schwert. Palin ging noch langsamer hinter seinen Brüdern her. Seine weiße Robe war naß und verdreckt, und am Saum klebte Sand.

Die Krieger warteten schweigend auf die Fremden und beobachteten sie lediglich mit ausdruckslosen Gesichtern, ohne sich von der Stelle zu rühren. Aber Palin bemerkte, daß gelegentlich einer von ihnen einen nervösen Blick nach hinten auf den Dschungel warf. Nachdem ihm das mehr als einmal aufgefallen war, richtete Palin seine Aufmerksamkeit auf die Bäume. Er beobachtete den Wald, lauschte aufmerksam einen Augenblick und rückte dann an Tanin heran.

»Irgend etwas ist im Dschungel«, sagte er mit gedämpfter Stimme.

»Das bezweifle ich nicht«, knurrte Tanin. »Wahrscheinlich noch weitere fünfzig Krieger.«

»Ich weiß nicht«, erwiderte Palin nachdenklich und schüttelte den Kopf. »Die Krieger wirken irgendwie nervös, vielleicht sogar...«

»Psst!« befahl Tanin scharf. »Zum Reden ist jetzt keine Zeit, Palin! Bleib hinter Sturm und mir, wie wir gesagt haben!«

»Aber...«, begann Palin.

Tanin warf ihm einen zornigen Blick zu, mit dem der junge Mann daran erinnert werden sollte, wer die Verantwortung trug. Mit einem Seufzer nahm Palin wieder seine Stellung hinter seinen Brüdern ein. Trotzdem konzentrierte er sich weiterhin auf den Dschungel, und immer wieder bemerkte er, daß jeder einzelne der Krieger sich ständig umschaute.

»Hallo!« schrie Dugan, der durch den Sand stapfte und sich vor einem der Krieger aufbaute, der der Häuptling zu sein schien, da er ein paar Schritt vor seinen Kameraden stand. »Wir Götter«, verkündete der Zwerg und klopfte sich auf die Brust, »kommen vom Land der Aufsteigenden Sonne, um unsere Untertanen auf der Insel Gargat zu begrüßen.«

»Du bist ein Zwerg«, erwiderte der Krieger mürrisch und in hervorragender Umgangssprache, »und kommst aus Ansalon und bist wahrscheinlich hinter dem Graustein her.«

»Nun... äh... na...« Dugan war völlig durcheinander. »Das ist... äh... zutreffend, Bursche. Wir sind zufälligerweise leicht an... uh... an dem Graustein interessiert. Wenn du so freundlich wärst, uns zu sagen, wo wir ihn finden können...«

»Ihr könnt ihn nicht haben«, antwortete der Krieger in unverändert emotionslosem Ton. Er hob seinen Speer. »Wir sind hier, um euch aufzuhalten.«

Die Krieger hinter ihm nickten ohne jede Begeisterung. Sie hantierten mit ihren Speeren herum und nahmen unbeholfen eine Art Schlachtformation ein. Wieder bemerkte Palin die vielen Blicke, die den Wald suchten, und den nervösen, besorgten Gesichtsausdruck.

»Nun, dann holen wir ihn uns!« rief Tanin ungestüm, der offensichtlich vorhatte, eine gewisse Begeisterung für die kommende Schlacht zu entfachen. »Ihr müßt schon gegen uns kämpfen, wenn ihr uns aufhalten wollt.«

»Sieht so aus«, murmelte der Häuptling und hob halbherzig seinen Speer.

Tanin und Sturm waren verwirrt, zogen aber trotzdem ihre Schwerter, während Dugan mit grimmigem Gesicht seine Axt schwang. Palin lagen die Worte eines Zaubers auf den Lippen. Der Stab des Magus schien vor Ungeduld in seiner Hand zu zittern. Aber Palin zögerte. Nach allem, was er gehört hatte, liefen Schlachten nicht so ab! Wo war die Leidenschaft? Der ungestüme Haß? Die bittere Entschlossenheit, lieber dort zu sterben, wo man stand, als einen Zentimeter von der Stelle zu weichen?

Die Krieger schlurften nach vorne und stießen sich gegenseitig an. Tanin näherte sich ihnen. Sein Schwert blitzte in der Sonne auf. Sturm war dicht hinter ihm. Plötzlich ertönte ein Schrei aus dem Dschungel. Etwas bewegte sich dort, man hörte ein Rascheln, weiteres Geschrei und dann ein schmerzerfülltes Kreischen. Eine kleine Gestalt schoß zwischen den Bäumen hervor und lief hastig über den Sand.

»Wartet!« schrie Palin und rannte nach vorne, um seine Brüder aufzuhalten. »Es ist ein Kind!«

Die Krieger drehten sich bei dem Lärm um. »Verdammt!« murmelte der Häuptling und ließ verärgert Schild und Speer in den Sand fallen. Das Kind – ein kleines, ungefähr fünf Jahre altes Mädchen – lief zu dem Krieger und schlang ihm die Arme um die Beine. Im selben Augenblick kam ein anderes Kind, das ein wenig älter war als das erste, aus dem Wald angerannt.

»Ich habe dir doch gesagt, du sollst auf sie aufpassen!« erinnerte der Häuptling das ältere Kind, einen Jungen.

»Sie hat mich gebissen!« verteidigte sich der Junge vorwurfsvoll und zeigte blutige Male an seinem Arm.

»Du wirst doch meinem Papa nicht weh tun, oder?« fragte das kleine Mädchen Tanin und funkelte ihn mit schwarzen Augen an.

»N... nein«, stotterte Tanin verlegen. Er senkte sein Schwert. »Wir haben einfach...« Er zuckte die Achseln und lief rot an. »... wir haben uns nur unterhalten. Weißt du, ein Gespräch unter Männern.«

»Gesegnet sei mein Bart!« rief der Zwerg ehrfürchtig aus. Immer mehr Kinder kamen aus dem Dschungel – Kinder aller Altersstufen von Kleinkindern, die kaum über den Sand laufen konnten, bis zu zehn-, elfjährigen Jungen und Mädchen. Bald übertönten ihre schrillen Stimmen alles andere.

»Mir ist langweilig. Können wir nach Hause?«

»Ich will jetzt den Speer halten!«

»Nein, ich bin dran! Papa hat mir gesagt...«

»Apu hat ein schlimmes Wort gesagt!«

»Hab' ich nicht!«

»Hat er doch!«

»Sieh mal, Papa! Dieser kleine, fette Mann mit den Haaren im Gesicht! Ist der nicht häßlich?«

Nachdem die Krieger den Fremden einen Blick voll tiefer Verlegenheit zugeworfen hatten, lösten sie ihre Schlachtformation auf und setzten sich mit ihren Kindern auseinander.

»Hör mal zu, Perle, Papa muß hier einfach noch ein wenig bleiben. Geh zurück spielen...«

»Apu, bring deine Brüder nach Hause! Und ich will *nicht* noch einmal hören, daß du so eine Sprache benutzt, oder ich werde...«

»Nein, meine Liebe, Papa braucht aber gerade jetzt seinen Speer. Du kannst ihn auf dem Heimweg tragen...«

»Halt!« brüllte der Zwerg. Dugans donnernder Ruf drang durch das allgemeine Durcheinander und brachte Krieger und Kinder gleichermaßen zum Schweigen.

»Seht mal«, begann Tanin, während er sein Schwert einsteckte. Vor Verlegenheit wurde er rot. »Wir wollen nicht mit euch kämpfen, erst recht nicht vor euren Kindern...«

»Ich weiß«, erwiderte der Häuptling verdrossen. »Das ist immer so. Seit zwei Jahren haben wir keine gute Schlacht mehr erlebt! Habt ihr jemals« – er schenkte Tanin einen schmerzgequälten Blick – »mit einem Kleinkind am Bein zu kämpfen versucht?«

Verwirrt schüttelte Tanin den Kopf.

»Es nimmt einem den ganzen Spaß an der Sache«, fügte ein anderer Krieger hinzu, während ihm ein Kind auf den Rücken kletterte und ein anderes mit seinem Schild gegen das Schienbein schlug.

»Dann laßt sie doch zu Hause bei ihren Müttern, wo sie auch hingehören«, schlug Dugan mürrisch vor.

Der Gesichtsausdruck der Krieger wurde noch gramvoller. Als ihre Mütter erwähnt wurden, begannen mehrere Kinder zu weinen. Die ganze Gruppe begann den Strand zu verlassen.

»Das können wir nicht«, murmelte ein Krieger.

»Warum nicht?« fragte Dugan.

»Weil ihre Mütter verschwunden sind!«

»Vor zwei Jahren hat alles angefangen«, erzählte der Häuptling, während er mit Dugan und den Brüdern dem Dorf zustrebte. »Lord Gargat schickte uns einen Boten ins Dorf. Er verlangte von uns zehn Jungfrauen als Tribut, andernfalls würde er die Kraft des Grausteins freisetzen.« Die Augen des Kriegers richteten sich auf den Vulkan in der Ferne, dessen zerklüftete Spitze zwischen den grauen Wolken kaum sichtbar war. Blitze zuckten aus den Wolken, und der Donner rollte. Der Häuptling erschauderte und schüttelte den Kopf. »Was hätten wir tun sollen? Wir zahlten ihm den Tribut. Aber er hörte nicht auf. Einen Monat später kam der Bote wieder. Zehn weitere Jungfrauen, und noch mehr im folgenden Monat. Schon bald hatten wir keine Jungfrauen mehr, und dann verlangte der Lord unsere Frauen. Dann wollte er unsere Mütter! Jetzt« – der Häuptling seufzte – »ist keine einzige Frau mehr im Dorf!«

»Alle?« Sturm starrte ihn an. »Er hat sich *alle* genommen?«

Der Häuptling nickte verzweifelt, und das Kind in seinem Arm jammerte voller Trauer. »Und nicht nur bei uns. Das gleiche passierte jedem Stamm auf der Insel. Einst waren wir ein wildes, stolzes Volk«, fügte der Häuptling hinzu, und seine schwarzen Augen blitzten auf. »Unsere Stämme befanden sich unentwegt im Krieg. Ehre und Ruhm in der Schlacht war alles, wofür wir lebten. Im Kampf zu sterben war der edelste Tod, den ein Mann finden konnte! Jetzt führen wir ein Leben der stumpfsinnigen Plackerei...«

»Wir waschen unsere Hände in Spülwasser statt Blut«, sagte ein anderer. »Flicken Kleider, statt Schädel zu zerquetschen.«

»Ganz zu schweigen davon, was wir *noch* vermissen – ohne Frauen«, ergänzte ein dritter mit bedeutungsvollem Blick.

»Aber warum holt ihr sie euch nicht zurück!« fragte Tanin.

Die Krieger sahen ihn bis auf den letzten Mann mit unverhülltem Entsetzen an. Viele blickten mit furchtsamem Gesichtsausdruck über die Schulter zu dem rauchenden Vulkan, als fürchteten sie, gehört zu werden.

»Den mächtigen Lord Gargat angreifen?« fragte der Häuptling im Flüsterton. »Dem Zorn des Herrn über den Graustein entgegentreten? Nein!« Er erschauderte und drückte sein Kind noch enger an sich. »Jetzt haben die Kinder wenigstens noch einen Vater.«

»Aber wenn sich alle Stämme zusammentun würden«, wandte Sturm ein, »das wären wie viele Männer? Hunderte? Tausende?«

»Und wenn es Millionen wären, würden wir nicht gegen den Herrn über den Graustein ankommen«, widersprach der Häuptling.

»Aber«, mischte sich Dugan ein, »warum habt ihr dann bloß versucht, uns am Strand aufzuhalten? Mir scheint, ihr müßtet nur allzu glücklich sein, wenn ihr das Ding loswerdet!«

»Lord Gargat hat uns befohlen, jeden zu bekämpfen, der versucht, ihn an sich zu nehmen«, erklärte der Häuptling schlicht und einfach.

Kaum hatten sie das Dorf erreicht – verstreut herumliegende Strohhütten, die einmal bessere Tage gesehen hatten –, da gingen die Krieger auseinander. Einige brachten die Kinder ins Bett, andere eilten davon, um nach dampfenden Kochtöpfen zu sehen, und wieder andere machten sich mit Körben voller Wäsche zu einem Fluß auf.

»Dugan«, sagte Tanin, der das Treiben mit einer Verblüffung beobachtete, für die er keine Worte fand, »das ergibt überhaupt keinen Sinn! Was ist hier los?«

»Die Kraft des Grausteins, Bursche«, erklärte der Zwerg feierlich. »Sie stehen unter seinem starken Zauber und können nicht mehr vernünftig denken. Ich wette zehn zu eins, daß es dieser Graustein ist, der sie davon abhält, Lord Gargat anzugreifen. Aber wir« – der Zwerg sah die Brüder mit listigem Blick an –, »wir stehen nicht unter seinem Zauber...«

»Noch nicht«, bemerkte Palin.

»... und folglich haben wir eine Chance, ihn zu besiegen! Wie mächtig kann er denn schon sein?«

»Oh, er könnte eine Armee von einigen tausend Männern haben«, meinte Sturm.

»Nein, nein«, widersprach Dugan eilig. »Dann hätte er doch einfach die Armee die Dörfer angreifen lassen können, damit sie die Männer tötet und die Frauen mitnimmt. Lord Gargat benutzt die Kraft des Grausteins, weil er sonst nichts hat! Trotzdem müssen wir schnell handeln, Burschen, weil sein Einfluß auf uns desto stärker werden wird, je länger wir in seiner Nähe verweilen.«

Tanin runzelte die Stirn und überlegte. »Wie kommen wir denn an den Graustein heran?« fragte er abrupt. »Und was machen wir mit ihm, wenn wir ihn haben? Mir scheint, dann sind wir in noch größerer Gefahr als je zuvor!«

»Ah, überlaßt mir das!« sagte Dugan und rieb sich die Hände. »Helft mir einfach, an den Stein zu kommen, Burschen.«

Tanin hörte nicht auf, seine Stirn zu runzeln.

»Und denkt an die Frauen – die armen Geschöpfe«, fuhr der Zwerg traurig fort, »sie werden von diesem verruchten Lord als Sklaven gehalten und gezwungen, sich seinem bösen Willen zu unterwerfen. Zweifellos werden sie den mutigen Männern dankbar sein, die sie retten...«

»Er hat recht«, erklärte Sturm mit plötzlicher Entschlossenheit. »Tanin, es ist unsere Pflicht als künftige Ritter von Solamnia, diese Frauen zu retten.«

»Was meinst du, kleiner Bruder?« fragte Tanin.

»Es ist meine Pflicht als Magier der Weißen Roben, diesen Leuten zu helfen«, antwortete Palin und kam sich sehr edel vor. »*All* diesen Leuten«, fügte er hinzu.

»Und darüber hinaus ist es eine Ehrensache, Bursche«, bemerkte Dugan feierlich. »Ihr habt die Wette verloren. Und es wird noch einige Tage dauern, bis die Gnomen das Schiff repariert haben…«

»Und die Frauen werden uns wahrscheinlich *sehr* dankbar sein«, warf Sturm ein.

»In Ordnung, wir gehen«, entschied Tanin. »Obwohl ich lieber einem Drachen gegenübertreten würde als gegen die Kraft von irgendeinem unheimlichen Stein zu kämpfen…«

»Ha, ha, Drache!« wiederholte der Zwerg mit einem schwachen Lächeln, das Tanin aber in seiner übergroßen Besorgtheit entging.

Die Brüder und der Zwerg traten zu dem Häuptling, der gerade Wäsche zum Trocknen aufhängte und ein wachsames Auge auf einen dampfenden Kessel hatte, damit der Eintopf nicht anbrannte.

»Hört mir zu, Männer!« rief Tanin laut und gab den Kriegern ein Zeichen, sich um ihn zu versammeln. »Meine Brüder und der Zwerg und ich werden zum Schloß von diesem Lord Gargat gehen, um den Graustein zu holen. Möchte jemand von euch mitkommen?«

Die Krieger sahen sich gegenseitig an und schüttelten den Kopf.

»Na gut«, fuhr Tanin verärgert fort. »Wird jemand von euch uns als Führer begleiten? Derjenige kann ja zurückgehen, sobald wir das Schloß erreicht haben.«

Wieder schüttelten die Krieger den Kopf.

»Dann gehen wir eben alleine!« sagte Tanin heftig. »Und wir werden mit dem Graustein zurückkehren oder unser Leben in diesem Schloß lassen!«

Der große Mann drehte sich auf dem Absatz um und stolzierte aus dem Lager. Seine Brüder und der Zwerg marschierten hinter ihm her. Doch als sie aufbrachen, bemerkten sie düstere Blicke von den Kriegern und hörten geflüsterte Bemerkungen. Nicht wenige schüttelten die Fäuste in ihre Richtung.

»Sie wirken auf jeden Fall nicht erfreut«, murmelte Tanin. »Merkwürdig, schließlich sind wir es, die der Gefahr gegenübertreten. Was flüstern sie überhaupt?«

»Ich glaube, es ist ihnen gerade eingefallen, daß die Frauen wahrscheinlich *sehr* dankbar sein werden«, antwortete Dugan leise.

Fünftes Kapitel

Eine Ehrensache

Später behauptete Sturm, Tanin hätte erkennen müssen, was in jener Nacht vor sich ging, und den Zwerg vom Spiel abhalten sollen. Tanin entgegnete darauf, daß Sturm sich aus der Sache heraushalten sollte, da er ja geschlafen hätte. Palin wiederum erinnerte beide daran, daß in jener Zeit alle unter dem Einfluß des Grausteins gestanden hätten und es folglich sowieso keinen Unterschied ausgemacht hätte.

Den ganzen Tag waren sie durch den dichten Dschungel marschiert, dabei jedoch recht problemlos vorangekommen, da sie einem Pfad gefolgt waren, der offensichtlich seit Jahren bestand. Ihr Hauptproblem war die starke Hitze. Sturm und Tanin zogen sich schon bald die Rüstungen aus und überzeugten schließlich auch Palin davon, sich seiner weißen Robe zu entledigen, obwohl der sich lange geweigert hatte, nur in Unterwäsche durch die Wildnis zu laufen.

»Sieh mal«, sagte Tanin, als Palin am Rande eines Zusammenbruchs stand und seine Robe schweißnaß war, »hier sind doch überhaupt keine Frauen, soviel wissen wir ja. Häng dir deine Zauberbeutel einfach um die Taille. Bevor wir das nächste Dorf erreichen, ziehen wir uns einfach wieder an.« Palin stimmte widerwillig zu. Abgesehen davon, daß Sturm ihn wegen seiner mageren Beine hänselte, war er froh darüber. Je höher die Sonne stieg, um so dampfiger wurde es im Dschungel. Zwischendurch brachten kurze Regenschauer den Brüdern und dem Zwerg Kühlung, sie dienten aber im Grunde nur dazu, die Feuchtigkeit zu erhöhen.

Dugan jedoch weigerte sich standhaft, mehr als den breitrandigen Hut auszuziehen, und behauptete, daß die Hitze einem Zwerg nichts ausmachte. Er witzelte über die Schwächlichkeit der Menschen. Dabei lief ihm der Schweiß übers Gesicht, bis er von den Enden seines Schnurrbartes tropfte. Mit trotziger Miene marschierte er jedoch weiter, als wollte er ihnen keine Gelegenheit geben, etwas zu sagen. Häufig murrte er, daß sie zu langsam seien. Doch Palin ertappte Dugan mehr als einmal dabei, daß er sich auf einen Fels fallen ließ, wenn er sich unbeobachtet fühlte, und sich mit dem Hut Luft zuwedelte und mit dem Bart über das Gesicht fuhr.

Als sie nach einem Tagesmarsch durch den Urwald das nächste Dorf erreichten, waren alle – selbst der Zwerg – so erschöpft und müde, daß sie kaum die Kraft hatten, sich wieder anzuziehen, um Eindruck auf die Bewohner zu machen. Die Nachricht von ihrem Kommen mußte ihnen auf geheimnisvolle Weise vorausgeeilt sein (Palin glaubte jetzt den Grund für das seltsame Trommeln zu wissen, das er gehört hatte), denn sie wurden von den Männern und Kindern im Dorf empfangen. Die Männer musterten sie kühl (wenn auch einige Augen beim Anblick der Elfenrüstungen aufblitzten), gaben ihnen zu essen und zu trinken und führten sie zu einer Hütte, in der sie die Nacht verbringen konnten. Tanin formulierte einen mitreißenden

Aufruf, Schloß Gargat zu stürmen, und fragte nach Freiwilligen.

Die einzige Reaktion waren düstere Blicke, scharrende Füße und eine gemurmelte Entschuldigung: »Ich kann nicht, ich muß Hühnereintopf machen...«

Da die Brüder nichts anderes erwartet hatten, zogen sie Rüstungen und Kleidungsstücke aus und gingen ins Bett. Ihre Nachtruhe verlief ungestört – abgesehen davon, daß sie nach einem geflügelten, raubtierähnlichen Insekt schlugen, das offensichtlich ein heftiges Verlangen nach Menschenfleisch hegte, und abgesehen von einem anderen Vorfall.

Gegen Mitternacht wurde Tanin von dem Zwerg geweckt, der ihn an der Schulter rüttelte und laut beim Namen rief.

»Was ist?« stotterte Tanin verschlafen und tastete nach seinem Schwert.

»Nein, Bursche, leg deine Waffe nieder«, sagte Dugan eilig. »Ich muß nur etwas wissen, Bursche. Du, ich und deine Brüder, wir sind doch Kameraden, nicht wahr?«

Tanin erinnerte sich später, so wie er sich an alles andere erinnern konnte, daß der Zwerg über diesen Punkt merkwürdig besorgt war und die Frage mehrmals wiederholte.

»Ja, Kameraden«, murmelte Tanin und rollte sich auf die Seite.

»Was mein ist, ist auch dein, und dein ist mein?« drängte der Zwerg und beugte sich über den jungen Mann, um ihm ins Gesicht zu sehen.

»Ja, ja.« Tanin winkte mit der Hand ab und stieß ein blutsaugendes Insekt und gleichzeitig den Bart des Zwerges von sich.

»Ich danke dir, Bursche! Danke«, sagte Dugan dankbar. »Du wirst es nicht bereuen.«

Tanin sagte später, daß diese letzten Worte des Zwerges – »Du wirst es nicht bereuen« – ihn in seinen Träumen auf unheilvolle Weise begleitet hätten, aber er war zu müde, um über diesen Satz nachzudenken.

Wie die Dinge lagen, hatte er am nächsten Morgen ohnehin ausreichend Zeit, um darüber nachzudenken, denn beim Erwachen fühlte er eine Speerspitze an seiner Kehle, und viele große Krieger standen um ihn herum. Ein schneller Blick zeigte ihm, daß es seinen Brüdern nicht anders erging.

»Sturm!« rief Tanin. Er wagte nicht, sich zu rühren. »Palin, wacht auf!«

Bei seinem beunruhigten Tonfall wurden seine Brüder schnell wach und starrten mit verschlafener Verwunderung auf die Angreifer.

»Tanin«, fragte Palin mit ruhiger Stimme, »was ist los?«

»Ich weiß nicht, aber ich werde es herausfinden!« Tanin stieß wütend die Speerspitze beiseite. »Was soll der Unsinn?« fragte er und wollte aufstehen. Doch die Speerspitze war wieder an seiner Kehle, außerdem aber noch zwei weitere. Die eine wurde ihm gegen die Brust und die zweite in den Rücken gedrückt.

»Sag ihnen, daß es uns nicht interessiert, egal, wie dankbar die Frauen sein werden!« schlug Sturm vor, der schluckte und vergeblich versuchte, sich langsam nach hinten zu schieben. Der Speer folgte ihm. »Wir werden bald Ritter sein! Wir haben Keuschheitsgelübde abgelegt...«

»Es ist... uh... nicht wegen den Frauen, Burschen«, murmelte Dugan verschämt, der die Hütte betrat und seinen Kopf zwischen den Kriegern hindurchschob. »Es ist... uh... eine Ehrensache... sozusagen. Die Wahrheit ist, Burschen«, fuhr der Zwerg mit einem herzzerreißenden Seufzer fort, »letzte Nacht bin ich in ein kleines Spiel hineingeraten.«

»So?« knurrte Tanin. »Und was haben wir damit zu tun?«

»Ich erkläre es euch«, begann Dugan und fuhr mit der Zunge

über die Lippen, während seine Augen von einem der Brüder zum anderen huschten. »In den ersten ein oder zwei Stunden habe ich die Knochen gut geworfen. Ich habe von dem Häuptling den Federkopfschmuck *und* zwei Kühe gewonnen. Daraufhin wollte ich aufhören, ich schwöre es, aber der alte Junge war völlig außer Fassung geraten, und was blieb mir anderes übrig, als ihm die Möglichkeit zu geben, seine Sachen zurückzugewinnen? Da ich ja eine Glückssträhne hatte, habe ich alles auf einen Wurf gesetzt und zusätzlich meine Axt und meinen Hut.«

Tanin sah auf das bloße Haupt des Zwerges. »Du hast verloren.«

Dugan ließ die Schultern hängen. »Die Axt war ja nicht so schlimm, aber ohne meinen Hut kann ich nicht auskommen, oder doch? Also habe ich mein ganzes Geld um den Hut gesetzt und…« Er sah Tanin betrübt an.

»Du hast wieder verloren«, murmelte Tanin.

»Zwei Einser«, sagte der Zwerg traurig.

»Du hast also dein Geld und deinen Hut verloren…«

»Nicht ganz«, äußerte der Zwerg vorsichtig. »Verstehst du, ich konnte ohne meinen Hut einfach nicht auskommen… Und ich hatte nichts mehr, was den alten Jungen interessierte. Meine Jacke paßte ihm nicht. Und du *hast* gesagt, wir wären Kameraden, zu gleichen Teilen…«

»Wann hast du das gesagt?« herrschte Sturm Tanin an.

»Ich kann mich nicht daran erinnern!« knurrte Tanin.

»Ich habe also auf deine Rüstung gesetzt«, sagte der Zwerg.

»Du hast was?« brüllte Tanin voller Wut.

»Dem Häuptling gefiel sie schon, als er dich gestern abend damit gesehen hatte«, fuhr Dugan schnell fort. Obwohl fünf Speerspitzen auf Tanin gerichtet waren, sah er äußerst furchteinflößend und wütend aus. »Ich habe deine Rüstung um meinen Hut gewettet und gewonnen«, berichtete der Zwerg stolz.

»Dank Paladin!« keuchte Tanin und entspannte sich.

»Dann...«, sagte Dugan, und jetzt wirkte er wieder nervös, »da sich ja das Glück offensichtlich zu meinen Gunsten gewendet hatte, entschied ich mich für den Versuch, mein Geld zurückzubekommen. Ich setzte die Rüstung, meinen Hut und den magischen Stab um mein Geld, die Kühe und eine Ziege ein.«

Jetzt war es Palin, der sich mit leichenblassem Gesicht und aschgrauen Lippen aufrichtete (und die Speere völlig vergaß). »Du hast... auf meinen Stab gesetzt!« Er konnte kaum sprechen. Er streckte eine zitternde Hand aus und ergriff den Stab, der selbst dann an seiner Seite lag, wenn er schlief.

»Ja, Bursche«, sagte Dugan und betrachtete ihn mit großen unschuldigen Augen. »Wir sind Kameraden. Zu gleichen Teilen...«

»Dieser Stab«, erklärte Palin mit bebender Stimme, »gehörte meinem Onkel, Raistlin Majere! Es war ein Geschenk von ihm...«

»Wirklich?« Dugan schien beeindruckt zu sein. »Hätte ich das nur gewußt, Bursche«, sagte er bedauernd, »dann hätte ich höher gewettet...«

»Was ist dann geschehen?« erkundigte sich Palin fieberhaft.

»Ich habe verloren.« Dugan stieß einen Seufzer aus. »Ich habe nur einmal zuvor einen Mann erlebt, der bei einem Spiel zweimal zwei Einser geworfen hat, und das war... Nun, vergiß es.«

»Du hast meinen Stab verloren!« Palin schien einer Ohnmacht nahe zu sein.

»Und unsere Rüstung?« schrie Sturm. Ihm schwollen die Adern am Hals an.

»Geduld!« Dugan hielt eilig eine Hand hoch. Trotz ihrer Waffen und ihres offenkundigen Vorteils schienen die Krieger mit den Speeren ein wenig nervös zu werden. »Ich wußte, wie sehr euch das aufregen würde, Burschen, eure Besitztümer so zu verlieren, darum tat ich das einzige, was ich tun konnte. Ich habe um eure Schwerter gewettet.«

Dieses Mal war der Schock so groß, daß weder Tanin noch Sturm sprechen konnten, sondern Dugan nur entsetzt anstarrten.

»Ich setzte die Schwerter und meine Streitaxt gegen den Zauberstab und meinen Hut – ich wünsche wirklich«, Dugan warf Palin, der sehr mitgenommen aussah, einen Blick zu, »ich hätte gewußt, daß der Stab Raistlin von den Schwarzen Roben gehört hat. Selbst hier haben sie von ihm gehört, und wahrscheinlich hätte ich den Häuptling dazu bewegen können, die Rüstungen ins Spiel zu bringen. Wie die Dinge jedoch lagen, war er von dem Stab überhaupt nicht beeindruckt...«

»Erzähl weiter!« schrie Palin mit erstickter Stimme und umklammerte den Stab noch fester.

»Ich habe gewonnen!« Dugan breitete die Hände aus und seufzte wieder, aber diesmal war es ein Seufzer der Glückseligkeit. »Ah, was für ein Wurf...«

»Ich... habe also meinen Stab?« fragte Palin schüchtern und lächelte.

»Wir haben unsere Schwerter?« flüsterten Tanin und Sturm.

»Da ich ja wieder Glück im Spiel hatte«, sagte der Zwerg und versetzte die Brüder erneut in eine düstere Stimmung, »entschied ich mich, es noch einmal mit der Rüstung zu versuchen. Ich fragte mich, wozu Schwerter ohne Rüstung gut sein sollen, und setzte auf die Waffen und...« Er zeigte düster zu den Kriegern mit den Speeren.

»Du hast verloren«, sagte Tanin bedrückt.

»Aber ich habe immer noch meinen Stab?« fragte Palin nervös.

»Ja, Bursche. Ich habe zwar versucht, mit dem Stab die

Schwerter, meine Axt und die Rüstungen zurückzugewinnen, aber der Häuptling wollte ihn nicht.« Dugan schüttelte den Kopf. Dann sah er Palin aufmerksam an, und ein verschlagener Ausdruck verzerrte plötzlich sein Gesicht. »Aber wenn du ihm erzählen würdest, daß er einst dem großen Raistlin Majere gehört hatte, könnte ich vielleicht…«

»Nein!« fauchte Palin und preßte den Stab noch enger an sich.

»Aber Bursche!« flehte der Zwerg. »Mein Glück wird sich sicher wieder einstellen. Und außerdem sind wir doch Kameraden. Zu gleichen Teilen…«

»Das ist ja großartig!« bemerkte Sturm düster, während er zusah, wie der letzte Teil seiner Rüstung aus der Hütte getragen wurde. »Jetzt bleibt uns wohl nichts anderes übrig, als zum Schiff zurückzukehren…«

»Zum Schiff?« fragte Dugan erstaunt. »Jetzt, wo wir fast unser Ziel erreicht haben? Lord Gargats Schloß ist nur noch einen Tagesmarsch entfernt!«

»Und was sollen wir dort machen?« herrschte Tanin ihn wütend an. »In Unterhosen an die Tür klopfen und ihn bitten, uns Waffen zu leihen, damit wir gegen ihn kämpfen können?«

»Sieh das doch mal von der anderen Seite, großer Bruder«, murmelte Sturm. »Er könnte vor Lachen tot umfallen.«

»Wie kannst du ausgerechnet jetzt Witze reißen?« tobte Tanin. »Außerdem bin ich mir gar nicht so sicher, ob ich trotz allem zurückgehen will.«

»Sachte, meine Brüder«, sagte Palin leise. »Ich finde schon, daß wir uns glücklich schätzen können, wenn wir bei diesem närrischen Abenteuer nur ein paar Waffen und Rüstungen verloren haben. Ich stimme aber mit Sturm überein, Tanin. Laßt uns zum Schiff zurückkehren, bevor es noch heißer wird.«

»Du hast gut reden!« gab Tanin bitter zurück. »Du hast ja noch deinen kostbaren Stab!« Er sah zur Hütte des Häuptlings hinüber, doch der alte Mann war voller Glück damit beschäftigt, sich mit der glänzenden Rüstung zu schmücken, wobei er fast alles verkehrt herum anlegte. Dann warf er dem zerknirschten Dugan einen finsteren Blick zu. »Vermutlich hat Palin recht«, sagte Tanin widerwillig und funkelte den Zwerg an. »Wir sollten uns glücklich schätzen, daß wir nicht mehr verloren haben. Von diesem närrischen Abenteuer haben wir die Nase voll, Zwerg. Wir verschwinden von hier, bevor wir noch mehr verlieren – beispielsweise unser Leben!«

Als Tanin sich umdrehte, sah er wieder auf Speere und obendrein auf sein eigenes Schwert, das ein Krieger grinsend in der Hand hielt.

»Sollen wir wetten, Bursche?« fragte Dugan fröhlich und zwirbelte seinen Schnurrbart.

»So etwas habe ich mir gedacht«, warf Palin ein.

»Du denkst dir immer ›so etwas‹, wenn es zu spät ist, irgend etwas zu unternehmen!« keifte Tanin.

»Es war alles zu spät, nachdem wir zum ersten Mal unsere Augen auf den Zwerg gerichtet hatten«, entgegnete Palin.

Die drei Brüder und Dugan wurden mit Speeren im Rücken auf dem Dschungelweg zum Schloß von Lord Gargat geführt, das bedrohlich vor ihnen aufragte. Sie konnten es jetzt deutlich sehen – ein riesiger, unförmiger Bau aus glänzendem, grauem Marmor. Die drei Brüder kannten den Turm der Erzmagier im Wald von Wayreth und waren von der magischen Aura, die ihn umgab, beeindruckt und eingeschüchtert gewesen. Ihre Empfindungen waren ähnlich, als sie sich jetzt diesem seltsamen Schloß näherten. Trotzdem gesellte sich ein heftiger Wunsch dazu, in hysterisches Gelächter auszubrechen.

Keiner von ihnen konnte später das Schloß Gargat richtig beschreiben, da sich sein Aussehen ständig wandelte. Zuerst war es eine massive Festung mit vier hohen, robusten Türmen, mit Zinnen auf deren Spitzen. Während sie voller Staunen zusahen, blähten sich die Türme und schlängelten sich oben spiralförmig zu anmutigen Minaretts. Dann verschmolzen die Türme ineinander, bildeten eine riesige Kuppel, um sich wieder in vier quaderartige Türme zu spalten. Während dieser ständigen Veränderungen sprossen Türmchen wie Pilze aus den Mauern, erschienen Fenster und verschwanden wieder und verwandelte sich eine Zugbrücke über einen Burggraben in eine Gartenlaube mit grauen Rosen an einem grauen Teich.

»Die Kraft des Grausteins«, erklärte Dugan.

»Die Kraft des Grausteins«, äffte Tanin ihn höhnisch nach. Er drohte dem Zwerg mit der Faust. »Ich kann das Gerede von diesem verdammten Stein nicht mehr hören...«

»Ich glaube, ich weiß jetzt, was los ist!« unterbrach ihn Palin.

»Na, und was?« fragte Sturm jämmerlich. »Es lag auf der Hand, daß sie uns nicht hierher gehen lassen wollten. Dennoch drohen sie, uns zu töten, falls wir versuchen umzukehren! Sie nehmen uns die Kleidung weg...«

Abgesehen von dem Verlust ihrer Rüstungen und Waffen hatte man ihm und Tanin auch die Kleidung abgenommen: der Häuptling hatte herausgefunden, daß die Rüstung scheuerte. Folglich näherten sich Sturm und Tanin Schloß Gargat nur in ihrer Unterwäsche (das Angebot von Brustharnischen aus Knochen hatten sie kühl abgelehnt).

Palin und Dugan waren besser davongekommen. Der Magier hatte seine Robe und der Zwerg seine rote Samtjacke und Samthose (ohne den Hut) behalten. Der Grund für diese Nachsicht lag nach Palins Vermutungen in dem, was Dugan dem Häuptling über den Stab zugeflüstert hatte. Den Erwartungen des Zwerges völlig zuwider hatte der Häuptling auf die Information, daß der Stab einst Raistlin Majere gehört hatte, vor Entsetzen die Augen verdreht. Außerdem vermutete Palin, daß Dugan weiterhin versucht hatte, ein Spiel auf die Beine zu stellen (der Zwerg wollte unbedingt seinen Hut zurück), doch offensichtlich wollte der Häuptling nichts mit einem derart verruchten Gegenstand zu tun haben. Die Stammesangehörigen hielten daraufhin einen respektvollen Abstand zu Palin, und einige wedelten sogar mit Hühnerfedern in seine Richtung, wenn sie sich unbeobachtet glaubten.

Doch ihre Furcht hielt die Krieger nicht davon ab, ihn, wie auch seine Brüder und den gekränkten Zwerg, mit einem Speer im Rücken den Weg zum Schloß vorwärts zu stoßen.

»Versetzt euch einmal in die Lage dieser Krieger«, begann Palin, der in der warmen Robe schwitzte, aber aus Angst, die Krieger könnten sie an sich reißen, nicht wagte, sie auszuziehen. »Ihr steht unter dem Einfluß des Grausteins, der buchstäblich das Chaos verkörpert. Ihr haßt den Graustein mehr als alles andere, dennoch wird euch befohlen, ihn mit eurem eigenen Leben zu beschützen. Wegen des Grausteins habt ihr eure Frauen verloren. Und dann tauchen Fremde auf, wollen den Graustein an sich nehmen und eure Frauen befreien, die ihren Errettern zweifellos dankbar sein werden. Einerseits wollt ihr nicht, daß Fremde eure Frauen retten, aber andererseits würdet ihr alles tun, um eure Frauen zurückzubekommen. Ihr müßt den Graustein bewachen, aber ihr würdet alles tun, um ihn loszuwerden. Könnt ihr mir folgen?«

»Ungefähr«, antwortete Tanin vorsichtig. »Fahr fort.«

»Ihr nehmt also die Fremden«, beendete Palin seine Überlegungen, »und bringt sie in dem Wissen, daß sie verlieren werden, nackt und unbewaffnet zum Schloß, aber im Herzen habt ihr die Hoffnung, daß sie gewinnen könnten.«

»Das klingt auf verrückte Weise plausibel«, gab Sturm zu und sah Palin mit unverhüllter Bewunderung an. »Aber was sollten wir jetzt machen?«

»Ja, Palin«, stimmte Tanin ernst zu. »Ich kann gegen Minotaurier und Drakonier kämpfen... Ich würde *lieber* gegen Minotaurier und Drakonier kämpfen«, fügte er schwer atmend hinzu, denn Hitze und Feuchtigkeit setzten dem großen Mann schwer zu, »aber hier bin ich verloren. Gegen das Chaos kann ich nicht kämpfen. Ich verstehe nicht, was hier los ist. Wenn wir aus dieser Sache herauskommen wollen, hängt alles von dir und deiner Magie ab, kleiner Bruder.«

In Palins Augen brannten plötzlich Tränen. Das war das Ganze wert, dachte er. Es war dieses verrückte Abenteuer wert, zu wissen, daß er schließlich den Respekt und die Bewunderung und das Vertrauen seiner Brüder gewonnen hatte. Es war etwas, wofür ein Mann bereitwillig sterben würde... Einen Augenblick konnte er nicht sprechen, sondern ging schweigend weiter, wobei er sich auf den Stab des Magus stützte, der sich im heißen, feuchten Dschungel merkwürdigerweise kühl und trokken anfühlte.

Als Palin einen kurzen Blick auf den Zwerg warf, stellte er beunruhigt fest, daß Dugan ihn mit einem wölfischen Grinsen im schwarzbärtigen Gesicht musterte. Zwar sagte der Zwerg nichts, aber er zwinkerte Palin zu und formte mit den Lippen Wörter.

»Sollen wir wetten?«

Sechstes Kapitel

Schloß Gargat

Kurz vor Sonnenuntergang erreichten sie die Außenmauer von Schloß Gargat. Wie das gesamte Schloß, veränderte auch die Mauer ständig ihr Aussehen. Zuweilen schien sie aus Ziegelsteinen gebaut zu sein. Doch beim nächsten Hinsehen war aus der Mauer eine Hecke geworden, und dann waren es Eisenstangen.

Kaum waren sie an der Mauer angelangt, machten sich trotz einer weiteren Werberede von Tanin alle Krieger auf den Heimweg und ließen sie dort zurück. Die Rede konnte bestenfalls als halbherziger Versuch gewertet werden. Die Tatsache, daß er sie praktisch nackt halten mußte, wirkte sich dämpfend auf Tanins Begeisterung aus. Zudem war er von vornherein ziemlich sicher gewesen, daß er keinen Erfolg haben würde.

»Kommt mit uns! Zeigt diesem verruchten Lord, daß ihr Männer seid! Daß ihr die Courage habt, euch gegen ihn zu erheben und zu kämpfen! Zeigt ihm, daß ihr bereit seid, in der Verteidigung eurer Familien euer Leben zu riskieren!«

Er hatte recht. Die Rede brachte keinen Erfolg. Im selben Augenblick, als der Schatten der Schloßmauer auf den Trupp fiel, wichen die Krieger mit entsetztem Blick zurück. Kopfschüttelnd und murrend flohen sie in den Dschungel.

»Überlaßt uns wenigstens eure Speere!« flehte Sturm.

Auch das blieb erfolglos.

»Sie brauchen ihre Speere«, erklärte Tanin, »um sicherzustellen, daß wir nicht zum Schiff flitzen.«

»Ja, da hast du recht, Bursche«, bestätigte Dugan, der in den Wald spähte. »Sie warten dort und beobachten uns. Und dort werden sie auch bleiben, bis...« Er stockte.

»Bis was?« fragte Palin kalt. Er sah immer noch das wölfische Grinsen des Zwerges und hörte seine unausgesprochenen Worte, und ihn fröstelte trotz des heißen Tropenklimas.

»Bis sie sicher sind, daß wir nicht zurückkommen. Richtig?« fragte Sturm.

»Nun hör aber auf, Kleiner, wir kommen schon zurück«, erwiderte Dugan beschwichtigend und strich sich über den Bart. »Immerhin bin ich bei euch. Und wir sind Kameraden…«

»…zu gleichen Teilen«, ergänzten Tanin und Sturm verdrießlich im Chor.

»Zuerst sollten wir uns irgendwelche Waffen machen«, fuhr Tanin fort. Er schaute sich um. Sie waren von dichter Dschungelvegetation umgeben. Seltsam aussehende Baumarten, Kletterpflanzen und farbenprächtige Blumen wuchsen bis einen Meter von der Mauer entfernt, die jetzt aus dornigen Rosenbüschen bestand, aber nicht weiter. »Nicht einmal der Dschungel nähert sich diesem Ort«, murmelte er. Und ihm fiel auf, daß keine Tiere zu hören waren. »Palin, gib mir dein Messer.«

»Gute Idee«, sagte der junge Magier. »Ich habe es ganz vergessen.« Palin rollte einen seiner weißen Ärmel auf und fummelte ungeschickt an dem Dolch herum, der mit einem raffinierten Ledergurt an seinem Unterarm befestigt war und sich bei der kleinsten Bewegung des Besitzers lösen und in seine Hand fallen sollte. Aber der raffinierte Gurt war offenbar raffinierter als sein Meister, denn Palin bekam den Dolch nicht frei.

»Hier«, sagte er, errötete vor Verlegenheit und hielt Tanin den Arm entgegen, »du schaffst es bestimmt.«

Tanin, der sorgfältig sein Lächeln verborgen hielt, gelang es, den Dolch freizubekommen. Mit dem schnitten er und Sturm Äste ab und spitzten sie sich zu einfachen Speeren zu. Der Tag neigte sich schleppend seinem Ende zu, der Himmel verdunkelte sich allmählich und wechselte in ein kränkliches Grau.

»Weißt du etwas über diesen Lord Gargat?« fragte Tanin Dugan, während er an einem grünen Stock schnitzte.

»Nein«, antwortete der Zwerg, der mißbilligend ihrer Arbeit zusah. Er hatte sich geweigert, sich ebenfalls einen Holzspeer zu schnitzen und ihn zu tragen. »Einen feinen Anblick würde ich bieten, wenn ich getötet würde und mit einem Stock in der Hand vor Reorx stehen müßte! Nein, meine bloßen Hände reichen als Waffe!« hatte der Zwerg geknurrt. Jetzt rieb er sich das Kinn und schritt an der seltsamen Mauer auf und ab, die auf einmal aus glänzendem schwarzem Marmor bestand. »Ich weiß nichts über diesen Lord Gargat. Nur was ich von diesen Feiglingen in Erfahrung bringen konnte.« Dugan winkte verächtlich mit der Hand zum Wald hinüber, wo die Krieger schon seit langem verschwunden waren.

»Und was haben sie erzählt?«

»Daß er so ist, wie man es von einem erwarten kann, der seit Jahren unter dem Einfluß des Grausteins steht!« antwortete Dugan. »Er ist ein wilder Mann! Zu großen Dingen fähig, guten wie bösen, je nachdem, wie er von seiner Laune – oder von dem Stein – beherrscht wird. Einige sagen«, fügte der Zwerg leise hinzu, »daß er ein Zauberer sei. Ein Abtrünniger, der weder den Weißen, den Schwarzen noch den Roten die Treue hält. Er lebt nur für sich – und den Stein.«

Fröstelnd umklammerte Palin seinen Stab noch fester mit der Hand. Abtrünnige Magier weigerten sich, den Gesetzen und Urteilen der Versammlung der Zauberer zu folgen, Gesetzen, die seit Generationen weitergereicht wurden, um die Magie in einer Welt am Leben zu halten, die ihr Ablehnung und Mißtrauen entgegenbrachte. Alle Zauberer, ob sie sich nun dem Guten oder dem Bösen verschrieben hatten, befolgten diese Gesetze. Abtrünnige stellten für jeden eine Bedrohung dar, und folglich war ihr Leben verwirkt.

Als Magier der weißen Roben war es Palins Pflicht, zu versuchen, diesen Abtrünnigen zu bekehren, und wenn der Versuch mißlang, ihm eine Falle zu stellen und ihn zur Versammlung zu bringen, damit über ihn Gericht gehalten werden konnte. Sogar für einen mächtigen Zauberer der Weißen Roben wäre das ein schwieriges Unterfangen gewesen, geschweige denn für einen Magier, der sich noch in der Ausbildung befand. Die Magier der Schwarzen Roben hatten es einfacher. »Du, mein Onkel, hättest ihn einfach getötet«, murmelte Palin und legte seine Wange an den Stab.

»Was glaubst du, was er mit den Frauen angestellt hat?« fragte Sturm beunruhigt.

Der Zwerg zuckte mit den Schultern. »Sie für sein Vergnügen benutzt, in den Vulkan geworfen, einem unheiligen, magischen Ritual geopfert. Woher soll ich das wissen?«

Sturm sah ernst drein, Tanin finster, und Palin war, um die Wahrheit zu sagen, verängstigt.

»Nun, vermutlich sind wir so bereit, wie wir es je sein werden«, sagte Tanin mit düsterer Stimme und sammelte eine Handvoll Speere auf. »Sie sehen reichlich dümmlich aus«, brummte er. »Vielleicht hat der Zwerg recht. Wenn wir einem bösen Zauberer gegenüberstehen, der verrückt geworden ist, sollten wir lieber mit Würde sterben als uns wie Kinder aufführen, die Ritter und Goblins spielen.«

»Eine Waffe ist eine Waffe, Tanin«, erklärte Sturm sachlich und nahm einen Speer in die Hand. »Zumindest gibt es uns einen gewissen Vorteil…«

Die drei Brüder und der Zwerg gingen auf die Mauer zu, die noch immer so häufig ihr Aussehen veränderte, daß ihnen beim Zusehen schwindelig werden konnte.

»Ich glaube nicht, daß es einen Sinn hat, nach einer Geheimtür zu suchen«, sagte Tanin.

»Sollten wir eine finden, verwandelt sie sich wahrscheinlich in das Haupttor«, stimmte ihm Dugan zu. »Aber wenn wir hier lange genug warten, wird bestimmt eine Öffnung erscheinen.«

Tatsächlich geschah das auch bald, wenn auch nicht so, wie sie es sich vorgestellt hatten.

Kurze Zeit nur schauten sie nämlich auf eine Mauer aus solidem Stein (»Zwergenbauweise«, bemerkte Dugan bewundernd). Dann verwandelte die sich in Wasser, das aus dem Nichts auf sie herunterstürzte und sie durchnäßte.

»Aber wir kommen hier durch!« schrie Sturm gegen den Lärm des Wasserfalls an. »Ich kann durchsehen! Das Schloß ist auf der anderen Seite!«

»Auf der anderen Seite ist aber sicher auch ein Abgrund«, gab Tanin zurück.

»Wartet«, sagte Palin. *»Shirak!«* Kaum hatte er das Zauberwort ausgesprochen, leuchtete die Kristallkugel am Stab hell auf.

»Ah, ich wünschte, der Häuptling hätte *das* gesehen!« sagte der Zwerg sehnsüchtig.

Palin hielt den Stab ins Wasser, um besser sehen zu können, was sich am Grund befand. Doch zu seiner Verwunderung teilte sich das Wasser, sobald es mit dem Stab in Berührung kam. Es floß rund um den Stab herum und bildete einen Bogengang, durch den sie offenbar sicher und trocken gehen konnten.

»Ich will verdammt sein!« sagte Tanin ehrfürchtig. »Hast du davon gewußt, kleiner Bruder?«

»Nein«, gab Palin benommen zu und fragte sich, welche Kräfte Raistlin dem Stab noch verliehen hatte.

»Na ja, dank Paladin hat er es geschafft«, sagte Sturm, während er durch das Loch im Wasser spähte. »Alles klar«, berichtete er und trat hinein. »Wirklich«, fügte er hinzu, als Palin, Tanin und Dugan, der den Stab mit großen, sehnsüchtigen Augen anstarrte, folgten. »Das ist ja eine Wiese«, sagte Sturm erstaunt, während er sich im grauen Licht des Stabes umschaute. Hinter ihnen hatte eine weitere Verwandlung stattgefunden. Aus dem Wasser war eine Bambuswand geworden. Vor ihnen lag eine große, weiche Wiese, die sich über einen kleinen Hang erstreckte und zum Schloß führte.

»Jetzt ist es Gras, aber wahrscheinlich wird es sich jeden Augenblick in eine Lavagrube verwandeln«, gab Palin zu bedenken.

»Du hast recht, kleiner Bruder«, knurrte Tanin. »Laßt uns lieber rennen.«

Und wie sie rannten! Palin hob seine weiße Robe hoch, und der stämmige Zwerg schnaufte und prustete drei Schritte hinter ihnen. Ob sie wirklich ihr Ziel erreicht hatten, bevor der Rasen Zeit hatte, sich in etwas Unheilvolles zu verwandeln, oder ob er schon immer ein Rasen gewesen war, sollten sie niemals erfahren. Jedenfalls erreichten sie die Mauer des Schlosses und standen immer noch im weichen Gras, als die schwarzen Schatten der Nacht über sie hereinbrachen.

»Jetzt brauchen wir nur noch einen Weg hinein…«, meinte Sturm.

Die glatte Mauer aus grauem Marmor, vor der sie standen, glänzte im Licht des Stabs, und eine kleine Holztür mit Eisenangeln und einem Eisenschloß kam zum Vorschein.

Tanin eilte vor und zerrte heftig am Schloß.

»Fest verschlossen«, berichtete er.

»Gerade käme uns wirklich ein Kender gelegen«, seufzte Sturm.

»Kender! Beiß dir auf die Zunge!« murmelte Dugan voller Abscheu.

»Palin, versuch es mit dem Stab«, befahl Tanin und trat zur Seite.

Zögernd berührte Palin mit dem hell leuchtenden Kristall des Stabes das Schloß. Das Schloß gab nicht einfach nach, sondern schmolz und bildete vor Palins Füßen eine Bleipfütze.

»Bursche«, sagte der Zwerg und schluckte, »dein Onkel muß wahrhaftig ein bemerkenswerter Mann gewesen sein. Mehr kann ich dazu nicht sagen.«

»Ich frage mich, was er sonst noch alles kann«, murmelte Palin und starrte auf den Stab mit einem Blick, in dem sich ehrfürchtige Scheu, Stolz und Enttäuschung mischten.

»Darüber können wir uns später Gedanken machen! Kommt!« befahl Tanin und riß die Tür auf. »Sturm, du gehst als erster. Palin folgt dir. Wir brauchen deinen Stab zum Leuchten. Der Zwerg und ich gehen direkt hinter dir.«

Dicht zusammengedrängt standen sie auf einer schmalen Wendeltreppe, die sich spiralförmig nach oben wand. An allen Seiten waren sie von Mauern umgeben, und außer den Stufen, die in der Dunkelheit verschwanden, konnten sie nichts erkennen.

»Ist euch klar«, sagte Palin plötzlich, »daß die Tür...« Er wirbelte herum und leuchtete mit dem Stab auf die glatte Wand.

»Verschwindet«, beendete Tanin grimmig den Satz.

»Da verschwindet unser Weg nach draußen!« Schaudernd sah sich Sturm um. »Diese Stufen können sich verwandeln! Jeden Augenblick können wir in Stein eingeschlossen sein!«

»Vorwärts!« befahl Tanin in dringlichem Ton.

So schnell sie konnten, liefen sie die Stufen hoch, ständig gefaßt, auf alles mögliche zu treten, von heißen Kohlen bis zu einer Drehbrücke. Sie stiegen immer weiter hoch, bis der stämmige Zwerg schließlich nicht mehr konnte.

»Ich muß mich ausruhen, Burschen«, sagte Dugan, lehnte sich an eine Steinwand, die unerklärlicherweise eine Steinwand blieb, und japste nach Luft.

»Hier drinnen scheint sich nichts zu verwandeln«, keuchte Palin, erschöpft von der ungewohnten körperlichen Anstrengung. Er schaute neidisch auf seine Brüder. Ihre braungebrannten, muskulösen Körper glänzten im Licht des Stabs. Keiner von ihnen atmete schwer.

»Palin, leuchte mit dem Stab hierhin!« sagte Sturm und spähte nach oben.

Palins Beine schmerzten so sehr, daß er glaubte, sich nicht mehr bewegen zu können. Er zwang sich zu einem weiteren Schritt und leuchtete mit dem Stab um eine weitere Windung der Treppe. »Da ist eine Tür!« stellte Sturm triumphierend fest. »Wir haben das Ende erreicht!«

»Ich frage mich, was sich dahinter verbirgt!« murmelte Tanin düster.

Wie aus heiterem Himmel wurde er von einem Kichern unterbrochen. »Warum öffnest du sie nicht und findest es heraus?« rief eine lachende Stimme von der anderen Seite der Tür. »Sie ist nicht verschlossen.«

Die Brüder sahen sich an. Dugan runzelte die Stirn. Palin vergaß seinen schmerzenden Körper und versuchte, sich auf einen Zauberspruch zu konzentrieren. Tanins Gesicht spannte sich an, und seine Kiefernmuskeln zogen sich zusammen. Er umklammerte seinen Speer und schob sich an Dugan und Palin vorbei, um an Sturms Seite zu gelangen.

Vorsichtig legten beide Krieger die Hände auf die Tür.

»Eins, zwei, drei«, zählte Sturm flüsternd.

Bei drei warfen er und Tanin sich mit ihrem ganzen Gewicht gegen die Tür, sprengten sie auf und sprangen mit ihren Speeren durch sie hindurch. Palin lief mit ausgebreiteten Händen hinterher. Ein Feuerzauber lag ihm auf den Lippen. Hinter sich hörte er den Zwerg vor Zorn brüllen.

Sie wurden von schallendem, fröhlichem Gelächter begrüßt.

»Hat eine von euch schon mal solche niedlichen Beine gesehen?« fragte eine Stimme kichernd.

Während er sich den Schleier der Kampfentschlossenheit von den Augen rieb, sah sich Palin benommen um. Er war buchstäblich von Hunderten von Frauen umzingelt. Neben ihm sog Sturm heftig die Luft ein, und verschwommen sah er, daß Tanin verwirrt seinen Speer senkte. Irgendwo zu seinen Füßen hörte er Dugan fluchen. Der Zwerg war bei seinem Angriff über die Türschwelle gestolpert und lag mit dem Gesicht nach unten flach auf dem Boden. Aber Palin war zu verblüfft, um sich um ihn zu kümmern, und konnte lediglich seine Ergreifer anstarren.

Eine dunkelhaarige, dunkeläugige Schönheit näherte sich Tanin. Sie legte die Hand auf seinen Speer und schob ihn sanft zur Seite. Ihre Augen waren anerkennend auf den kräftigen Körper des jungen Mannes geheftet, von dem – wegen der Unterwäsche – einiges zu sehen war.

»Du meine Güte«, begann die junge Frau mit betörender Stimme, »hast du gewußt, daß ich heute Geburtstag habe?«

Noch mehr Gelächter erscholl in der riesigen Steinhalle wie das Geläut vieler Glocken.

»Tritt… tritt einfach zurück«, befahl Tanin mürrisch, hob den Speer und hielt die Frau in Schach.

»Natürlich«, erwiderte sie und hielt die Hände in gespieltem Entsetzen hoch. »Wenn es das ist, was du *wirklich* willst.«

Tanin, dessen Augen auf die dunkelhaarige Schönheit gerichtet waren, wich einen Schritt zurück, um neben Palin zu gelangen. »Kleiner Bruder«, flüsterte er. Schweißperlen standen auf seiner Oberlippe und tropften ihm von der Stirn. »Sind diese Frauen verzaubert? Stehen sie unter irgendeinem Zauber?«

»N… nein«, stammelte Palin und blickte sich um. »Das…

das scheint nicht der Fall zu sein. Ich kann keine Magie spüren, nur die Kraft des Grausteins. Sie ist hier stärker, aber das liegt wohl daran, weil wir ihm näher gekommen sind.«

»Burschen«, sagte der Zwerg in dringlichem Ton, rappelte sich auf und schob sich zwischen sie, »wir sind in großen Schwierigkeiten.«

»Sind wir?« fragte Tanin zweifelnd, hielt jedoch weiterhin den Speer vor sich und stellte fest, daß Sturm es ihm gleichtat. »Erklär uns das, Zwerg!« knurrte er. »Was weißt du von diesen Frauen? Bestimmt sind das keine Gefangenen! Sind das Todesfeen oder Vampire? Was?«

»Noch schlimmer«, keuchte der Zwerg und starrte die Frauen an. »Burschen, denkt doch mal nach! Wir sind die ersten, die dieses Schloß betreten! Diese Frauen haben wahrscheinlich seit zwei Jahren keinen Mann mehr gesehen!«

Siebtes Kapitel

Unsere Helden

Umgeben von Hunderten von Frauen, die bewundernd nach ihnen griffen und sie zärtlich streichelten, wurden die verwirrten und verlegenen »Befreier« mit Liebeswürdigkeit umgarnt. Lachend und neckend führten die Frauen die Brüder und den Zwerg aus der riesigen Empfangshalle in einen kleineren Raum im Schloß, einen Raum, der mit Seidentapeten und großen, bequemen, seidenüberzogenen Sofas eingerichtet war. Bevor die Männer wußten, wie ihnen geschah, zogen sanfte Hände sie auf die Kissen. Die Frauen boten ihnen Wein an, vortreffliches Essen und Köstlichkeiten jeder Art... *jeder* Art.

»Ich finde es süß, daß du den ganzen Weg gekommen bist, um uns zu befreien«, schnurrte eine der Frauen, die sich an Sturm gelehnt hatte und mit der Hand über seine Schulter fuhr. Langes, blondes Haar fiel über ihren bloßen Arm. Sie hatte es hinter das Ohr geschoben und mit einer Blume festgesteckt. Ihr graues, hauchdünnes Gewand ließ der Phantasie nur wenig Raum.

»Alles in allem nicht mehr als eine Tagesarbeit«, sagte Sturm lächelnd. »Wir werden nämlich Ritter von Solamnia, weiß du«, fügte er im Plauderton hinzu. »Wahrscheinlich wegen genau dieser Heldentat.«

»Wirklich? Erzähl mir mehr!«

Aber die Blondine war nicht im geringsten an den Rittern interessiert. Sie hörte Sturm nicht einmal zu, fiel Palin auf, der seinen Bruder mit wachsender Verärgerung beobachtete. Der große Krieger redete irgend etwas Unzusammenhängendes über den Schwur und den Maßstab, während er ihr silberblondes, weiches Haar liebkoste und ihr in die blauen Augen sah.

Palin fühlte sich in seiner Haut nicht wohl. Der junge Magier spürte ein Brennen im Blut, und ihm surrte der Kopf – keine ungewöhnliche Empfindung in der Umgebung von so vielen lieblichen und verführerischen Frauen. Aber er hatte kein Verlangen nach ihnen. Seltsamerweise stießen sie ihn ab. Es war die Magie, die er spürte und die in ihm brannte. Er wollte sich auf sie und auf das Gefühl konzentrieren, daß die Kraft stärker wurde. Palin stieß eine braunäugige Schönheit von sich, die versuchte, ihn mit Trauben zu füttern, und bewegte sich zentimeterweise zwischen den Kissen hindurch, um zu Sturm zu gelangen. Der große Mann genoß die Aufmerksamkeit der schönen Blonden in vollen Zügen.

»Sturm, was machst du da? Das könnte eine Falle sein, ein Hinterhalt!« sagte Palin mit gedämpfter Stimme.

»Sei doch mal ein bißchen lustig, kleiner Bruder«, erwiderte Sturm nachsichtig, legte den Arm um die Blondine und zog sie näher an sich. »Aber ich werde dich beruhigen. Sag mir«, sprach er die Blondine an, »ist das ein Hinterhalt?«

»Ja!« Sie kicherte und schlängelte sich dichter zu ihm. »Du stehst gerade unter Angriff.«

»Da hast du es, Palin. Da kann man nichts machen. Wir sind umzingelt.« Sturm küßte das Mädchen am Hals. »Ich ergebe mich«, sagte er sanft, »bedingungslos.«

»Tanin?« Beunruhigt sah Palin hilfesuchend zu seinem ältesten Bruder und war erleichtert, daß der ernste junge Mann sich trotz aller Bemühungen der dunkelhaarigen Schönheit erhob, die ihn zu sich auf ein Kissen ziehen wollte. Auch der Zwerg tat sein Bestes, zu entkommen.

»Verschwinde! Laß mich in Ruhe, Frau!« brüllte Dugan und schlug einem geschmeidigen Mädchen auf die Hand. Der Zwerg war im Gesicht knallrot, rappelte sich von den Kissen hoch und wandte sich den Frauen zu.

»Was ist mit Lord Gargat? Wo ist er?« wollte der Zwerg wissen. »Zweifellos benutzt er euch Frauen, damit ihr uns verführt und dann gefangennehmt!«

»Lord Gargat? Kaum!« Die dunkelhaarige Schönheit, die so versessen auf Tanin war, lachte auf, wie auch die anderen Frauen im Raum. Sie zuckte die reizenden Schultern und sah zur Decke hoch. »Er ist da oben... irgendwo«, sagte sie ohne jegliches Interesse und liebkoste Tanins nackte Brust. Der große Mann schubste sie weg und sah sich nervös um.

»Zum ersten Mal bist du vernünftig, Zwerg. Wir finden lieber diesen Gargat, bevor er uns findet. Kommt schon.« Tanin machte einen Schritt zur Tür des parfümierten, mit Kerzen beleuchteten Raumes, aber die dunkelhaarige Schönheit konnte ihn am Arm fassen.

»Entspann dich, Krieger«, raunte sie. »Du brauchst dir um Lord Gargat keine Sorgen zu machen. Er wird sich weder von dir noch von einem anderen gestört fühlen.« Bewundernd fuhr sie mit den Fingern durch Tanins dicke rote Locken.

»Davon überzeuge ich mich selbst«, gab Tanin zurück, aber es klang nicht gerade begeistert.

»Na schön, wenn du es unbedingt für nötig hältst.« Die Frau seufzte sehnsüchtig und schmiegte sich an Tanin. »Aber das ist Zeitverschwendung – Zeit, die man auf viel angenehmere Weise verbringen kann. Der ausgetrocknete alte Zauberer ist jetzt seit zwei Jahren unser Gefangener.«

»Er ist *euer* Gefangener?« keuchte Tanin.

»Na ja«, erwiderte die Blondine und hörte auf, an Sturms Ohr zu knabbern. »Er war so ein langweiliger alter Kerl. Quasselte nur von Pentagrammen und wollte von uns wissen, wer noch Jungfrau sei. Außerdem stellte er eine Menge anderer persönlicher Fragen. Darum haben wir ihn in seinen alten Turm mit diesem dämlichen Stein eingesperrt.« Sie küßte Sturm auf die kräftige Schulter.

»Und wer hat dann in den ganzen Monaten die Frauen als Geiseln genommen?« fragte Palin.

»Wir natürlich«, antwortete die dunkelhaarige Schönheit.

»Ihr?« fragte Palin wie gelähmt. Er legte eine Hand an seine Stirn und stellte fest, daß sie ungewöhnlich heiß war. Ihm wurde schwindelig, und der Kopf schmerzte ihn. Der ganze Raum schien sich hinter Schleiern zu verbergen.

»Wir führen ein wundervolles Leben«, erklärte die Blonde, setzte sich und wies neckend Sturms Versuche zurück, sie nach unten zu ziehen. »Der Graustein versorgt uns mit allem, was wir brauchen. Wir leben im Luxus. Wir brauchen nicht zu arbeiten, nicht zu kochen und nicht zu nähen…«

»Keine plärrenden Kinder…«

»Keine Ehemänner, die blutend und schmutzig aus der Schlacht zurückkommen...«

»Kein Wäschewaschen am Fluß tagein und tagaus...«

»Kein endloses Geschwätz über Krieg und das Prahlen von großen Taten...«

»Wir lesen Bücher«, fuhr die dunkelhaarige Schönheit fort. »Der Zauberer hat eine Menge in seiner Bibliothek. Wir haben Bildung erlangt und festgestellt, daß wir dieses Leben nie mehr führen möchten. Wir wollten unsere Schwestern und Mütter bei uns haben, damit sie dieses behagliche Leben mit uns teilen können. Darum haben *wir* diesen Trick beibehalten und verlangt, daß Geiseln zum Schloß gebracht werden, bis wir hier alle zusammen waren.«

»Gesegnet sei mein Bart!« rief der Zwerg ehrfürchtig aus.

»Uns fehlen lediglich ein paar nette Männer, damit wir nachts nicht so einsam sind«, sagte die Blondine und lächelte Sturm an. »Und dank des Grausteins wurde jetzt dafür gesorgt...«

»Ich werde diesen Lord Gargat aufsuchen«, sagte Palin und erhob sich abrupt. Aber ihm war so schwindelig, daß er taumelte und Kissen über den Boden stieß. »Kommt ihr anderen mit mir?« fragte er. Wieder mußte er gegen diesen seltsamen Schwindel ankämpfen, und er wunderte sich, daß seine Brüder davon nicht betroffen waren.

»Ja«, antwortete Tanin, der sich mit Schwierigkeiten aus der Umarmung der dunkelhaarigen Schönheit befreite.

»Auf mich kannst du zählen, Bursche«, sagte Dugan grimmig.

»Sturm?« fragte Palin.

»Laßt mich doch einfach hier!« schlug Sturm vor. »Ich bilde... die Nachhut...«

Die Frauen brachen in fröhliches Lachen aus.

»Sturm!« wiederholte Tanin wütend.

Sturm winkte ab. »Geht schon vor, wenn ihr so scharf darauf seid, mit einem verschimmelten alten Zauberer zu reden, obwohl ihr doch hierbleiben könntet und genieß...«

Tanin öffnete den Mund, und seine Stirn furchte sich vor Zorn. Aber Palin hielt ihn auf. »Überlaß mir das«, sagte der junge Magier mit einem verzerrten Lächeln. Behutsam legte er den Stab auf die Kissen und zeigte mit beiden Händen auf Sturm. Dann stimmte er einen Singsang an.

»Hey! Was machst du da? Hör auf!« keuchte Sturm.

Aber Palin setzte seinen Gesang fort und richtete beide Hände langsam nach oben. Dabei erhob sich auch Sturm, obwohl er immer noch hingestreckt lag, in die Luft, und schon bald schwebte der junge Mann gut zwei Meter über dem Boden.

»Wundervoller Trick! Zeig uns mehr davonl!« riefen die Frauen und klatschten Beifall.

Palin sprach wieder, schnalzte mit den Fingern, und aus dem Nichts erschienen Seile, schlängelten sich vom Boden hoch und wickelten sich um Sturms Arme und Beine. Die Frauen quietschten vor Ausgelassenheit, und viele richteten ihre bewundernden Blicke von dem muskulösen Sturm – der jetzt an Händen und Füßen gefesselt war – auf den Magier, der solche Kunststücke fertigbrachte.

»G... guter Trick, Palin. Jetzt bring mich wieder herunter!« sagte Sturm, leckte sich über die Lippen und sah nervös nach unten. Zwischen ihm und dem Boden war nur Luft.

Zufrieden ließ Palin Sturm in der Luft schweben und wandte sich an Tanin. »Soll ich ihn mitnehmen?« fragte er voller Erwartung, daß Tanin ihn ebenfalls mit Ehrfurcht betrachtete.

Statt dessen stellte er fest, daß sein Bruder besorgt die Stirn runzelte. »Palin«, fragte Tanin leise, »wie hast du das geschafft?«

»Magie, mein teurer Bruder!« erwiderte Palin, der plötzlich daran dachte, wie unverantwortlich dumm Tanin war.

»Ich weiß, daß es Magie war«, gab Tanin schneidend zurück. »Zugegeben, ich weiß nicht viel von Magie. Aber ich weiß, daß nur ein mächtiger Zauberer eine solche Tat vollbringen kann, und keinesfalls einer, der gerade seine Prüfung bestanden hat!«

Palin sah zu Sturm hinüber, der hilflos in der Luft schwebte, und nickte. »Du hast recht«, bestätigte er stolz. »Ohne Beistand und Hilfe habe ich einen äußerst schweren Zauber bewirkt. Nicht einmal der Stab des Magus hat mir dabei geholfen!« Er ergriff den Stab. Bei der Berührung war das Holz kalt, eisigkalt, fast schmerzhaft. Palin keuchte und ließ ihn beinahe fallen. Aber dann bemerkte er, daß der Schwindel nachließ. Seine Haut wurde kühler, und das Summen in seinem Kopf hörte auf. »Meine Magie!« murmelte er. »Der Graustein muß sie verstärkt haben! Ich bin erst kurze Zeit hier, und sieh, wozu ich in der Lage bin! Ich verfüge über die Kraft eines Erzmagiers. Wenn ich den Stein hätte, wäre ich so stark wie mein Onkel!« flüsterte Palin vor sich hin. »Vielleicht sogar noch stärker!« Seine Augen funkelten, und sein Körper begann zu beben. »Natürlich würde ich meine Kräfte nur für das Gute einsetzen. Ich würde Dalamar den Turm in Palanthas entreißen und ihn von dem Bösen befreien. Ich würde den Fluch über dem Eichenwald von Shoikan aufheben und das Laboratorium meines Onkels betreten.« Gedanken und Visionen von der Zukunft stürzten in einem Strudel wilder Farben auf ihn ein, so wirklich und deutlich, daß ihm bei deren Anblick buchstäblich schwindelig wurde.

Starke Hände hielten ihn fest. Während er blinzelte und sich den Schleier von den Augen rieb, schaute Palin auf und sah, daß er sich in den strahlenden, schwarzen, listigen Augen des Zwerges widerspiegelte. »Ruhig Blut, Kleiner«, sagte Dugan. »Du fliegst hoch, zu hoch für einen, dessen Flügel sich gerade entwickelt haben.«

»Laß mich in Ruhe!« schrie Palin und entzog sich dem Griff des Zwerges. »Du willst doch selber den Stein!«

»Ja, Kleiner«, bestätigte Dugan leise und strich sich über den Bart. »Und ich habe ein Recht auf ihn. In der Tat bin ich der *einzige*, der ein Recht auf ihn hat!«

»Macht schafft Recht, Zwerg«, erwiderte Palin höhnisch. Er hob seinen Stab auf und ging auf die Tür zu. »Kommst du«, fragte er Tanin kühl, »oder muß ich dich genauso mitnehmen wie diesen Hornochsen!« Er zeigte auf Sturm und zog den jungen Mann mit einer Handbewegung hinter sich her. Sturm verdrehte den Kopf und sah angsterfüllt und beunruhigt zu Tanin zurück, während er in der Luft schwebte.

»O nein! Geh nicht! Zeig uns noch ein paar Tricks!« riefen die Frauen bestürzt.

»Halt ein, junger Magier!« warnte Dugan. »Du verfällst dem Zauber!«

»Palin!« Tanins ruhige Stimme drang durch das Summen in Palins Kopf, durch das Geschrei der Frauen und durch die Warnung des Zwerges. »Hör einen Augenblick weder auf Dugan, noch auf mich oder einen anderen! Hör einfach auf deine innere Stimme.«

»Und was willst du damit sagen, mein Bruder?« höhnte Palin. »Ist dir auf einmal etwas Kluges eingefallen? Hat dein Gehirn es schließlich doch noch geschafft, sich durch das ganze Muskelfleisch hindurchzuarbeiten?«

Voller Spott sah er Tanin an und erwartete – nein, *hoffte*, daß sein Bruder wütend werden und versuchen würde, ihn aufzuhalten. Aber dann zeige ich ihm *wirklich* ein oder zwei Tricks! dachte Palin. So wie mein Onkel es meinem Vater gezeigt hat…

Aber Tanin stand einfach da und musterte ihn ernst. »Ich… ich… im Namen der Götter!« stammelte Palin und legte eine Hand auf seine Stirn. Die Grausamkeit seiner Worte wurde ihm bewußt. »Tanin, es tut mir leid! Ich weiß nicht, was in mich gefahren ist.« Er drehte sich zu Sturm um, der hilflos in der Luft hing. »Sturm!« Palin schnalzte mit den Fingern. »Es tut mir leid! Ich laß dich…«

»Palin, nein…!« rief Sturm, aber es war zu spät.

Der Zauber löste sich auf, und der junge Mann fiel mit einem Aufschrei und einem Aufprall zu Boden, um unverzüglich von gurrenden und glucksenden Frauen umgeben zu werden. Es dauerte ein wenig, bis Sturm wieder auftauchte. Sein rotes Haar war zerzaust und sein Gesicht knallrot. Schwankend erhob er sich, schob die Frauen zur Seite und hinkte auf seine Brüder zu.

»Ich habe mich geirrt«, sagte Palin zitternd. »Jetzt verstehe ich es. Diese Frauen *sind* in einen Bann geschlagen…«

»Ja, Bursche«, unterbrach ihn Dugan. »So wie es auch bei dir der Fall gewesen war. Es ist die Kraft des Grausteins, der versucht, Gewalt über dich zu bekommen, und sich deiner Schwächen bedient, wie er es bei ihnen getan hat…«

»Indem er uns das gibt, was wir uns wünschen«, beendete Palin nachdenklich den Satz.

»Und je länger wir uns hier aufhalten, um so größer wird die Gefahr«, fügte Tanin hinzu, »Sklaven dieses Grausteins zu werden. Versteht ihr nicht, diese Frauen bewachen ihn *im* Schloß genauso wirkungsvoll wie ihre Männer *draußen*. Aus diesem Grund verändert sich nichts. Der Graustein hält alles unter Kontrolle!«

Die Frauen kamen wieder mit ausgestreckten Armen auf sie zu. »Wie langweilig… Geht nicht… Verlaßt uns nicht… Dummer Stein…«

»Nun, dann laßt uns also diesen Lord Gargat aufsuchen«, murmelte Sturm beschämt. So sehr er sich auch bemühte, immer wieder schweifte sein Blick zu der Blonden hinüber, die ihm Küsse zuwarf.

»Nehmt eure Speere«, sagte Tanin und stieß die sanften Hände beiseite, die ihn umklammerten. »Vielleicht sagen diese Frauen die Wahrheit, aber vielleicht auch nicht. Der alte Zauberer könnte gerade jetzt über uns lachen.«

»Sie sagten, daß er ›oben wäre‹.« Palin warf einen Blick zur Decke. »Aber wo? Wie kommen wir dorthin?«

»Ich glaube, ich kenne den Weg, Kleiner«, erwiderte Dugan. »Nur eine Ahnung, wohlgemerkt«, fügte er eilig hinzu, als er Tanins düsteren Blick auffing. »Diese Tür dort führt nach oben... glaube ich...«

»Pah!« schnaubte Tanin, ging aber trotzdem zur Tür und untersuchte sie. Seine Brüder und der Zwerg folgten ihm.

»Wie hast du das gemeint, *du* wärst der einzige, der ein Recht auf den Graustein hat?« fragte Palin Dugan in gedämpftem Ton.

»Habe ich das gesagt?« Der Zwerg warf ihm einen scharfen Blick zu. »Muß der Einfluß vom Graustein sein...«

»Bitte geht nicht!« flehten die Frauen.

»Laßt sie. Sie werden bald zurückkommen«, prophezeite die dunkelhaarige Schönheit.

»Und wenn ihr zurückkommt, kannst du uns vielleicht noch mehr von diesen süßen Zaubertricks zeigen«, rief die Blondine höflich hinter Palin her.

Achtes Kapitel

Lord Gargat

Dugan hatte recht. Die Tür führte zu einer anderen schmalen Treppe, die aus den Steinmauern des Schlosses gemeißelt worden war. Es war pechschwarz; ihre einzige Beleuchtung war wieder der Kristall am Stab des Magus. Nach einer weiteren anstrengenden Kletterei erreichten sie schließlich eine große Holztür.

»Seht euch das mal an!« rief Sturm verblüfft.

»Was, im Namen der Hölle, ist das?« murmelte Tanin.

Es war ein phantastischer Mechanismus, der die Tür versperrte. Im Schatten kaum sichtbar, war er aus Eisen und mit allen Arten von Armen, Hebeln, Flaschenzügen und Kurbeln versehen, die vom Steinboden bis zur Decke reichten.

»Halte das Licht näher, Palin«, sagte Tanin und bückte sich. »Da ist etwas in der Mitte, umgeben von einer Menge... Spiegeln.«

Vorsichtig hielt Palin das Licht zu der Vorrichtung, und plötzlich war der Raum wie von Hunderten von Sonnen hell erleuchtet. Tanin kreischte auf und schützte seine Augen mit seinen Händen. »Ich kann nichts sehen!« schrie er und taumelte gegen die Wand. »Nimm den Stab weg! Nimm den Stab weg!«

»Das ist eine Sonnenuhr!« berichtete Palin, der den Stab zurücknahm und die Vorrichtung voller Erstaunen betrachtete. »Umgeben von Spiegeln...«

»Ah«, unterbrach Dugan triumphierend, »ein Zeitschloß. Gnomen haben es gebaut.«

»Ein Zeitschloß?«

»Ja, Bursche. Man wartet, bis das Zifferblatt zur richtigen

Zeit den Schatten der Sonne wirft, und dann öffnet sich das Schloß.«

»Aber«, wandte Palin verwirrt ein, »so wie die Spiegel angebracht sind, kann es niemals einen Schatten geben! Es ist stets Mittag.«

»Ganz zu schweigen«, fügte Tanin bitter hinzu und rieb sich die Augen, »daß es hier pechschwarz ist. Es gibt keine Fenster! Wie soll denn hier die Sonne scheinen?«

»Ein kleiner Fehler im Entwurf«, erklärte Sturm sarkastisch. »Sicherlich wird dieses Problem in einem Komitee erörtert...«

»Und wie sollen wir in der Zwischenzeit die Tür öffnen?« fragte Tanin, der erschöpft an der Wand zusammensackte.

»Zu schade, daß Tolpan nicht da ist«, sagte Palin lächelnd.

»Tolpan?« knurrte Dugan und wirbelte herum. »Du meinst doch nicht etwa Tolpan Barfuß? Den Kender?«

»Doch, kennst du ihn?«

»Nein«, brummte der Zwerg, »aber ein Freund von mir. Ein verrückter Zwerg, der unter einem Baum in der Nähe meines Wal... in der Nähe meiner Arbeitsstätte hockt und tagein, tagaus ununterbrochen Holz schnitzt und von ›einem Türknopf von Kender‹ und ›was für ein Türknopf dieser Kender doch ist‹ schwatzt.«

»Ein Freund?« fragte Palin verwundert. »Das hört sich ganz nach der Geschichte von Flint an, die unser Vater erzählt hat...«

»Vergiß es!« keifte Dugan gereizt. »Und hör auf, von Kendern zu sprechen! Wie es aussieht, haben wir schon genug Ärger! Brrr.« Er erschauderte. »Läßt meine Haut kribbeln...«

Ein ganz schwacher Schimmer von Verstehen regte sich in der verwirrenden Dunkelheit von Palins Bewußtsein. Verschwommen begann er die Wahrheit zu begreifen. Doch obwohl dieser Schimmer seine Gedanken zu erhellen begann, herrschte in seinem Kopf ein derart wüstes Durcheinander, daß er nichts auseinanderhalten und erst recht nicht entscheiden konnte, ob er Erleichterung oder Angst empfinden sollte.

»Vielleicht sollten wir die Spiegel zerstören«, schlug Tanin vor und blinzelte in der Dunkelheit, als er versuchte, hinter dem Meer von leuchtendblauen Punkten, die sein Sichtfeld ausfüllten, etwas zu erkennen.

»Das würde ich nicht«, warnte Dugan. »Höchstwahrscheinlich explodiert das Ding.«

»Du meinst, es ist mit einer Falle versehen?« fragte Sturm nervös und trat zurück.

»Nein!« keifte Dugan gereizt. »Ich meine, es wurde von Gnomen gebaut. Höchstwahrscheinlich explodiert es.«

»Und wenn...«, Tanin kratzte sich nachdenklich am Kinn, »dann würde doch wohl eine Öffnung in der Tür entstehen.«

»Aber wir würden auch in die Luft gehen«, gab Palin zu bedenken.

»Nur du, kleiner Bruder«, erklärte Sturm hilfsbereit. »Wir anderen werden unten an der Treppe warten.«

»Wir müssen es auf einen Versuch ankommen lassen, Palin«, entschied Tanin. »Wir haben keine Ahnung, wie lange es noch dauert, bis wir endgültig von der Kraft des Grausteins beherrscht werden. Es wird bestimmt keine große Explosion sein«, fügte er beruhigend hinzu. »Immerhin ist es kein sehr großes Gerät.«

»Nein, es nimmt bloß die ganze Tür ein. Na schön«, murmelte Palin. »Tretet zurück.«

Die Warnung war unnötig. Dugan stieg bereits die Treppe hinunter, dicht gefolgt von Sturm. Tanin bog um die Ecke der Mauer und blieb stehen, um Palin im Auge zu behalten.

Langsam und vorsichtig näherte sich Palin dem Gerät und hob den Stab über den ersten Spiegel. Dann wandte er das Gesicht ab und schloß die Augen. Doch im selben Augenblick ertönte eine Stimme von der anderen Seite der Tür.

»Ich glaube, du mußt einfach nur die Klinke herunterdrükken.«

Palin hielt in seiner Bewegung inne. »Wer spricht da?« schrie er und trat zurück.

»Ich«, rief die Stimme wieder in bescheidenem Tonfall. »Drück einfach die Klinke hinunter!«

»Willst du damit etwa sagen, daß die Tür nicht verschlossen ist?« fragte Palin erstaunt.

»Niemand ist vollkommen«, verteidigte sich die Stimme.

Ganz vorsichtig entfernte Palin einige Verbindungsarme, band ein oder zwei Seile des gnomischen Zeitschlosses los und drückte die Klinke hinunter. Es klickte, und die Tür ließ sich quietschend öffnen.

Mit einigen Schwierigkeiten, da sich seine Robe an einer Kurbel verfangen hatte, trat Palin in den Raum und schaute sich ehrfürchtig um.

Es war ein kegelförmiger Raum – am Boden war er rund, und zur Decke hin lief er in einer Spitze zu. Öllampen waren in gleichmäßigem Abstand auf dem kreisförmigen Boden aufgestellt. Ihre flackernden Flammen erleuchteten den Raum taghell. Tanin wollte gerade eintreten, als sein Bruder ihn aufhielt.

»Warte!« warnte Palin und hielt Tanin am Arm zurück. »Sieh mal! Da auf dem Boden!«

»Nun, was soll das sein?« fragte Tanin. »Irgendein Muster...«

»Es ist ein Pentagramm, ein magisches Symbol«, erklärte Palin leise. »Tritt nicht in den Kreis der Lampen!«

»Und wozu soll das gut sein?« Sturm spähte über Tanins breite Schultern, während Dugan auf und ab hüpfte, um einen Blick zu erhaschen.

»Ich glaube... genau!« Palin starrte zur spitzen Decke hoch. »Es hält den Graustein fest! Seht mal!« Er zeigte nach oben.

Alle starrten hoch. Nur der Zwerg fluchte laut, daß er nichts sehen konnte. Er ließ sich auf Hände und Knie fallen und schaffte es schließlich, den Kopf zwischen Tanins und Sturms Beine zu schieben und ebenfalls hochzuspähen. Sein Bart fiel wie eine Schleppe auf den polierten Steinboden.

»Ja, Kleiner«, bestätigte er mit einem sehnsüchtigen Seufzer. »Das stimmt! Der Graustein von Gargat!«

Direkt unterhalb der Spitze des Kegels schwebte ein grauer Edelstein in der Luft. Seine Form und Größe waren unmöglich auszumachen, da er sich ständig veränderte, während sie ihn anstarrten – zuerst war er rund und so groß wie eine Männerfaust, daraufhin ein Prisma und so groß wie ein Mann, dann ein Würfel und nicht größer als eine Murmel, und schließlich wieder rund... Bei ihrem Eintreten war der Edelstein dunkel gewesen, und nicht einmal das Licht der Lampen hatte sich in ihm widergespiegelt. Doch jetzt begann von ihm ein schwaches, graues Licht auszugehen.

Palin spürte, wie die Magie durch seinen Körper strömte. Zauberworte von unglaublicher Macht durchfluteten seine Gedanken. Im Vergleich zu ihm war sein Onkel ein Schwächling gewesen! Er würde über die Welt, den Himmel, die Hölle herrschen...

»Ruhig Blut, kleiner Bruder«, ertönte eine Stimme aus weiter Ferne.

»Bleib bei mir, Tanin!« keuchte Palin und hielt seinem Bruder die Hand entgegen. »Hilf mir, es zu bekämpfen!«

»Das ist sinnlos«, ertönte die Stimme, die sie durch die Tür gehört hatten. Dieses Mal klang sie traurig und resigniert. »Du kannst es nicht bekämpfen. Es wird dich am Ende aufzehren, so wie es mich aufgezehrt hat.«

Palin zwang sich, den Blick von dem grellen grauen Licht abzuwenden, von dem ihm schwindelig wurde. Er sah sich in dem kegelförmigen Raum um. An der mit Wandteppichen geschmückten Wand ihm gegenüber stand ein großer Stuhl mit hoher Rückenlehne. In die Stuhllehne waren verschiedene Runen und magische Inschriften eingeritzt. Offensichtlich sollten sie den Magier, der auf dem Stuhl saß, gegen jegliche Kreatur schützen, die auf sein Geheiß hierherkam. Die Stimme schien vom Stuhl zu kommen, aber Palin konnte niemanden dort sehen.

Entsetzt schrie der junge Mann: »Paladin, hab Erbarmen!«

»Zu spät, zu spät!« piepste die Stimme. »Ja, ich bin Lord Gargat. Der erbärmliche Lord Gargat! Willkommen in meinem Schloß.«

Auf dem weichen Polster des Stuhls machte ein Stachelschwein mit der Pfote eine anmutige, wenn auch verzweifelte Geste.

»Ihr könnt ruhig näherkommen«, sagte Lord Gargat und glättete sich mit einer zitternden Pfote die Schnurrhaare. »Tretet nur nicht in den Kreis! Wie du schon sagtest, junger Magier.«

Vorsichtig gingen die Brüder und Dugan an der Wand entlang. Sie bemühten sich, sich von den flackernden Öllampen fernzuhalten. Über ihnen strahlte der Graustein in einem sanften Licht, das immer heller wurde.

»Lord Gargat«, begann Palin zögernd, als er das Stachelschwein auf dem Stuhl erreicht hatte. Plötzlich schrie er erschrocken auf, wich zurück und prallte gegen Tanin.

»Sturm, an meine Seite!« rief Tanin, schob Palin hinter sich und hob den Speer.

Der Stuhl war hinter einem riesengroßen, schwarzen Drachen verschwunden! Die Kreatur starrte sie mit feurigroten Augen an. Seine großen Flügel nahmen die ganze Wandlänge ein, und sein Schwanz peitschte donnernd den Boden. Doch als der Drache sprach, lag in seiner Stimme die gleiche Traurigkeit wie bei dem Stachelschwein.

»Ihr habt Angst«, stellte der Drache traurig fest. »Danke für das Kompliment, aber es ist nicht nötig. Bevor ich euch angreifen kann, bin ich wahrscheinlich eine Maus oder eine Schabe.«

»Genau! Jetzt seht ihr, wie es ist«, sprach Lord Gargat weiter, der auf einmal die Gestalt einer wunderschönen jungen Frau angenommen hatte, die den Kopf in beide Hände legte und herzzerreißend weinte. »Ständig verwandle ich mich, ständig verändere ich mich. Von einem Augenblick zum nächsten weiß ich nie«, knurrte ein wilder Minotaurus voller Zorn, »was ich gleich darauf sein werde.«

»Und das liegt am Graustein?«

»Jaaa«, zischte eine Schlange, die sich qualvoll auf dem Kissen wand. »Einst war ich ein Zauberer wie du, junger Magier. Einst war ich... mächtig und wohlhabend. Diese Insel und ihre Bewohner gehörten mir«, fuhr ein elegant gekleideter junger Mann fort, der sich auf dem Stuhl räkelte und ein kaltes Getränk in der Hand hielt. »Möchtet ihr auch? Ein Punsch aus Tropenfrüchten. Nicht schlecht, das kann ich euch sagen. Wo war ich stehengeblieben?«

»Der Graustein«, half Palin nach. Seine Brüder konnten ihn nur schweigend anstarren.

»Ach ja«, plapperte er unglücklich weiter, jetzt in Gestalt einer Kröte. »Mein Ururur... na, ihr versteht schon, mein Urgroßvater folgte vor Jahrhunderten diesem verdammten Ding, weil er hoffte, es erwischen zu können. Das glückte ihm auch eine Zeitlang. Doch mit zunehmendem Alter ließ seine Kraft nach, und der Graustein konnte entkommen. Ich weiß nicht, wohin er ging und wo er in der Welt überall Chaos verbreitete. Aber *ich* wußte immer, daß er... eines Tages... in meine Reichweite geraten würde. Und dann wollte ich für ihn bereit sein!« Ein Hase, der auf den Hinterpfoten hockte, ballte die Pfote mit einem eisern entschlossenen Blick.

»Viele Jahre habe ich studiert«, erzählte ein Gossenzwerg und hielt eine schmuddelige Hand hoch, »zwei Jahre. Ich glaube, zwei Jahre.« Der Gossenzwerg runzelte die Stirn. »Ich mache hübsches Muster auf dem Boden. Ich warte. Zwei Jahre. Nicht mehr als zwei. Großer Stein kommt! Ich fange...«

»Und ich stelle dem Graustein eine Falle!« kreischte ein alter, verhutzelter Mann und kicherte wild. »Er konnte mir nicht entwischen! Ich dachte, endlich würde mir die Magie der ganzen Welt gehören, ich würde sie stets parat haben! Und so war es auch, so war es«, piepste eine rotäugige Ratte, die nervös an ihrem Schwanz knabberte. »Ich konnte alles haben, was ich wollte. Ich verlangte zehn Jungfrauen... Na ja, ich war einsam«, rechtfertigte sich eine Spinne, die zur Verteidigung ihre Beine einrollte. »Man kriegt einfach keine Gelegenheit, nette Mädchen kennenzulernen, wenn man ein böser Magier ist, versteht ihr?«

»Und der Graustein übernahm die Kontrolle über die Frauen!« sagte Palin, dem von den ständigen Verwandlungen des Zauberers längst schwindelig geworden war. »Und benutzte sie gegen dich.«

»Ja«, wieherte ein Pferd, das vor dem Stuhl unruhig auf und ab tänzelte. »Er gewährte ihnen Bildung und schenkte ihnen diesen Palast. *Meinen* Palast! Er gibt ihnen alles! Sie brauchen nicht mehr zu arbeiten. Haben sie Hunger, steht das Essen schon auf dem Tisch. Mit Wein und allem, was sie sich wünschen... Und was machen sie den ganzen Tag? Sie hängen herum, lesen Elfengedichte und diskutieren über philosophische Probleme. Mein Gott, ich *hasse* Elfengedichte!« stöhnte ein glatzköpfiger Mann im mittleren Alter. »Ich habe versucht, mit ihnen zu reden, und ihnen gesagt, sie sollten etwas aus ihrem Leben machen! Und was haben sie getan? Sie haben mich mit dem hier eingeschlossen!« Er zeigte hilflos auf den Stein.

»Aber die Frauen werden unruhig«, sagte Palin. Plötzlich stellte sich in seinen Gedanken wieder Ordnung ein.

»Man kann nicht ewig Elfengedichte ertragen«, bemerkte ein Walroß, das düster mit den Flossen abwinkte. »Sie wollen Zerstreuung…«

»Männer… und *nicht* ihre Ehemänner. Nein, denn das würde dem Graustein überhaupt nicht gefallen. Er braucht die Krieger, damit sie ihn vor der Außenwelt beschützen, während die Frauen ihn im Schloß bewachen. Um also die Frauen bei Laune zu halten, brachte er…«

»Uns!« sagte Tanin, der sich zornig an den Zwerg wandte.

»Nein, sei nicht so vorschnell«, sagte Dugan mit einem listigen Lächeln. Aus den Augenwinkeln warf er Palin einen Blick zu. »Du bist sehr klug, Kleiner. Du kommst nach deinem Onkel, ja, das stimmt. Nun, wenn du so klug bist, gegen wen schützt sich dann der Stein, wen muß er denn fürchten?«

»Die Person, die ihn seit Tausenden von Jahren sucht«, antwortete Palin leise. Auf einmal war ihm alles klar. »Die Person, die ihn hergestellt und im Spiel verloren hat. Er hat sich die ganzen Jahrhunderte vor dir versteckt. Jedesmal ist er solange an einem Ort geblieben, bis du ihm dicht auf den Fersen warst, und dann ist er wieder verschwunden. Aber jetzt hält ein Zauberer ihn gefangen. Egal, was er unternimmt, er kann nicht entkommen. Darum hat er um sich herum Wachen aufgestellt. Aber du wußtest, daß die Frauen unglücklich waren. Du wußtest, daß der Graustein ihnen alles zugestehen *muß*, was sie sich wünschen…«

»Gutaussehende Männer. Sie lassen ja sonst keinen ins Schloß hinein«, sagte Dugan und drehte an seinem Bart. »Und wenn ich das mal sagen darf, wir genügen den Ansprüchen vollauf«, fügte er stolz hinzu.

»Aber wer ist er?« fragte Sturm und starrte verwirrt von Palin auf den Zwerg. »*Nicht* Dugan Rothammer, schätze ich...«

»Ich weiß es! Ich weiß es!« schrie Lord Gargat, der jetzt ein Kender war und auf dem Stuhlpolster herumhüpfte. »Laßt es mich sagen! Laßt es mich sagen!« Der Kender sprang vom Stuhl und lief auf den Zwerg zu, um ihn zu umarmen.

»Großer Reorx!« brüllte Dugan und umklammerte seinen leeren Geldbeutel.

»Jetzt hast du es schon gesagt!« schmollte der Kender.

»Mein Gott!« flüsterte Tanin.

»Damit wäre die Situation erfaßt«, schloß Palin.

Neuntes Kapitel

Sollen wir wetten?

»Ja!« brüllte Dugan Rothammer mit donnernder Stimme. »Ich bin Reorx, der Schmied der Welt, und ich bin gekommen, um mein Eigentum zurückzufordern!«

Der Graustein, sich plötzlich der Gegenwart des Gottes und der Gefahr, in der er schwebte, bewußt werdend, flammte in einem strahlenden grauen Licht auf. Gefangengehalten durch das magische Symbol des Zauberers auf dem Boden, konnte er nicht verschwinden. So drehte er sich nur hektisch und veränderte seine Form dabei so schnell, daß das Auge nur eine verschwommene Bewegung wahrnehmen konnte.

Gleichzeitig veränderte sich auch die Gestalt des Zauberers. Wieder erschien der schwarze Drache. Sein riesiger Körper verdeckte den Stuhl, und die gewaltigen Flügel füllten den kegelförmigen Raum aus.

Palin sah ihn ohne Interesse an. Viel zu sehr war er in seine eigenen inneren Kämpfe vertieft. Der Graustein brachte seine ganze Energie auf, um sich zu schützen. Er bot Palin alles an, alles, was er haben wollte. Eine Vielzahl von Bildern tauchte blitzartig vor seinem inneren Auge auf. Er sah sich als Oberhaupt des Ordens der Weißen Roben, er sah, wie er über die Versammlung der Zauberer herrschte. *Er* trieb die bösen Drachen zurück in die Hölle! *Er* kämpfte gegen die Dunkle Königin. Das einzige, was er tun mußte, war, den Zwerg zu töten...

Einen Gott töten? fragte er sich ungläubig.

Ich werde dir die Kraft dazu verleihen! antwortete der Graustein.

Als Palin sich umschaute, sah er Sturm, schweißgebadet, mit irrem Blick und geballten Fäusten. Sogar Tanin, der doch stets stark und unbeugsam war, starrte geradeaus, mit bleichem Gesicht und zusammengekniffenen Lippen, während sich ihm eine ruhmreiche Vision zeigte, die nur für ihn sichtbar war.

Dugan stand mitten im Pentagramm und beobachtete sie schweigend.

Palin klammerte sich fest an seinen Stab und schluchzte beinahe vor Qual. Er drückte seine Wange an das kühle Holz und merkte, daß sich in seinem Bewußtsein Worte bildeten. *Mein ganzes Leben lang war ich immer ich selber. Meine Entscheidungen traf ich stets aus freien Stücken. Niemals wurde ich von jemandem oder von etwas in den Bann geschlagen, selbst nicht von der Königin der Finsternis. Verbeuge dich vor anderen mit Achtung und Respekt, aber gib dich niemals der Sklaverei hin, Neffe!*

Palin blinzelte und sah sich um, als würde er aus dem Schlaf erwachen. Er war sich nicht klar, ob er die Worte gehört hatte oder ob sie in seinem Herzen entstanden waren, aber jetzt hatte er die Kraft, ihren Wert zu erkennen. *Nein!* konnte er fest entschlossen dem Graustein antworten, und im selben Augenblick erkannte er, daß der schwarze Drache die gleichen Qualen durchlitt.

»Aber ich *will* ihnen nicht die Haut von den Knochen abziehen«, wimmerte der Drache. »Nun ja, es würde mich nicht stören, meine Insel zurückzuerhalten, so wie es einmal war. Und zehn Mädchen, die sich wie Mädchen benehmen und nicht in Dichter verwandeln.«

Als Palin beunruhigt zu dem Drachen schaute, sah er, daß dessen rote Augen fieberhaft glänzten. Säure tropfte von der gespaltenen Zunge und brannte Löcher in den polierten Boden. Er spreizte die Flügel und erhob sich in die Luft.

»Tanin! Sturm!« schrie Palin, packte einen Bruder, der in seiner Nähe stand, und schüttelte ihn. Es war Tanin. Langsam richtete der große Mann den Blick auf seinen jüngeren Bruder, aber sein Blick zeigte kein Wiedererkennen.

»Hilf mir, Zauberer!« zischte Tanin ihn an. »Hilf mir, den Zwerg umzubringen! Ich werde der Anführer von Armeen sein…«

»Dugan!« Palin lief zu dem Zwerg. »Unternimm etwas!« schrie der junge Magier verstört und zeigte auf den Drachen.

»Ich bin dabei, Kleiner, ich bin dabei«, erwiderte Dugan gelassen. Seine Augen waren auf den Graustein gerichtet.

Palin sah, daß der schwarze Drache ihn mit gierigen Augen beobachtete. Die schwarzen Flügel zuckten.

Ich werde einen Schlafzauber werfen, entschied Palin verzweifelt und griff nach dem Sand in seinen Beuteln. Aber als er den Sand hervorholen wollte, überfiel ihn eine schreckliche Erkenntnis. Der Sand rieselte ihm durch seine schlaffen Finger auf den Boden.

Seine Magie war verschwunden!

»Nein, bitte nicht!« stöhnte Palin und sah zu dem Graustein hoch, der ihn mit chaotischer Bösartigkeit anzufunkeln schien.

Die Holztür zu dem Raum wurde aufgeworfen und knallte gegen die Wand.

»Wir sind gekommen, wie du befohlen hast, Graustein!« schrie jemand.

Es war die Stimme der dunkelhaarigen Schönheit. Hinter ihr stand die Blondine, gefolgt von allen anderen Frauen. Aber die durchsichtigen Gewänder waren verschwunden. Ebenso das verführerische Lächeln! Die Frauen waren mit Tigerfellen gekleidet. In die Haare hatten sie Federn gebunden, und in den Händen trugen sie Speere mit Steinspitzen.

Auf einmal erscholl Tanins Stimme so laut wie ein Trompetenruf. »Meine Soldaten! An meine Seite! Schart euch um mich!« Er hob den Arm und stieß einen Schlachtruf aus, und die Frauen antworteten mit wildem Geschrei.

»Bringt mir Wein!« rief Sturm und improvisierte einen Tanz. »Laßt uns mit den Festlichkeiten beginnen!«

Die Augen der Blondine hingen an ihm und brannten vor Leidenschaft. Unglücklicherweise war es eine andere Leidenschaft. Sie hob den Speer, ihr Blick flog hinüber zu ihrem Anführer, zu Tanin. Begierig wartete sie auf den Befehl zum Angriff.

»Versprichst du es mir?« fragte der schwarze Drache ungeduldig. Seine gespaltene Zunge schnellte aus dem triefenden Maul. »Keine Gossenzwerge mehr? Die übrigen stören mich nicht so sehr, aber ich *will* nicht mehr in einen Gossenzwerg verwandelt werden!«

»Die ganze Welt ist verrückt geworden!« Palin sackte an der Wand zusammen. Er spürte, wie seine Kraft und sein Menschenverstand ihn allmählich verließen und wie der Sand durch seine kraftlosen Finger rann. Das Chaos um ihn herum und der Verlust seiner Magie hatten ihn erschüttert. Er starrte den Stab des Magus an und sah lediglich einen Holzstock, dessen Spitze mit einem glitzernden Stein verziert war. Er hörte seine Brüder – einer verteilte seine Soldaten für die Schlacht, der andere rief die Flötenspieler auf, eine andere Melodie anzustimmen. Er hörte die großen Flügel des Drachen knirschen und sein Atemholen, dem ein Säureregen folgen würde. Palin schloß die Augen, warf den nutzlosen Stab weg und drehte sein Gesicht zur Wand.

»Halt!« donnerte eine Stimme. »Halt, befehle ich dir!«

Noch einen Augenblick hielt das Chaos ungestüm an, dann schwächte es ab und erstarb schließlich, bis Ruhe und Schweigen herrschten, wo kurz zuvor noch Lärm und Unruhe gewesen waren. Palin hob den Kopf und sah sich verängstigt um. Dugan stand mitten in dem Pentagramm. Sein schwarzer Bart sträubte sich vor Zorn. Er hob einen Arm und schrie: *»Reorx Drach Kalahzar!«* und in seiner Hand erschien ein gigantischer Kriegshammer. Der große Hammer glühte in einem grellen roten Licht, das sich in Dugans leuchtenden schwarzen Augen widerspiegelte.

»Ja!« schrie der Zwerg und starrte hoch zu dem hellen Graustein. »Ich kenne deine Kraft! Wie kein anderer! Immerhin bist du meine Schöpfung! Du kannst dieses Chaos ewig aufrechterhalten, und du weißt, daß ich dich daran nicht hindern kann. Aber du bist auf ewig gefangen! Niemals wirst du freikommen!«

Das Licht des Grausteins flackerte auf, als müßte er über Dugans Worte nachdenken. Dann begann es heller als zuvor zu leuchten, und Palin verließ der Mut.

»Warte!« schrie Dugan und hob eine Hand. Die andere hielt den glühendroten Kriegshammer umklammert. »Ich meine, wir sollten alles dem Glück überlassen. Ich biete dir… eine Wette an!«

Der Graustein schien darüber nachzugrübeln. Sein Licht flackerte nachdenklich immer langsamer.

»Eine Wette?« murmelten die Frauen und senkten die Speere.

»Eine Wette«, wiederholte der Drache in zufriedenem Ton und machte es sich wieder auf dem Boden bequem.

»Eine Wette!« seufzte Palin und wischte sich über die schweißnasse Stirn. »Mein Gott, damit hat doch alles angefangen!«

»Wir sind einverstanden«, sagte die dunkelhaarige Schönheit und schritt nach vorne, wobei der Schaft ihres Speers auf dem Boden aufschlug. »Was ist der Einsatz?«

Dugan strich sich über den Bart. »Diese jungen Männer«, sagte er schließlich und zeigte auf Tanin, Sturm und Palin, »gehören euch. Freiheit für den Graustein.«

»Was?« Tanin und Sturm fielen gleichzeitig in die Wirklichkeit zurück und schauten sich in dem Raum um, als ob sie ihn zum ersten Mal sehen würden.

»Das kannst du uns nicht antun, Zwerg!« schrie Tanin und sprang mit einem Satz nach vorne. Doch zwei Frauen, die größer und stärker als alle anderen waren, ergriffen ihn, und mit einer Kraft, die ihnen von dem hell leuchtenden Graustein verliehen wurde, fesselten sie die Hände des wild um sich schlagenden Mannes hinter seinem Rücken. Zwei andere kümmerten sich um Sturm. Um Palin scherte sich keiner.

»Wenn ich die Wette verliere«, fuhr Dugan unbeeindruckt fort, »werden diese jungen Männer als Sklaven bei euch bleiben. Ich werde den Zauberspruch, der den Stein hier gefangen hält, rückgängig machen, und er wird wieder frei durch die Welt ziehen können. Wenn ich gewinne, gehört der Graustein mir, und diese Männer werden frei sein.«

»Wir sind mit dem Einsatz einverstanden«, sagte die dunkelhaarige Schönheit nach einem Blick auf den Graustein. »Und wie lautet die Wette?«

Dugan schien zu grübeln und zwirbelte immer wieder seinen Schnurrbart um einen Finger. Wie zufällig fiel sein Blick auf Palin, und er grinste. »Daß dieser junge Mann«, er zeigte auf den Magier, »meinen Hammer in die Luft werfen kann, so daß er schweben bleibt und nie wieder auf den Boden fällt.«

Alle starrten den Zwerg sprachlos an und dachten nach. Wo lag der Haken?

Auf einmal schrie Palin hektisch auf: »Nein! Dugan!« und stieß sich von der Wand ab. Eine Frau schob ihn zurück.

»Dieser junge Mann?« Die dunkelhaarige Schönheit begriff die Wette plötzlich. »Aber er ist ein Zauberkundiger...«

»Aber ein ganz junger«, unterbrach Dugan sie hastig. »Und er wird seine Magie nicht anwenden, nicht wahr, Palin?« fragte der Zwerg und zwinkerte dem jungen Magier heimlich zu.

»Dugan!« Palin riß sich aus dem Griff der Frau los und torkelte über den Boden. Seine Knie waren jetzt so schwach, daß er kaum laufen konnte. »Ich kann nicht! Meine Magie...«

»Sag niemals ›Ich kann nicht‹, Kleiner«, rügte Dugan ihn. »Hat dein Onkel dir denn nichts beigebracht?« Wieder zwinkerte er Palin zu.

Auf einmal schien die dunkelhaarige Schönheit Palins schwächliche Konstitution zu erkennen, denn sie sah zu den anderen Frauen hinüber und lächelte zufrieden. »Wir nehmen deine Wette an«, sagte sie.

»Dugan!« flehte Palin verzweifelt und bekam den Zwerg zu fassen, der ihn mit einem verschlagenen Grinsen ansah. »Dugan! Ich *kann* meine Magie *nicht* anwenden! Ich habe keine mehr! Der Graustein hat sie mir entzogen!« flüsterte er eindringlich dem Zwerg ins Ohr.

Dugans Lächeln löste sich auf. »Sag nicht so etwas, Kleiner«, murmelte er, sah kurz die Frauen an und rieb sich sein bärtiges Kinn. »Das ist eine Schande«, fügte er traurig hinzu und schüttelte den Kopf. »Wirklich eine Schande. Bist du dir sicher?«

»Natürlich bin ich mir sicher!« keifte Palin.

»Na, dann versuch dein Bestes, Bursche!« erwiderte der Zwerg und klopfte Palin auf den Arm. »Hier hast du ihn!« Er drückte ihm den Kriegshammer in die Hände. Bei der Berührung durch fremde Hände verblaßte die feurigrote Farbe des Hammers und verwandelte sich in ein häßliches Bleigrau.

Palin sah hilflos zu seinen Brüdern hinüber. Tanin musterte ihn ernst und verbittert. Sturm wandte den Kopf ab, und seine breiten Schultern hoben und senkten sich mit einem Seufzer.

Palin schluckte, leckte sich über die trockenen Lippen und umklammerte mit beiden Händen den Griff des Hammers. Er wußte nicht einmal, wie er die Waffe halten sollte. Er versuchte, sie zu heben. Ein Stöhnen entschlüpfte seinen Lippen – ein Stöhnen, das von seinen Brüdern wiederholt wurde.

»Bei Paladin!« keuchte Palin. »Ich kann dieses Ding kaum bewegen, Dugan! Wie soll ich ihn denn da werfen können?« Der junge Mann beugte sich vor, starrte dem Zwerg in die Augen und murmelte: »Du bist ein Gott… Ich glaube nicht…«

»Natürlich nicht, Kleiner!« Der Zwerg schaute schockiert drein. »Es ist eine Ehrensache! Du verstehst…«

»Sicher«, knurrte Palin bitter.

»Sieh mal, Bursche«, sagte Dugan und half Palin, die Waffe richtig zu halten. »So schwer ist es gar nicht. Du mußt den Hammer einfach so halten… Genau… Dann hebst du ihn hoch und drehst dich immer im Kreis. Mit deinem Schwung wirst du den Hammer halten können, und wenn du genug Schwung hast, wirfst du ihn hoch. Die Natur wird den Rest erledigen.«

»Die Natur?« fragte Palin zweifelnd.

»Ja«, antwortete der Zwerg ernst und strich sich den Bart glatt. »Es wird Zentrifugkraft oder so ähnlich genannt. Die Gnomen haben es mir erklärt.«

»Großartig!« brummte Palin. »Die Gnomen!«

Der junge Mann holte tief Luft und hob den Hammer an. Ein schmerzgequältes Stöhnen entfuhr seinen Lippen. Von der Anstrengung war seine Stirn schweißgebadet, und er hörte mehrere Frauen kichern. Er biß die Zähne zusammen und war überzeugt, sich einen inneren Bruch zugezogen zu haben. Langsam begann er, sich mit dem Hammer in den Händen im Kreis zu drehen. Die Feststellung, daß Dugan recht hatte, verblüffte ihn. Durch den Schwung seiner Bewegung wurde der Hammer immer leichter in seinen Händen. Er war in der Lage, ihn immer höher zu heben. Aber der Griff begann aus seinen schweißnassen Händen zu rutschen...

»Er verliert ihn! Geht nach unten! Alle!« schrie Tanin und ließ sich flach aufs Gesicht fallen. Speere klapperten, als die Frauen seinem Beispiel folgten. Selbst der schwarze Drache – der Palin beobachtete, wie er mitten im Raum herumwirbelte und die Kontrolle verlor und wie der Hammer feuerrot aufflammte – krümmte sich winselnd auf dem Boden zusammen und versuchte, die Flügel über den Kopf zu schlagen. Nur der Zwerg blieb stehen und lächelte breit über sein ganzes Gesicht.

»Ich... kann... ihn nicht mehr halten!« schrie Palin, und mit einem Laut des Erschreckens warf er den Hammer hoch.

Der junge Magier fiel auf die Knie, von Schmerzen und Erschöpfung so überwältigt, daß er sich nicht einmal die Mühe machte zu sehen, was weiter geschah. Aber alle anderen im Raum, die flach auf dem Boden lagen, hoben den Kopf und beobachteten den Hammer. Sausend kreiste er im Raum herum, flog über die Köpfe der Frauen, surrte über Tanin und Sturm hinweg, fegte über den zusammengekauerten Drachen. Immer weiter wirbelte er im Kreis herum und stieg dabei in die Luft empor. Dugan sah ihm selbstgefällig nach. Die Hände hielt er über seinem dicken Bauch gefaltet.

Der Hammer glühte jetzt feuerrot und kreiste immer höher. Als er sich dem Graustein näherte, begann dessen Licht in plötzlicher Angst zu flackern. Der Hammer zielte direkt auf ihn!

»Ja, meine Schöne«, murmelte Dugan, während er zufrieden den Hammer beobachtete. »Du hast ihn geschmiedet. Jetzt bring ihn nach Hause.«

Verzweifelt versuchte der Graustein, sein Licht zu dämpfen. Vielleicht war es die Erkenntnis, daß es seine eigene Kraft war, die den Hammer anzog. Aber es war zu spät. Der Hammer flog zu dem Graustein, bei dessen Entstehung er mitgewirkt hatte, wie ein Mädchen, das in die Arme seines Geliebten fliegt. Es folgte ein ohrenbetäubender Krach, rotes und graues Licht flakkerte auf, so hell, daß es alle blendete und sogar Dugan gezwungen war, die Augen abzuschirmen. Niemand konnte bei der blendenden Helligkeit etwas erkennen.

Die beiden Energien, das rote und das graue Licht, schienen miteinander zu kämpfen. Dann wurde das graue Licht schwächer. Palin spähte hoch. In dem hellen Licht tränten ihm die Augen, aber er glaubte, einen grauen, funkelnden Juwel sehen zu können, der von oben herunterfiel und in Dugans Hand landete. Aber er war sich dessen nicht sicher, weil im selben Augenblick auch der feuerrote Hammer herunterfiel und direkt auf sie stürzte!

Palin schlug sich die schmerzenden Arme über den Kopf und kauerte sich auf den Boden. Bilder, daß sein Kopf gespalten würde und sein Gehirn in alle Richtungen spritzte, kamen ihm mit lebhafter Deutlichkeit ins Bewußtsein.

Er hörte einen lauten, metallischen Aufschlag.

Zaghaft hob er den Kopf und sah den Hammer, der glutrot, als würde er triumphieren, vor Dugans Füßen lag.

Langsam und zitternd erhob sich Palin, wie auch alle anderen in dem Raum. Ihm tat alles weh, und er war erschöpft; Tanin mußte ihm helfen, sonst wäre er zusammengebrochen. Aber Palin lächelte ihn an, als sein kräftiger Bruder ihn in den Armen hielt. »Meine Magie ist zurückgekehrt!« flüsterte er. »Sie ist zurück!«

»Ich bin auch zurück«, ertönte eine Stimme. Palin sah sich um. Der Drache war verschwunden. An seiner Stelle krümmte sich ein dünner Zauberer im mittleren Alter und mit schwarzen Roben auf dem Boden und hielt sich die Hände über den Kopf. Der Zauberer richtete sich auf und sah an sich herab, als ob er es nicht fassen könnte. »Ich bin zurück!« schrie er erfreut, schlug sich auf den Kopf und Hals und Schultern. »Keine Hasenohren! Kein Drachenatem! Keine Minotauriermuskeln! Ich bin wieder ich!« Er brach in Tränen aus.

»Aber du hast die Wette verloren, Zwerg!« schrie die dunkelhaarige Schönheit plötzlich auf und erhob sich. »Der Hammer ist heruntergekommen!«

»Ja!« schrien die Frauen. »Du hast die Wette verloren! Die Männer gehören uns!«

»Dugan…«, knurrte Tanin in unheilvollem Ton.

Die Frauen traten dichter heran. Ihre Augen brannten jetzt mit dem Feuer der Liebe und nicht mehr mit dem Feuer der Schlacht.

Dugan hob den Hammer über seinen Kopf. Sein Gesicht war streng, und seine schwarzen Augen funkelten so rot wie der Hammer. Die Stimme, die ertönte, war nicht mehr die Stimme eines Zwerges, sondern eine Stimme, die so alt war wie die Gebirgsketten, die sie gemeißelt hatte, so tief wie die Ozeane, die sie gefüllt hatte.

»Frauen!« rief der Gott mit strenger Stimme. »Hört mir zu! Die Macht des Grausteins über euch ist gebrochen. Erinnert euch jetzt an eure Kinder und an eure Ehemänner. Erinnert euch an eure Brüder und an eure Väter! Erinnert euch an eure Häuser und an jene, die euch lieben und euch brauchen!«

Eine Frau nach der anderen sah sich benommen um. Einige legten die Hände an den Kopf, einige blinzelten verwirrt.

»Wo sind wir?« fragte eine.

»Warum sind wir so gekleidet?« fragte eine andere und starrte auf das Tigerfell.

»Wie kannst du es wagen?« schrie die Blondine und schlug Sturm ins Gesicht.

Nur die dunkelhaarige Schönheit wirkte traurig. Mit einem Kopfschütteln seufzte sie: »Ich vermisse meine Familie. Und ich erinnere mich an ihn, den ich liebe und mit dem ich verheiratet bin. Aber es wird wieder von vorne anfangen. Die ewigen Kriege. Das Kämpfen, das Blutvergießen, das Sterben...«

Sie wandte sich zu dem Gott um und stellte fest, daß sie lediglich einen modisch gekleideten Zwerg vorfand, der sie verständnisvoll anlächelte.

»Denk einen Augenblick nach, Mädchen«, sagte Dugan freundlich und tätschelte ihre Hand. »Du hast Bücher gelesen, erinnerst du dich? Und die anderen auch.« Er zeigte auf die Frauen. »Ihr verfügt jetzt über Wissen. Das kann euch niemand wegnehmen. Wendet dieses Wissen klug an, und ihr könnt die sinnlosen Kriege beenden. Ihr alle zusammen könnt mit der Hilfe eurer Männer und eurer Kinder aus dieser Insel ein Paradies machen.«

»Ich weiß nicht, wer du bist«, erwiderte die dunkelhaarige Schönheit und blickte den Zwerg verwundert an, »aber du bist weise. Wir werden tun, wie du geraten hast. Und wir werden dich immer ehren, im Herzen und in unseren Gebeten.« (Und so kam es, daß die Inselbewohner zu einem Zwergengott beteten. Sie waren die einzigen Menschen, soweit bekannt wurde, die wieder Reorx verehrten, den Schmied der Welt.)

Die Frau bückte sich und küßte Dugan auf die Wange. Das Gesicht des Zwerges wurde knallrot wie sein Hammer.

»Jetzt geht schon!« sagte er mürrisch.

Die Frauen faßten sich gegenseitig um die Taille und liefen fröhlich lachend aus dem Raum. Bald hörten die Brüder ihre frohen Stimmen außerhalb der Schloßmauern.

»Was dich betrifft...«, wandte sich Dugan an den schwarzgekleideten Zauberer.

»Schimpf nicht mit mir!« jammerte Lord Gargat flehentlich. »Ich habe meine Lektion gelernt. Wirklich. Ich will nie wieder etwas mit Steinen zu tun haben, solange ich lebe. Das kannst du mir glauben!« schwor er und sah mit einem Schauder zu der leeren Decke hoch.

»Und wir erwarten, dich bei der nächsten Versammlung zu sehen«, sagte Palin streng und nahm den Stab des Magus an sich. »Wirst du kein Abtrünniger mehr sein?«

»Ich freue mich schon auf die nächste Zusammenkunft!« erwiderte Lord Gargat eifrig. »Kann ich euch etwas servieren? Vielleicht einen Kuchen? Ich kann teuflisch gute Gerichte kochen...«

Nachwort

(Dieses Mal wirklich)

Dugan und die Brüder kehrten ohne weitere Zwischenfälle zum Gnomenschiff zurück. Tatsächlich waren die Krieger über die Rückkehr ihrer Frauen und über die Wiedervereinigung ihrer Familien so glücklich, daß sie ihnen Rüstungen und Schwerter wiedergaben. (Der Häuptling war zu dem Schluß gelangt, daß es ihm in der Rüstung sowieso viel zu heiß war, und das Schwert hielt er im Vergleich zu seinem Speer für eine primitive Waffe.)

Die Gnomen hatten das Schiff repariert. Allerdings hatten sie herausgefunden, daß das Lenken mit einem zertrümmerten Schiffsende grenzenlos verbessert wurde, und waren begierig, nach Hause zum Berg Machtnichts zurückzukehren und die Buge (beziehungsweise die Hecks) der gesamten Gnomenflotte zu zertrümmern.

Nur ein kleiner Vorfall beeinträchtigte die ansonsten idyllische Schiffsreise (abgesehen von dem ständigen Wegducken unter dem Segel und den Zweifeln, ob sie nicht wegen des undichten Bugs – beziehungsweise Hecks – sinken würden), bevor sie Land erreichten.

Eines Abends schlenderte Dugan auf dem Deck herum und betrachtete die Sterne (die Konstellation von Reorx fehlte), als er plötzlich von den drei Brüdern angesprochen wurde.

»Sturm, pack ihn an den Armen!« befahl Tanin und sprang den Zwerg von hinten an. »Palin, wenn sein Bart auch nur zukken sollte, schläferst du ihn ein!«

»Was soll dieser Überfall? Wie könnt ihr es wagen!« brüllte Dugan, während er in Sturms starken Armen kämpfte.

»Wir haben unser Leben für diesen Stein riskiert«, erklärte Tanin grimmig und funkelte den rotgesichtigen Zwerg an. »Und ich will ihn sehen.«

»Du hältst uns schon seit Tagen hin«, fügte Palin hinzu, der neben seinen Bruder getreten war. »Wir wollen zumindest einen Blick auf ihn werfen, bevor du ihn zu deiner Schmiede oder wohin auch immer bringst.«

»Laßt mich los!« Dugan stieß einen Fluch aus. »Oder ihr werdet ihn niemals zu Gesicht bekommen!«

»Du erklärst dich bereit, uns den Stein zu zeigen?«

»Ich verspreche es!« murmelte der Zwerg.

Sturm ließ auf ein Nicken von Tanin die Arme des Zwerges los. Dugan schaute sich nervös um.

»Der Graustein?« sagten die Brüder und bauten sich vor ihm auf.

»Nun ja, Burschen.« Der Zwerg wirkte tief verlegen. »Das wird ein kleines Problem sein.«

»Wie meinst du das?« fragte Palin nervös, dem der Gesichtsausdruck des Zwerges überhaupt nicht gefiel. »Ist seine Kraft so groß, daß wir ihn nicht anschauen dürfen?«

»Nein...«, begann Dugan langsam, und sein Gesicht sah in Lunitaris rotem Licht noch dunkler aus. »Das ist es nicht genau...«

»Nun, dann wollen wir ihn sehen!« verlangte Tanin.

»Die... äh... Tatsache ist, Burschen«, stammelte Dugan und wickelte seinen schwarzen Bart um einen Finger, »daß ich ihn... verlegt habe...«

»Verlegt?« wiederholte Sturm verblüfft.

»Den Graustein?« Palin sah sich beunruhigt auf dem Schiff um, als befürchtete er, von dem grauen Licht des Steins angestrahlt zu werden.

»Vielleicht ist ›verlegt‹ nicht das richtige Wort«, murmelte der Zwerg. »Seht ihr, in der Nacht, bevor wir die Insel verlassen haben, bin ich in ein Knochenspiel geraten und...« Seine Stimme versagte ihm kläglich.

»Du hast ihn *verloren!*« stöhnte Tanin.

Palin und Sturm starrten den Zwerg an. Sie waren zu gelähmt, um sprechen zu können.

»Ja, Bursche.« Dugan seufzte schwer. »Es war so eine sichere Sache...«

»Der Graustein ist also wieder auf freiem Fuß«, murmelte Palin.

»Leider ja. Aber eigentlich hatte ich ja schon die ursprüngliche Wette, die Wette im Turm, *verloren*, wenn ihr euch erinnert. Aber mach dir keine Sorgen, Kleiner«, sagte der Zwerg tröstend und legte eine Hand auf Palins Arm. »Wir werden ihn zurückbekommen! Eines Tages werden wir ihn zurückbekommen!«

»Was meinst du mit *wir?*« knurrte Tanin.

»Ich schwöre bei Paladin und bei Gilean und bei der Dunklen Königin und bei allen Göttern im Himmel, daß ich mich unverzüglich umdrehe und in die entgegengesetzte Richtung gehe, nein, renne, wenn ich dich jemals wiedersehen sollte, Zwerg!« schwor Sturm inbrünstig.

»Das gleiche gilt für mich«, sagte Palin.

»Und für mich!« ergänzte Tanin.

Dugan sah sie einen Augenblick bedrückt an. Dann grinste er breit über das ganze Gesicht. Seine kleinen Augen funkelten.

»Sollen wir wetten?«

Der Kern der Geschichte

Die wahre Autorschaft der Lieder der Drachenlanze
Von Virumsortiticorporafurtimincludum*

I. Einleitung

Die kürzlich erfolgte Veröffentlichung von *Leaves from the Inn of the Last Home* dürfte eine Zeitlang alle Meinungsverschiedenheiten unter den Autoritäten der Philosophengilde in den Hintergrund stellen. Wieder einmal sind wir vereint! Sogar der bedeutende Doktor Sicfatusdeindecomantemandrogeigaleam und der gleichermaßen bedeutende Doktor Vitaquecumgemitufugitindignatasubumbras** haben ihren erbitterten Streit im Interesse des Patriotismus vorübergehend eingestellt – ein Streit, der um die zentrale Frage kreist, ob eine seit langem nicht mehr getragene Rüstung weiterhin von den Gedanken

* Ein Pseudonym, das ich wegen der Gefahr angenommen habe, der ich mich aufgrund dieses Artikels aussetze, ein Grund, der selbst dem unaufgeklärten Leser einsichtig erscheinen sollte.

** Mit allem angemessenen Respekt vor den berühmten Professoren, die an der oben erwähnten Auseinandersetzung beteiligt sind, haben die Herausgeber dennoch darauf bestanden, hier lediglich ihre Kurznamen zu verwenden, damit das vorliegende Dokument in seiner gewiß höflicheren, aber unhandlichen Länge von ungefähr 3000 Seiten gekürzt wird.

und Worten ihres Trägers beherrscht wird und, falls ja, ob wir ihr überhaupt Beachtung schenken würden.*

Denn wieder einmal wurde das Ansehen dieser Gilde – in der Tat das Ansehen aller Gnomen überhaupt – von Außenseitern in Frage gestellt. Ein gnomischer Philosoph hat einmal gesagt (wenn es jedoch an dieser Stelle zitiert wird, kann heute bereits sicher davon ausgegangen werden, daß irgendwo ein Mensch dieses Zitat als *sein* eigenes hinstellt, ohne daß jemand die Wahrheit erfährt): »Die Geschichte eines Krieges wird von den Siegern geschrieben.« Nicht von allen Siegern, wohlgemerkt, sondern lediglich von denen, die dem Krieg mit dem kleinsten Blutbad und den meisten Münzen entkommen können – ein höchst unglücklicher Umstand für die gnomischen Philosophen, Schriftsteller und Künstler, denen erst kürzlich aufgrund der Veröffentlichung von Band I der *Philosophika Gnomika* vor einem Monat zu ihrem Recht verholfen wurde, einem hervorragenden Journal, von dem ich erhoffe, daß es baldigst diesen Artikel in seiner ganzen Länge veröffentlicht. Zweifellos wurden bereits mit den ersten zweitausend Nummern der *Philosophika* beträchtliche Lücken in der aufgezeichneten Geschichte von Krynn gefüllt, und zweifellos wird das auch weiterhin der Fall sein, trotz der Zensur und organisierten Mißachtung durch andere, die ich hier namentlich nennen könnte,... Doch dabei würde ich zweifellos von dem akuten Problem abschweifen, von der groben Beleidigung, die unsere gegenwärtige Sorge darstellt.

Obwohl der Lanzenkrieg noch gar nicht so lange zurückliegt, hat er bereits heute zu zahlreichen Kommentaren, Memoiren, Spekulationen und Rechtfertigungserklärungen angeregt.

* Einzelheiten über den Stand der Diskussion findet der interessierte Leser in den *Philosophika Gnomika* MMXVII (323 A.C.), S. 675, 328–682, 465. Meine eigene Meinung werde ich hier nicht kundtun, denn auch bin ein Patriot!

Doch wie viele dieser Dokumente haben auch ein Licht auf den gnomischen Beitrag zur Befreiung Krynns aus den Händen des Feindes und von der Gewaltherrschaft der Drachenfürsten geworfen?

Kein einziges!* Es hat den Anschein, als ob wir ein Volk am Rande der Gesellschaft darstellten, das in der Geschichte mit einer Fußnote als Rasse von Spielzeugherstellern und Pfuschern vermerkt wird. Denn wieder einmal wurde einer unserer hervorragendsten Dichter, Visionäre und militärischen Helden übersehen, ertränkt in einer Flut selbstsüchtiger Tinte. Nirgendwo wird auf einer Seite in den *Leaves* oder auch in den *Chroniken*, was das angeht, Armavirumquecanonevermindquiprimusabpedibusfatoprofugif**, Dichter, Philosoph und ebenbürtiger, hochdekorierter Gefährte aus eigenem Recht, erwähnt. Er wird völlig außer acht gelassen zugunsten eines großen Ensembles von Elfen*** und Gossenzwergen****, zugunsten eines in hohem Maße überschätzten Hüters des Grünen Juwels, der seinen in hohem Maße überschätzten Juwel benutzt haben soll, um irgendeine metaphysische, undichte Stelle zu stopfen, die sich die Gefährten ausgedacht hatten, weil damals eine mythische Überlieferung nützlich erschien.

Aber um in unserem Versuch, die Geschichte richtigzustellen, nicht nervös oder gar bitter zu klingen, wollen wir nachdrücklich auf das Positive hinweisen: auf den zeitlosen Beitrag

* Keines, daß heißt mit Ausnahme derer, die in den *Philosophika Gnomika* enthalten sind, denen der Autor tief verbunden wäre, wenn sie ihm endlich Mitteilung über Vorauszahlungen und Tantiemenvereinbarungen machen würden, die bei Veröffentlichung dieses Artikels in seiner ganzen Länge – von Menschenhand unberührt, wie es heißt – erforderlich wären.

** Siehe Anm. 1. Aufgrund dessen nehme ich im gesamten Text Bezug auf unseren Helden als »Armavir«.

*** Eine Rasse von Baumchirurgen und Dieben. Auch die wahre Geschichte hat ihre Fußnoten.

**** Eine Rasse, die einer Fußnote unwürdig ist.

von Armavir, wie wir ihn fortan nennen werden, den Autor der meisten, wenn nicht aller Gedichte und Lieder in den *Chroniken*. Die Elfen haben diese Gedichte und Lieder allerdings der Feder eines gewissen Quivalen Sod* zugeschrieben (da man die Andeutung einer Beziehung zwischen diesem fiktiven Dichter und dem niederträchtigen Lord Soth als verleumderisch interpretieren könnte, werde ich sie unterlassen). Den Kendern ist es genauso gleichgültig, wer die Gedichte geschrieben hat, so wie sie es bei allen Dingen sind, für die Ehrlichkeit und große Ernsthaftigkeit verlangt sind. Den Zwergen ist es genauso gleichgültig wie alles andere, was nicht mit Architektur und Metallen zusammenhängt. Und die Menschen werden hinsichtlich dieser Streitfrage anscheinend von Caramon Majere (der nach jüngsten Gerüchten glaubt, daß eine Ode eine Art gesalzener Kräcker ist) und seiner Frau Tika (von der ich – leider! – mehr gehalten habe und der ich diesen Verrat, diese *Beleidigung* nie zugetraut hätte!) vertreten. Auf jeden Fall verdient der Dichter eine weniger verräterische, weniger gleichgültige, weniger ignorante Darstellung. Doch werde ich wieder bitter über das unaufhörliche Tropfen der Wasserhähne an der Südwand, die dort vor Generationen aus Reorx weiß welchen Gründen angebracht worden sind, wenn nicht gar aus dem, mich mit ihrer Tropferei zu ärgern. Ich werde sie unverzüglich reparieren, denn dies ist eine lange und unerträgliche Geschichte, die ich aufzuzeichnen gedenke. Durch die ewige Begleitung der Wasserfolter wird sie nur noch unerträglicher.

Jetzt, da ich wieder sitze, befürchte ich, daß ihr, meine Philosophenkollegen, den obigen Absatz mit meinen Klagen über

* Und nicht »Quivalen Sad«, eine Namensänderung, der eine (für Elfen typische) bewußte Täuschung zugrundeliegt. Als Beweis siehe »Humas Lied«, wie es zuerst in den *Chronicles* Bd. 1, S. 442–445 gedruckt wurde.

schlechte Behandlung, über die erbärmliche Beleuchtung und die noch erbärmlicheren Wasserleitungen als Selbstmitleid deuten werdet. Ich bin kein selbstmitleidiger Gnom, kein Quengler. Ich bin dem Namen und dem Ruf von Armavir zutiefst verpflichtet, ungeachtet meiner ungemütlichen Situation, in dieser Kammer knietief im Wasser zu stecken, nur mit dem spärlichen Licht durch die Löcher, durch die in einer weit besseren Zeit als der unseren Kabel und Helme mit Hoffnung und Verheißung gezogen worden sind. Seine Biographie und eine anhand meiner Notizen kommentierte Ausgabe seiner Gedichte werden mein Testament sein, das Testament unseres Volkes, damit das Auf und Ab der Geschichte uns nicht unter sich begräbt, bevor wir nicht diese Lieder als unser geistiges Eigentum zurückerobert haben.

II. Armavir, der Dichter

Ein Dichter wird nicht geboren, sondern gemacht, wie ein anderer gnomischer Philosoph es einmal ausgedrückt hat*, und unser Armavir stellte keine Ausnahme dar. Geboren in der Mitte der großen Gnomischen Industriellen Enthüllung (267 A. C.), wuchs er als verhätscheltes und behütetes Kind auf, das eine Lebensaufgabe nach der Familientradition hätte erwarten können – eine Karriere als Erfinder optischer Illusionen oder als Winschenentwickler. Statt dessen wurde er, wie er einmal voller Amüsement sagte, ein Verkäufer zeitkritischer Anspielun-

* Und nachdem dieses Juwel von einem Zitat angeführt ist, wird es zweifellos ebenfalls einem Menschen in den Mund gelegt werden!

gen und ein Mädchenentwickler – was von einem Menschen*, der niemals Armavirs sensible und großzügige Dichterseele verstanden hat, plump in »Klatschmaul und Schürzenjäger« übersetzt wurde.

Als jüngstes von drei Kindern wurde Armavirs Leben schon früh von Tragödien in Mitleidenschaft gezogen: Sein Vater verhedderte sich in einem defekten Flaschenzugsystem und wurde zu Tode geschleift, als er mit der Entwicklung einer Winsch beschäftigt war (es wimmelte von Gerüchten, daß er von einem eifersüchtigen Ehemann an das todbringende Seil gefesselt worden sei), ein älterer Bruder verwechselte die Reflektion eines mit Onyx ausgelegten Schwimmbades mit Wasser und stürzte, nur mit Badehose und Schwimmflügeln bekleidet, von einem fünfzehn Meter hohen Stalagmiten in den Tod, eine ältere Schwester (die schon mit zarten dreizehn Jahren die Schönheit der Familie zu werden versprach), katapultierte sich mit einer experimentellen, dampfbetriebenen Wippe in ein vorzeitiges Ende. Unnötig zu sagen, daß es die Mutter des Burschen war (die bezaubernde und immer noch aktive Quacumqueviamvirtutepetivitsuccessumfeminadiranegat**), die ihn frühzeitig von diesem rauhen Leben der Spiegel und Forschungsphysik fernhielt, was in ihm zeit seines Lebens ein Mißtrauen gegenüber Trugbildern (seine Gedichte, wie der Leser im Bilde ist, kreisen zwanghaft um das Bild der Täuschung) und ein noch größeres Mißtrauen gegenüber einfachen Maschinen hinterließ.

In Anbetracht der Umstände isoliert, eine Folge der mütterlichen Entscheidung, fand der Bursche die Hauptquelle seiner

* Otik Sandahl, der Wirtshausbesitzer. Ich zitiere ihn, nicht um zu rühmen, was er gesagt hat, sondern um aufzuzeigen, wie kleinliche und nachtragende Vorurteile die Geschichte formen können. Wir Historiker streben danach, großzügig zu sein: Beispielsweise habe ich Otik trotz allem verziehen, daß er im Wirtshaus zur Letzten Bleibe das Bier verwässert.

** Siehe Anm. 1. Was sie tat, ist der Gipfel aller Demütigungen!

Freude in den Unterhaltungen um sich herum: Wir alle erinnern uns an die Legenden über Krynn, jene Geschichten, die mit dem berühmten Satz: »Die Elfen erzählen es anders, aber so ist es wirklich passiert!« beginnen, und an die Aufzählung von Namensgeschichten und Stammbäumen (es wird gemunkelt, daß der junge Armavir einen ganzen Monat wach blieb, um drei Stammbäume in ihrer Vollständigkeit zu hören, und »danach nicht mehr ganz richtig im Kopf war«*, aber er genoß den Klatsch in vollen Zügen, bei dem seine Mutter federführende Autorin und Herausgeberin und beste Kennerin in einer Person war.

Um nicht der Einheits-Autobiographie zu verfallen**, die Wiederholung der immer wieder gleichen langweiligen Geschichte, in der ein Kind sich frühzeitig in den Klang und die Macht der Worte verliebt, werde ich unverzüglich mit den tatsächlichen Ereignissen fortfahren, die Armarvirs dichterische Berufung besiegeln sollten. Denn die Liebe zur Sprache und zu Geschichten wirkt sich bei Kindern meist so aus, daß sie Wortspiele ersinnen oder Tratschgeschichten erzählen, Eigenschaften, die nicht notwendigerweise in Verse gefaßt werden, sofern das Kind nicht eine gewisse Aufklärung und Anleitung erhält.

Tatsächlich hätte Armavir ein unauffälliges Leben im riesigen und verschlungenen unterirdischen Königreich in der Nähe des Berges Machtnichts führen können – als unbedeutender

* Eigentlich sechs Wochen ohne Schlaf und fünf Stammbäume. Die Geschichte verkürzt diese Leistung, denn die Geschichte mißtraut dem frühreifen Kind.

** »Der Bursche fand die Hauptquelle seiner Freude in den Unterhaltungen um sich herum« – Eröffnungssatz in *Barde aus Übung: Die Autobiographie von Quivalen Sad.* »Der Bursche fand die Hauptquelle seiner Freude in den Unterhaltungen um sich herum« – Eröffnungssatz in *Rauhreif in der Vernunft: Die Autobiographie von Raggart, Dichter des Eisvolkes.* »Der Bursche fand die Hauptquelle seiner Freude in den Unterhaltungen um sich herum« – Eröffnungssatz in *Lied von Solamnia: Die Autobiographie von Fürst Michael Williams, Ritter der Rose.* Es mutet merkwürdig an, wie diese drei minderwertigen Dichter ihre große Eitelkeit zu verbergen suchen, indem sie von sich in der dritten Person schreiben.

Höfling, wie eine Fischfrau ohne Fisch –, wäre da nicht sein Zusammenstoß mit dem Tod durch elektrischen Strom gewesen, eine beinahe verhängnisvolle Katastrophe mit glücklichem Ausgang, denn sie verwandelte sein zielloses Herumschweifen in Legenden und Klatsch in eine wahre (wenn auch nicht beachtete) dichterische Gabe und erweckte in ihm den ruhelosen Wunsch, die Außenwelt kennenzulernen.

Es geschah, wie solche Dinge immer geschehen: als Erfindung eines Jugendlichen, die fehlschlägt, aber auf höchst glückliche Weise fehlschlägt. Man gibt nicht leichtfertig eine Lebensaufgabe auf, und Armavirs Aufgabe mußte, wie es die Gilde verkündet hatte, »etwas mit Kabeln zu tun haben«: Zugfestigkeit, Wärmeleitung, musikalische Eigenschaften – eine Welt aus Schaltkreisen und Drähten tat sich unserem jungen Helden auf. Da sein Herz nur für die musikalische Wissenschaft schlug, erforschte er zuallererst die Klangvariationen, die man mit Kabeln unterschiedlicher Dicke, Spannung und Materialzusammensetzung hervorrufen kann, und entwarf den Vorläufer des Cellos*. Anfangs kamen Armavirs Experimente nicht voran, denn er war noch nicht auf die Idee gekommen, das Instrument tragbar zu machen. Räume in der unterirdischen Stadt wurden mit dünnen und straffen Kupferdrähten gespannt, gefährlich für Kinder, die es trotz allem auf sich nahmen, Hühner in diese Räume zu jagen, wobei diese armen Kreaturen bei ihren praktischen, wenn auch übermütigen Spielen geköpft und in Scheiben geschnitten wurden.**

Trotzdem blieben die Räume gefährlich, und Armavir wurde von der Maschinenbaugilde angewiesen, diese Gefahren zu be-

* Ein Instrument, das später seine Gedichte mit Klängen bereichern sollte, ein Instrument, von dem später behauptet wurde, es sei eine Erfindung der Elfen!

** Siehe Rezept für »Gnomenhuhn« in *Leaves from the Inn of the Last Home*, S. 246.

seitigen. Als er gerade eine der komplizierteren Apparaturen in einer Nische der Hauptbibliothek von Berg Machtnichts zerlegte, stolperte Armavir über eine überraschende Entdeckung – eine Entdeckung, die hervorragende technologische Fortschritte nach sich gezogen hätte, wäre der Entdecker nicht kurz darauf von seinen Studien abgelenkt worden.

Offensichtlich waren zwei Zierhelme aus Kupfer mit einem der Kabel verbunden. Ein Helm befand sich in der zuvor erwähnten Nische, der andere in einem ähnlichen Raum direkt darüber. Schwitzend und in Kabel verheddert, begann der junge Erfinder, die entscheidenden Stränge zu entwirren, und zu seiner Verblüffung hörte er plötzlich Stimmen, die von dem Helm in der Nische kamen. Zuerst dachte er an die Geister aus der weitverbreiteten Legende von den »sprechenden Rüstungen«*, doch dann kam er zu einem anderen Schluß, als er nur Gekicher und das Rascheln von Kleidungsstücken hörte, die, wie auch der in Frage kommende Helm, seit langer Zeit nicht mehr getragen worden waren.

Es hatte den Anschein, als ob das Kabel nicht nur Wärme, sondern auch Klänge leiten könnte, und bei dem jungen Armavir stellten sich unverzüglich patriotische Ideen ein: wie die von einem ausgeklügelten Frühwarnsystem aus Drähten, die sich von der unterirdischen Stadt bis zur oberirdischen Welt erstrecken könnten, wo man sie an Metallschüsseln befestigen könnte, die man, als Früchte oder Sterne geschickt getarnt, nur in den riesigen Vallenholzbäumen an den Hängen von Berg Machtnichts aufstellen brauchte. An einem sicheren Ort würden dann die für die Verteidigung der Stadt Verantwortlichen jede bedrohliche Bewegung all derjenigen hören können, die unter der Sonne und den Monden wandelten, und dementspre-

* In diesem Zusammenhang sei auf die Diskussion über »sprechende Rüstungen« verwiesen: *Philosophika Gnomika* MMXVII (323 A.C.), S. 675, 328–682, 465.

chend handeln können, um einem überraschenden Hinterhalt vorzubeugen.*

Voller Begeisterung für dieses Entwicklungsprojekt (das er liebevoll »Star Wires« nannte), beschloß Armavir, seine Erkenntnisse erst einem Test zu unterziehen, bevor er sie der Maschinenbaugilde vorlegen wollte. Er machte sich zur oberirdischen Welt auf und nahm einen Helm mit, dreißig Meter Kabel, einen Detektor und eine detaillierte Karte von der unterirdischen Stadt und begann, neben einigen auffälligeren Vallenholzbäumen an den Hängen von Berg Machtnichts Löcher in die Erde zu bohren – eine Aufgabe, die ihn natürlich mehrere Jahre in Anspruch nahm, insbesondere deswegen, weil ihm in der Eigenschaft als Dichter wie auch als Ingenieur die Deutungen des Detektors gelegentlich danebengingen. Aber genug von dem Herumprobieren – es ist nicht die finstere Nacht der Schufterei, die wir bei einem Genie zu sehen wünschen, sondern es sind die makellosen Früchte (oder Sterne) seiner Arbeit.

Als die ausgeklügelte Verbindung hergestellt war – der erste Helm befand sich sicher in den oberen Zweigen eines hohen Vallenholzbaumes, der zweite am Ohr unseres Helden in einer abgesonderten Bibliotheksnische (nicht die oben erwähnte), und beide waren mit einem Kupferdraht verbunden, der fast kurz vor dem Zerreißen stand, so stramm gespannt war er –, kniete sich der junge Armavir nieder und lauschte der Außenwelt.

Draußen regnete es. Der Vogelgesang verstummte und rückte das Toben des Donners immer näher. Armavir lauschte dem klatschenden Regen auf den Blättern und dem sanften Rascheln der Zweige im stärker werdenden Wind. Einschläfernde

* Diese Idee ist kaum bizarrer als andere, die von den Befürwortern einer starken militärischen Verteidigung vorgeschlagen worden sind. Siehe beispielsweise Theros Eisenfeld: »Waffen für Geiseln«, in *Der Krieg des Lanzenveteranen,* IV, S. 42–57.

Klänge, beruhigende Klänge – und schon bald schlief der angehende Ingenieur, der erste Cellist, der jugendliche Dichter den Schlaf der Gerechten und der Gedankenlosen, bis laute Donnerschläge ihn weckten und er feststellen mußte, daß sein Kopf ziemlich fest im Experimentierhelm steckte und in Kupferdraht verheddert war, der sich unangenehm stramm unter seinem Kinn spannte, so daß er an die unglücklichen Hühner denken mußte und erschauderte.

Auf einmal schlug der Blitz in das Laboratorium im Vallenholzbaum ein, und unser Dichterheld machte die Erfahrung, daß Kupferdraht nicht nur Wärme und Klänge leitet, sondern obendrein die beachtliche Energie des Blitzes selbst – eine Energie, die so stark war, daß ihm später von den sieben darauffolgenden Jahren jede Erinnerung entglitt, abgesehen von flüchtigen Bildern von Sonnenlicht und Blättern und dem leuchtenden, bernsteinfarbigen Boden dreier halbvoller Biergläser und einem nebelhaften Eindruck von einem Zwerg und einem Kender. Als sich seine Erinnerung wieder einstellte, saß er im Wirtshaus zur Letzten Bleibe, nachdem er (wie er dann auch in seinem unsterblichen, aber entstellten »Lied der Zehn Helden« ausdrücken sollte)*» in dem Kern der Geschichte« ziellos herumgewandert war.

Und der Rest, meine Freunde, war die Geschichte selbst. Von Solace, Sancrist, Palanthas und vielem mehr berichtete unser Held und verewigte die Gefährten in Lied und Vers – er, der das gnomische Ideal des *Gleichgewichts* am vollendetsten verkörperte, des Gleichgewichts zwischen Denken und Handeln, Bewegung und Betrachtung (in den Worten einer teuren verschiedenen Schwester: »wippen und wackeln«). Natürlich fanden

* Schamlos gedruckt als »Lied der Neun Helden« in den *Chronicles,* Bd. II, und in *Leaves from the Inn of the Last Home.* Siehe Anmerkungen in Kapitel III dieses Essays.

aus purer Bescheidenheit viele von Armavirs größeren Heldentaten nicht ihren Weg in seine Dichtung; doch einige – Verse und Strophen und Balladen (manchmal ganze Absätze), in denen Armavir als Gefährte aus eigenem Recht auftaucht – begannen ihren Weg *aus* der Geschichte zu finden.* Denn seltsamerweise und aus unerklärlichen Gründen wurden die Helden kühl und abweisend, als der Krieg sich zu ihren Gunsten wendete**, und obwohl ich vor langer, langer Zeit einigen alten Gefährten zuvorkommende Briefe und Bitten geschrieben habe, »muß ich immer noch auf ihre Antwort warten« (wie Armavir das »Hohelied der Drachen« abschließt).

Wie schnell sie doch vergessen, diese Helden! Aber in ihrem Diebstahl an der Dichtung, um die von ihnen redigierte und eigensüchtigen Zwecken dienende Geschichte zu schmücken (das Wasser in der Kammer steigt noch höher, die alten Schwimmflügel meines Bruders, von dem Sturz kaum beschädigt, sollten mich über Wasser halten, bis ich mein Schreiben beendet habe), in ihrem Diebstahl an der Dichtung haben sie die Anhaltspunkte für ihr wahres Wesen, für ihre eigenen Peinlichkeiten gestohlen, wie ein berühmtes Fragment aufzeigt und

* Tatsächlich war der Text von Armavirs Dichtung doppelt so lang wie der Prosatext, der in der jetzigen Ausgabe der Chroniken den größeren Teil ausmacht. Es waren die Elfen – sie und die Menschen –, die einen Großteil der unwiderstehlichen Verse ausließen (die leider niemals gedruckt werden können, denn durch Wasserschäden, die von der Flut im vergangenen Monat herrühren, wurde die einzige übriggebliebene Kopie der Dichtung in ihrer ursprünglichen Pracht und Herrlichkeit zerstört. Hier liegt eine, die unter Wasser geschrieben wurde).

** Oh, sie haben mehrere Gründe für diese Kränkung angeführt. So haben sie behauptet, daß Armavir dem Wein übermäßig zugetan war (das kommt bestimmt von Caramon Majere, der auf dem hohen Roß sitzt, da er ja nichts mehr trinkt!), eine Vorliebe für junge Mädchen hatte, die immer jünger und jünger und üppiger und üppiger wurden, je länger der Krieg dauerte (dies ist eindeutig eine Anschuldigung von Tanis, der einen ungeheuren Aufstand wegen einiger harmloser Beobachtungen durchs Schlüsselloch gemacht hat. [Siehe die Anmerkung zu den Zeilen 46–50 im »Lied der zehn Helden« in Teil III dieses Essays. Ich wünschte, daß jemand ihn nur einmal fragen würde, wer der Ghostwriter für seinen »Liebe Kitiara«-Brief war, aber er ist Elf genug – gerade eben noch – um unbefragt davonzukommen.]).

wie ich in anderen Veröffentlichungen aufzeigen werde – wenn die Voraussetzungen: Zeit, eine Leserschaft*, der Kauf einer trockenen Kammer in diesem rapide überschwemmten Tunnel – erfüllt sind. Aber jetzt, meine Leser, kommt das »Lied der Zehn Helden« mit begleitenden Anmerkungen – die erste wahre Chronik der Drachenlanze.

III. Das »Lied der Zehn Helden«

Aus dem Wasser steigt ein Land empor, unmöglich
wann im Gebet anfangs vorgestellt.

Armavir, »Crysanias Lied«

*Dem engagierten Leser würde ich als den wirkungsvollsten Weg zum Verständnis folgende Vorgehensweise vorschlagen: Gehe unverzüglich aus dem Haus und kaufe drei weitere Exemplare dieses Buches! Lies das Gedicht in dem Exemplar, das du in der Hand hältst, meine Anmerkungen (die dem Gedicht folgen) im zweiten Exemplar und bewahre die beiden übrigen Exemplare auf einem hohen Buchregal auf, für den Fall, daß das Wasser in deinem Wohnzimmer oder Arbeitszimmer steigt, denn es gibt noch zahlreiche Magier auf Krynn (auch wenn das alte Stundenglasauge, weiß Reorx wohin, gegangen ist), und die ansteigende Flut auf diesem Planeten ist nicht unbedingt ein Werk der Monde. Hier also das Gedicht** und der Kommentar:*

* Die *Philosophika Gnomika*.
** Zuerst erschienen als »Lied der Neun Helden«, *Chronicles*, II, S. 5–7.

Lied der Zehn Helden

Aus dem Norden kam die Gefahr, wie wir es auch wußten:
Als Vorhut des Winters riß ein Drache im Tanz
Das Land entzwei, bis aus dem Wald,
Aus den Ebenen, aus der Muttererde sie kamen,
Der Himmel vor ihnen unberechenbar.
Neun waren sie unter den drei Monden,
Im herbstlichen Zwielicht,
Als die Welt dem Ende zuging, stiegen sie auf
In den Kern der Geschichte.

Einer stieg auf aus einem Steingarten,
Aus den Zwergenhallen, aus Wetter und Weisheit heraus,
Wo Herz und Verstand vereint
In der unversehrten Ader der Hand fließen.
In väterliche Arme schließt er den Geist.
Neun waren sie unter den drei Monden,
Im herbstlichen Zwielicht,
Als die Welt dem Ende zuging, stiegen sie auf
In den Kern der Geschichte.

Einer stieg herab von der Sicherheit der Brisen,
Leicht getragen vom Wind,
Zu den wogenden Wiesen, dem Land der Kender,
Wo aus dem Samen Getreide sprießt,
Um grün zu werden und golden und wieder grün.
Neun waren sie unter den drei Monden,
Im herbstlichen Zwielicht,
Als die Welt dem Ende zuging, stiegen sie auf
In den Kern der Geschichte.

Die nächste aus den Ebenen, unter der Obhut des weiten Landes
Aufgewachsen, in der Ferne leere Horizonte.
Den Stab hatte sie, als sie kam, und eine Bürde
der Gnade und des Lichts fiel ihr zu:
Die Wunden der Welt trug sie, als sie kam.
Neun waren sie unter den drei Monden,
Im herbstlichen Zwielicht,
Als die Welt dem Ende zuging, stiegen sie auf
In den Kern der Geschichte.

Der nächste aus den Ebenen, im Schatten des Mondes wandelnd,
Nach Bräuchen und Ritualen spürte dem Mond er nach,
Dort, wo seine Phasen das Auf und Ab
Seines Lebens beherrschten, und seine Kriegerhand
Stieg empor über die Stufen des Raumes hinauf ins Licht.
Neun waren sie unter den drei Monden,
Im herbstlichen Zwielicht,
Als die Welt dem Ende zuging, stiegen sie auf
In den Kern der Geschichte.

Eine, die nicht erscheint, abreisend bekannt auch uns,
Die Finstere Kriegerin im Herzen des Feuers:
Ihre Heldentaten waren der Raum zwischen Worten,
Das Wiegenlied im Alter, ins Gedächtnis gerufen,
Zurückgerufen an der Schwelle von Erwachen und Denken.
Neun waren sie unter den drei Monden,
Im herbstlichen Zwielicht,
Als die Welt dem Ende zuging, stiegen sie auf
In den Kern der Geschichte.

Einer, der im Herzen die Ehre trägt, geprägt von dem Schwert,
und jahrhundertelangem Flug des Eisvogels über das Land,
Von Solamnia zugrunde gerichtet, aufgestiegen, und wieder im Aufstieg dort,
Wo sich das Herz zur Pflicht erhebt.
Und so, wie es sich regt, ist das Schwert ein ewiges Erbstück.
Neun waren sie unter den drei Monden,
Im herbstlichen Zwielicht,
Als die Welt dem Ende zuging, stiegen sie auf
In den Kern der Geschichte.

Der nächste ein Bruder, keine Leuchte und von Blindheit geschlagen,
Versucht, mit der Schwerthand alle Feinheiten zu lösen,
Die Spinnweben des Herzens sogar. Seine Gedanken
Sind Pfützen, vom Wind, der sich dreht, auseinandergerissen –
Und bis zum Grund wird er niemals sehen.
Neun waren sie unter den drei Monden,
Im herbstlichen Zwielicht,
Als die Welt dem Ende zuging, stiegen sie auf
In den Kern der Geschichte.

Der nächste, der Anführer, ein Halb-Elf, betrogen,
Da zweifaches Blut das Land und die Wälder
Entzweiriß, die Welten von Elfen und Menschen.
Zum Mut schnell gerufen, jedoch vor Liebe sich fürchtend,
Und in der Furcht, dem beiden zu dienen, verließ ihn die Tat.
Neun waren sie unter den drei Monden,
Im herbstlichen Zwielicht,
Als die Welt dem Ende zuging, stiegen sie auf
In den Kern der Geschichte.

Der letzte, aus Dunkelheit kam er und atmete Nacht,
Wo ferne Sterne ein Nest von Worten verbergen,
Wo der Körper unzählige Wunden erleidet,
Dem Wissen hingegeben, bis sein Segen, unfähig zum Glück,
auf die Einfachen fällt, die die Nacht überrascht.
Neun waren sie unter den drei Monden,
Im herbstlichen Zwielicht,
Als die Welt dem Ende zuging, stiegen sie auf
In den Kern der Geschichte.

Zu ihnen gesellten sich und waren in allem zugegen:
Ein verworfenes Mädchen, geschmückt mit unendlichen Reizen,
Eine Prinzessin über Samen und Schößling, dem Walde verpflichtet,
Ein uralter Wirker von Zufall und Glück,
Die Geschichte der Menschen hält das Wissen fest, so unklar das sein mag.
Neun waren sie unter den drei Monden,
Im herbstlichen Zwielicht,
Als die Welt dem Ende zuging, stiegen sie auf
In den Kern der Geschichte.

Aus dem Norden kam die Gefahr, wie wir es auch wußten:
In den Winterlagern legte sich Schlaf
des Drachen über das Land, aber aus Wäldern,
aus Ebenen und Erde kamen sie doch,
Den Himmel vor ihnen scharf abzeichnend.
Neun waren sie unter den drei Monden,
Im herbstlichen Zwielicht,
Als die Welt dem Ende zuging, stiegen sie auf
In den Kern der Geschichte.

IV. Kommentar

Heilig die Luft,
Die seine zärtlichen Worte und vergessenen Lieder einst trug.

Armavir, »Lied Humas«

Zeile 1: *Aus dem Norden kam die Gefahr, wie wir es auch wußten.* Nun ja, *einige* von uns wußten es, aber Armavir ist sehr großzügig mit dem Gebrauch von »wir« in der ersten Zeile des Gedichts. Natürlich war er es, der als erster den genialen Schluß zog, daß die Drakonier tatsächlich eine entsetzliche Perversion der Magie waren und keine Rasse, die »ganz natürlich« in den nördlichen Ländern »herangewachsen« war, wie einige der Gefährten anfangs vermuteten (und Caramon Majere, der nicht gerade für seine Intelligenz berühmt war, noch bis zum Kriegsende glaubte). Sie stempelten die Beobachtung des Dichters als »weiteres gnomisches Vorurteil« mit einer Engstirnigkeit ab, die unter allen Rassen weit verbreitet ist und leugnet, daß es sich lediglich um das eigene Vorurteil handelt.

Zeile 4: ...*aus der Muttererde.* Wenn auch selbst der aufgeweckteste Leser dies lediglich als Anspielung auf Flint deuten könnte, beabsichtigte der Dichter, nicht nur auf Flint, sondern auch auf sich selbst hinzuweisen. Es war eine seiner Lieblingsredewendungen, wie man anhand der Wiederholung des Bildes im letzten Vers unschwer ersehen kann. In jener Zeit war »Mutter Erde« eine unverbrauchte und originelle Redensart, die jedoch von den Menschen aufgeschnappt und, wie es so schön heißt, zuschanden geritten wurde.

Zeile 5: *Der Himmel vor ihnen unberechenbar.* In dieser Zeile wird nicht nur auf die offensichtliche Angst vor der Zukunft, die von allen Gefährten geteilt wurde, angespielt, sondern auch ein sehnsüchtiger Blick zurück auf das gescheiterte Experiment »Star Wires« (siehe Teil II dieses Essays) geworfen, bei dem Armavir die Erleuchtung kam.

Zeile 6: *Neun waren sie unter den drei Monden.* Es liegt auf der Hand, daß es im Originalmanuskript von Armavir »Zehn waren sie unter den drei Monden« lautete. Siehe auch Anmerkung zu Zeile 81.

Zeilen 10–14: *Einer stieg auf aus einem Steingarten... in väterliche Arme.* Dieser Teil der Strophe bezieht sich eindeutig auf Flint Feuerschmied, der Armavir sehr nahestand. Flint behauptete stets, daß die Gefährten niemals zusammengekommen wären, hätte nicht das Charisma und der Einfluß des Gnomen dieses bewirkt. Wie in so vielen anderen Fällen haben sich in der Geschichte, die überliefert ist, bei der Übertragung Fehler eingeschlichen, und leider weilt Flint nicht mehr unter uns, um sie richtigstellen zu können.

Zeile 12: *Wo Herz und Verstand vereint fließen.* Eine Anspielung auf die Verlorenen Jahre des Dichters (siehe Teil II dieses Essays), in denen er benommen und mit elektrischem Strom durchsetzt durch die Länder Krynns wanderte. Armavir vermutete stets, daß er in jener Zeit unter Flints Obhut stand.

Zeile 14: *In väterliche Arme schließt er den Geist.* Ein Wortspiel mit Bezug auf die Vorliebe des Zwerges für Spiritus, ein Laster, von dem Caramon Majere (selbst kein Abstinenzler, wie ich erinnern will) die Unverfrorenheit besaß zu behaupten, es wäre Armavirs Laster. Tatsächlich hat Flint den Zwergenspiritus unter dem Vorwand gehortet, daß er Armavir davor schützen müßte, doch gerade diese Flaschen schrumpften unter seiner Obhut unerklärlicherweise zusammen (wie auch immer, siehe Anmerkung zu Zeilen 19–23).

Zeilen 19–23: *Einer stieg herab von der Sicherheit... und wieder grün.* Er *haßte* Tolpan. Dessen falsche Unschuld und geheuchelte Fröhlichkeit verbargen nur die Tatsache, daß der Kender in seinem Wesen einem hartherzigen Eichhörnchen glich, Tanis' Lieblingswühlmaus. *Wir* wissen, wer in Wirklichkeit die Kugel der Drachen im Turm des Oberklerikers fand, nicht wahr, du plünderndes, ponyschwänziges kleines Würstchen? Wir wissen auch, wer an Flints Feuerwasser genippt und es dann abgelehnt hat, Armavir auszuschimpfen, nachdem die Rüge anderweitig ausgeteilt worden war, nicht, wie die anderen dachten, aus einer natürlichen Weichherzigkeit heraus, sondern weil es ihm paßte, weichherzig zu *erscheinen*. Denn indem er sich so verhielt, war es viel einfacher, die Schuld abzuwälzen, denn die Klügeren – Raistlin und der alte Flint – hätten eine selbstgerechte Standpauke merkwürdig gefunden, da sie ja gar nicht zu ihm gepaßt hätte.

Beim Verfassen des »Liedes der Zehn Helden« mußte Armavir gezwungenermaßen die dritte Strophe einfügen, um nicht die Feindseligkeit des Kenders zu schüren (ja, einige Gedichte sind sehr wirklichkeitsfremd, höchst irreführend), wenn es nicht sogar eine aufrechte Geste von seiten des Dichers war, um zum Ausdruck zu bringen, daß er bereit war, seine eigene Feindseligkeit beiseite zu schieben? Aber was macht dieser kleine Wicht, der aller Liebling sein wollte? Er versuchte, dieses Manuskript zu stehlen, mein Leser – dieses Manuskript, das du gerade in den Händen hältst! Er wollte es unter *seinem* Namen veröffentlichen, wollte es ein wenig verändern, um zu beweisen, daß *er* die Lieder der Drachenlanze geschrieben hätte, obwohl weder das »Wanderlied der Kender«* noch das »Trauerlied der Kender«** aus seiner Feder stammte, und sein »Lied des Mutes«*** eine geschmacklose kleine Nummer ist, die er nur dadurch zustande gebracht hat, daß er einige Worte des Originaltextes veränderte! Ich habe mir das Manuskript auf dieselbe Art zurückgeholt (dichterische Gerechtigkeit!), das ganze Manuskript bis auf ungefähr siebenhundert Seiten, die nichts mit dem zu tun haben, wer die Lieder schrieb, sondern bei denen es sich um eine wissenschaftliche Abhandlung über Kleptomanie handelt, die du lesen und dir zu Herzen nehmen solltest, du Nagetier!

Zeilen 28–32: *Die nächste aus... als sie kam.* Goldmond. Der Satz »hatte den Stab« bezieht sich nicht allein auf den blauen Kristallstab, über den in den ursprünglichen *Chroniken* so viel Wirbel gemacht wird, sondern auch auf den ziemlich großen Stab der Que-Shu-Prinzessin: Zofen, Pagen und andere Diener – eine ansehnliche Zahl von Barbaren, die in den ursprünglichen *Chroniken* nirgendwo auftauchen. Die hochverehrte Priesterin von Mishakal flehte Tanis ständig an, die Suche aufzugeben, beschwerte sich über Muskelkrämpfe und über Flints und

* *Chronicles,* Bd. I, S. 75. Caramon hat den Titel des Liedes geschickt verändert (obwohl das Verständnis dafür, warum er sich für »Wanderlied« entschieden hat, über den bescheidenen Horizont des Autors geht). Es wurde für Caramon einige Jahre nach dem Krieg in einem Augenblick tiefster Bitterkeit geschrieben (mit der »einzig wahren Liebe« in diesem Gedicht ist Tika gemeint). Reorx weiß, was Tolpan vor den Zentauren gesungen hat, aber dieses Lied war es nicht.

** *Chronicles,* Bd. III, S. 261. Auch von diesem Lied behauptet er, es wäre seine Dichtung, dieser glatzgesichtige kleine Grabräuber von Metaphern!

*** *Legends,* Bd. II, S. 86. Die letzten zwei Strophen sind von Armavir, die ersten beiden Tolpans Pfuscherei. Wenn sie nebeneinander gestellt (oder besser eine über die andere) werden, wird ein erstaunlicher Gegensatz in der Qualität erkennbar, der bis zu diesem Tage selbst einem Blinden ersichtlich ist.

Caramons (und Armavirs) Abneigung gegen das Baden (doch angesichts der tragischen Vergangenheit von Armavir fürchtete er sicherlich das Wasser als den stärksten der elektrischen Leiter und hätte sich so wie ich jetzt über Wasser gehalten, der ich am Schreibtisch stehe, trocken und geschützt zwar im Moment noch, während aber das Wasser in dieser Zelle weiter steigt...), beschwerte sich ungehalten darüber, die Scheiben der Mishakal tragen zu müssen und daß sie sich einen Fingernagel abgebrochen hätte.

Die Barbarenstämme waren im gleichen Maße wegen Landstreicherei und Unterbeschäftigung verstreut wie wegen allem, was die Drakonier in jener Zeit anstellten, doch Tatsache ist auch, daß sie auf ein Leben des Wanderns und der Nahrungssuche lediglich deswegen eingeschränkt waren, weil sich so viele der vielversprechenderen jungen Leute aufmachen mußten, um bei den zahlreichen Häuptlingen und Töchtern der Häuptlinge Diener zu spielen. Jene, die zurückblieben, waren im Grunde Aasfresser, wie weiter unten bewiesen wird.

Ich habe eine weitere Strophe über Goldmond gedichtet, die jedoch erst nach Flußwinds Tod veröffentlicht wird (siehe Anmerkungen zu Zeilen 46–50).

Zeilen 37–41: *Der nächste aus... des Raumes hinauf insLicht.* Flußwind. »Stufen des Raums« in der Tat, denn der arme Mann war völlig fertig wegen seiner nur zur Hälfte erfolgreichen Suche nach dem blauen Kristallstab.* Er wandelte wahrhaftig »im Schatten des Mondes«. Armavir ist in Zeile 37 fürwahr ein hervorragendes Wortspiel gelungen. Eine Interpretation, die zu-

* Ein längeres Gedicht von Armavir über dieses Abenteuer erscheint anderswo, bequemerweise von diesem solamnischen Ritter der Rose, Michael Williams, plagiiert, der sich erinnern sollte, daß der Orden der Rose seine Ritter nachdrücklich auffordert, Mitleid mit Unglücklicheren zu haben, statt ihnen ihre Verse zu stehlen.

nächst ins Auge springt, lautet nämlich: in Goldmonds Schatten – er war ihr sklavisch ergeben –, aber darüber hinaus will Armavir auch andeuten, daß der Barbar unter dem Schatten von Lunitari wandelte, dem Mond, von dem sich umgangssprachlich der Ausdruck »lunatisch« herausgebildet hat.

Offen gesagt, war der Barbar furchterregend, und obwohl Armavir inbrünstig hoffte, eines Morgens zu erwachen und einen Kenderhaarzopf (möglicherweise sogar vollständig mit Kenderbirne) an Flußwinds Gürtel baumeln zu sehen, wagte der Dichter niemals wirklich, mit dem Jäger nähere Bekanntschaft zu schließen, da er an allen möglichen Wahnideen litt, einschließlich der, daß er von Leoparden aufgezogen sei. Der einzige Anhaltspunkt dafür war eine leichte Vernachlässigung der Körperpflege und der Hang, einen starren Blick zu bekommen und geistesabwesend zu werden, wenn Goldmond ihn am Kopf streichelte (ein Zustand, der Armavir an Hypnose erinnerte, obwohl die hypnotische Beeinflussung: »Du bist jetzt ... ein Huhn!« weder auf die menschliche Gestalt noch auf die Tapferkeit des Barbaren eine sichtbare Wirkung zeigte).

Zeilen 46–50: *Eine, die nicht erscheint ... Erwachen und Denken.* Kitiara. Durch ein Schlüsselloch sah Armavir einmal, wie sie ein Bad nahm, und – Großer Reorx! – sie war wunderschön und dunkel und glänzte von Wassertropfen, aber eine zu große Sache für unsresgleichen. Trotzdem hielt lediglich die Tatsache, daß die Tür verschlossen war, den Dichter davon ab, sich die Schwimmflügel überzuziehen (immer noch nicht erinnerte er sich daran, woher sie kamen, er wußte aber, daß sie mit etwas Zielstrebigem und Tragischem im Zusammenhang standen), und wie er es im Abschiedsbrief ausdrückt, den er für Tanis (der typischerweise völlig am Schwimmen war, was er mit dem

Brief anfangen sollte) schrieb*: »...würde ich die Dunkelheit annehmen, gesegnet und neu benannt durch den Genuß.«

Armavir benutzte die Schlüsselloch-Forschungsmethode bei vielen anderen Gelegenheiten (siehe Anm. zu Zeilen 92 und 93).

Zeilen 55–59: *Einer, der im Herzen... ein ewiges Erbstück.* Sturm. Aus der Distanz fällt es zuweilen schwer, die gemeinsamen Auftritte der Gefährten zu verstehen: Tanis schwankend, ernst und so tragisch wie ein mondsüchtiger Kapitän, Tolpans zornerregende Unschuld – ich erinnere nur daran, daß auch eine Schlange unschuldig ist! –, Goldmond und Laurana wie Prinzessinnen aus alten Liebesromanen, die sie allerdings möglicherweise nie gelesen hatten angesichts ihrer zeitaufwendigen, inbrünstigen Anstrengungen für Frisur, Augenschminke und Maniküre.

Sturm war anders und unbestritten gefährlich, denn er glaubte an dieses ganze Getue. Es war, als hätte ihn jemand erfunden und gesagt: »Wir brauchen einen vollkommenen, guten Ritter, der eine Rolle in dieser Geschichte spielt. Wie wäre es mit diesem hier?« Die Folge war, daß aufgrund von Kritiken an den *Chroniken* in zynischen Kreisen (in erster Linie Elfen) der Verdacht aufkam, daß Sturm in der Tat eine fiktive Figur sei, die den *Chroniken* hinzugefügt wurde, damit die Menschen noch grandioser erscheinen, als es ohnehin schon der Fall ist.

Eine fiktive Figur? Nur im weitesten Sinne, denn Sturm war tatsächlich mit den Gefährten unterwegs, und er fand, wie es auch in der Geschichte beschrieben wird, bei der Belagerung des Turms des Oberklerikers den Tod. Fiktiv kann er wohl gewesen sein, aber nur in dem Sinne, daß er von Fiktionen gelebt

* *Chronicles,* Bd. III, S. 5.

hat – von den Ideen der Ehre, der Pflicht und des Mitleids, die seitdem von Krynn verschwunden sind. Schließlich ist zu erkennen, daß er nicht allzu helle war.

Dennoch erinnerte sich Armavir liebevoll an ihn, denn Sturm war es gewesen, der darauf bestanden hatte, daß die Rolle des Dichters in den *Chroniken* verteidigt werden müßte, daß die Wahrheit über Armavirs Entdeckung der Kugel im Turm gesagt werden sollte, und auch die Wahrheit darüber, wie der Gnom in dieser trostlosen und belagerten Festung den solamnischen Rittern den Gebrauch der Drachenlanze beibrachte – Wahrheiten, die mit diesem dummen, ehrenhaften Mann auf der Mauer der Festung starben. Man könnte in seinem und Flints Tod ein verabredetes Stillschweigen entlarven, aber aufgrund meiner Großzügigkeit liegen mir derartige Anspielungen fern.

Bestenfalls war er ermüdend, aber zu seinen Gunsten muß auch gesagt werden, daß er auch schlimmstenfalls nichts mehr als ermüdend war. Möge diese Seele Humas Brust erreichen, unwirklich wie er war.

Zeilen 64–68: *Der nächste ein Bruder… zum Grund wird er niemals sehen.* Caramon. Ein liebenswerter Dummkopf und Armavirs Trinkbruder während des ganzen Lanzenkrieges und auch noch einige Zeit danach. Obwohl viele gemeinsame Heldentaten von Armavir und Caramon bei beiden in Vergessenheit geraten sind, so muß eine davon das ausgeklügelte Projekt, das Wirtshaus zur Letzten Bleibe in seiner ursprünglichen Lage hoch in einem Vallenholzbaum wiederherzustellen, gewesen sein. Es wurde offensichtlich von dem Gnomen entworfen und mit Hilfe einer beachtlichen Menge Zwergenspiritus vorangetrieben. Das Projekt beinhaltete ein kompliziertes System aus Flaschenzügen und Winschen unter Verwendung von Drähten von unglaublichem Umfang und unglaublicher Zugfestigkeit.

Unnötig zu sagen, daß bei einem derartigen Unternehmen die alten Erinnerungen des Dichters aufgewühlt wurden, und mit diesen Erinnerungen stieg eine Serie von immer schwerer werdenden Depressionen hoch, bei denen Armavir, von Schnaps gelähmt, mit dem Gesicht nach unten auf dem Boden des Wirtshauses lag und entsetzt dem Geräusch des fernen Donners lauschte. Das Projekt wurde schließlich aufgegeben und fand in Caramons ziemlich selbstgefälligem Vorwort zu *Leaves* keine Anerkennung. Trotzdem war er alles in allem kein schlechter Kerl, nur leicht zu beeinflussen.

Für Caramon schrieb der Dichter »Drei Segel im Wind«*, ganz zu schweigen von einigen weniger gelungenen Versen, die Gott sei Dank in Vergessenheit geraten sind. Zeile 68 beinhaltet eine in einem Wortspiel verkleidete Anspielung auf eines dieser weniger guten Lieder – sicherlich Caramons Lieblingslied von allen und gedichtet, während der Dichter ein weiteres Segel auf der Baustelle des alten Wirtshauses hißte:

Drachenrose, Drachenrose,
Ich sehe Tikas Unterhose.

Nicht unsterblich, aber für Caramons Verhältnisse hohe Kunst. Schließlich war er dafür bekannt, ohnmächtig zu werden oder an Nasenbluten zu leiden, wenn er in die Ecke gedrängt und gezwungen wurde, »Das Lied Humas«** oder »Crysanias Lied«*** zu hören. Nicht unsterblich, aber so fest und standhaft, wie ich fürchte, daß es in der Erinnerung haften und den Dichter in Verlegenheit stürzen wird. Ich habe diesen Vers nur aus dem Grunde aufgenommen, um jene zu warnen, die dazu

* *Legends,* Bd. I, S. 94.
** *Chronicles,* Bd. I, S. 442–445.
*** *Legends,* Bd. III, S. 164.

neigen, historische Persönlichkeiten zu idealisieren: Armarvir war gewiß kein Heiliger, und selbstverständlich war der Vers nicht nur bloß eine Darbietung für Caramons Vergnügen, sondern beinhaltete auch einen wahren Kern (siehe Anmerkungen zu Zeilen 46–50).

Zeilen 73–77: *Der nächste, der Anführer... verließ ihn die Tat.* Tanis (Armavir bevorzugte bis zum Überdruß seinen Elfennamen »Tanthalas«, der aus der gleichen Wurzel wie das Wort »Tantalusqualen« stammt; denn gequält wurde der Halb-Elf – von all den Möglichkeiten, all den hübschen Gesichtern!). Unentschlossen in taktischen Fragen wie auch in Frauenangelegenheiten (siehe Anmerkung zu Zeile 93), fragte Tanis Armavir in beiderlei Hinsicht häufig um Rat. Ohne diese Ratschläge hätte sich das Abenteuer in zahlreichen Situationen in einen Kender-Feueralarm verwandelt, und ein derart verworrenes Liebesleben hätte Krynn der totalen Zerstörung ausliefern können.

Ich verfüge immer noch über Tanis' Entwurf zu seinem Abschiedsbrief an Kitiara – ein Entwurf, der, wie der Leser weiß, von dichterischer Hand verbessert und erweitert wurde. Aber bereits der Entwurf, hier zum ersten Mal in seiner ganzen Länge abgedruckt, vermittelt dem Leser einen nachhaltigen Eindruck von dem wankelmütigen Wesen des Anführers der Gefährten:

Kitiara, all die Tage in diesen Tagen
Sind gefüllt mit Warten, aber es gab auch Tage
Vor vier Jahren, als ich dich erwartet habe,
Und dann wiederum, in jenen Tagen in der Letzten Zuflucht
Wartete ich länger als in jenen vier Jahren zuvor,
Aber nicht so sehr wie... vielleicht sollte ich sagen,

Die meisten Tage in diesen Tagen,
Einige Tage, einige wenige, o je, vergiß es.

Es war schmerzhaft zu erleben, wie er Entscheidungen fällte. In jener Zeit, als die Gefährten Solace erreicht hatten, hatte Tanis es sich angewöhnt, auf Zinnen zu stehen, schwarz gekleidet, und in der Hand einen Schädel zu halten, mit dem er diskutierte (oder mit Armavir, wenn der Dichter nichts Besseres zu tun hatte und wenn es nicht gerade Badezeit bei den Gefährten war), welchen Weiler, welches Dorf man als nächste Station passieren sollte. Aber dem obigen Briefentwurf nach zu urteilen, war der Halb-Elf in Herzensangelegenheiten pathetischer – wenn das überhaupt möglich ist – als in Verstandesfragen. »Laurana oder Kitiara«, winselte er zu Armavir oder zu dem Schädel, »sag mir, welche?« Woraufhin der Dichter, indem er Tanis in seine geheimen Beobachtungen einweihte (siehe Anm. zu Zeilen 46–50), vielleicht unwissentlich den Keim jener Abneigung legte, der zu der Undankbarkeit heranwuchs, aus der später unser geschätzter Anführer Armavirs Beitrag zur Geschichte vertuschen sollte.

Zeile 81: Nach dieser Zeile folgt in Armavirs Originaltext diese Strophe:

Der nächste aus dem hochentwickelten Gebirge, der glaubt,
Daß die Heldentat, die Ausführung der Worte, aus dem Licht
Am Schwert hervorgeht, aus der mit Netzen umgebenen Dunkelheit,
Gerufen wie die anderen, aber ins Gedächtnis zurückgerufen,
So daß sich die Taten wie Wasser vom Stein erheben.
Zehn waren sie unter den drei Monden,
Im herbstlichen Zwielicht,

Als sich die Welt dem Ende neigte, stiegen sie auf
In den Kern der Geschichte.

Inzwischen sollte bei dem Leser kein Zweifel mehr bestehen, warum diese Strophe aus den *Chroniken* gestrichen wurde. Es ist nämlich die beste Strophe des ganzen Gedichts. Außerdem war es für einen Gnomen wie Armavir mit seiner angeborenen Bescheidenheit sehr schwer, über sich selbst zu schreiben. Die beste Strophe: Egal, was die anderen sagen, ich werde keinen Kompromiß eingehen, werde nicht zu Kreuze kriechen!

Zeilen 82–86: *Der letzte... die die Nacht überrascht.* Raistlin. Ein anderer komischer Vogel, mit dem der Dichter in jener Zeit wenig zu tun hatte, da ihre Bekanntschaft mit einem Fauxpas begonnen hatte, da er einen kleinen Witz über die Augen dieser extrem humorlosen Person gemacht hatte: Die Anregung, daß Raistlin den Fluß der Zeit umkehren und alle wieder jung machen könnte, wenn er sich auf den Kopf stellen würde, wurde mit einem derart vernichtenden Blick beantwortet, daß Armavir eine Zeitlang befürchtete, der Magier würde ihn in etwas schrecklich Ungnomenhaftes verwandeln – ein Rollpult oder vielleicht ein Huhn, das zurück in die Tunnel und Kammern unter den Berg Machtnichts vertrieben würde, wo zweifellos viele Fallen herumlagen, die seinem Gedächtnis entfallen waren, nachdem dies von Zwergenspiritus und Elektrizität geschädigt war. Sicherlich hat Raistlin etwas mit meinem jetzigen Zustand in dieser Zisterne von einer Zelle zu tun, die unvermeidlicherweise mein Schicksal sein wird, da das Wasser weiter ansteigt und den Schreibtisch in diesem überfluteten Raum immer höher trägt, bis ich zwischen Tisch und Wasser und Steinen zerquetscht werde...

Doch ich werde das Selbstmitleid wieder aufgeben, denn die

Wahrheit muß verfochten werden (und sollte sie mich befreien?). Raistlin *hat* den Abschiedsbrief an seinen Bruder geschrieben, mit dem der dritte Teil der *Chroniken* abschließt*, und wenn er es nicht war, dann wäre ich ein Dummkopf, würde ich etwas anderes sagen. (Ist es möglich, daß das Wasser aufhört zu steigen, während ich dies sage? Ein alter Flaschenzug an der Nordwand der Zelle, noch vor einer Minute der Gefahr ausgesetzt, überschwemmt zu werden, bleibt über der Wasseroberfläche trocken und unberührt – das Wasser ist still und glatt wie Onyx – und zum ersten Mal kann ich mich im Wasser spiegeln sehen!) Raistlin war... bei weitem der beste von ihnen, ein Mann von ungewöhnlicher Intelligenz, dessen Bruch mit den Gefährten überwiegend von seiner begierigen Suche nach Wissen herrührte, aber gleichfalls, da bin ich mir sicher, aus seiner Empörung, als er sah, wie die anderen begannen, Armavirs Rolle in der Geschichte zu vertuschen (und jetzt ist das Wasser ganz ruhig – glatt, dunkel und träge, Reorx sei Dank!).

Als Zeichen der Ehrerbietung gegenüber Raistlin – eine aufrichtige Ehrerbietung, da ich sein Verständnis und sein gnädiges Wesen schätze – schließt Armavir in dieser Strophe einen weiteren Hinweis auf die grausame Ausschließung des Dichters aus den *Chroniken* ein. Zeile 83:

Wo die fernen Sterne ein Nest der Worte verbergen,

sollte beachtet werden, denn das Wortspiel mit dem Wort »Sterne« hat die Bedeutung von »Berühmtheiten«, und sechs der neun Berühmtheiten der *Chroniken* (ich schließe Sturm und Flint aus, und lieber Reorx! ich schließe Raistlin aus) haben

* S. 380–381.

ihr Bestes getan, um das »Nest der Worte« zu verbergen, nämlich den Dichter, den Geburtshelfer der Geschichte.*

Zeile 92: *Ein verworfenes Mädchen, geschmückt mit unendlichen Reizen.* Die hübsche, die unbeständige Tika. Armavir sah sie zum ersten Mal, als sie als sehr junges Mädchen trotz ihrer Zartheit viel zu hart und zu lange arbeitete. Er verfolgte sehr genau, wie sie heranwuchs und zu einer schönen Frau erblühte (siehe Anm. zu Zeilen 46–50).

Nun ja, wie es bei einem jungen Mädchen vielleicht verständlich ist, entschied sie sich für Muskeln und einen sicheren Arbeitsplatz anstatt für Unsterblichkeit durch die Feder eines Dichters. Tika, das Hochzeitslied** war für uns bestimmt, im letzten Augenblick für ein paar Münzen an Goldmond und Flußwind verkauft, als es klar war, daß wir nach deiner Meinung nicht zusammenkommen würden! Wenn du diese Zeilen jemals lesen solltest, kehre zu mir zurück! Vergeben seien dir all deine jugendlichen Torheiten und dein Teil an der Verschwörung, die den Namen des Dichters unbesungen ließ! Diese Kammer ist eigentlich eine Badewanne, meine Teure, mein Täubchen, und meine Augen sind Schlüssellöcher!

Zeile 93: *Eine Prinzessin über Samen und Schößling, dem Walde verpflichtet.* Laurana. Warum Tanis auf eine Mieze wie Kitiara wegen dieser Kleinen verzichtet hat, war für Armavir völlig schleierhaft und ist es auch für mich (ein Zwischenfall vor der Belagerung des Turms des Oberklerikers bot aufschlußreiches Zeugnis: siehe Anm. zu Zeilen 46–50). Natürlich *altern*

* Es liegt auf der Hand, daß sich diese Zeile gleichfalls auf das aufgegebene »Star Wires«-Projekt bezieht: eine Aufgabe, die, das sollte klar sein, der Dichter niemals völlig vergaß.

** *Chronik,* Bd. II, S. 212–213.

Menschen sehr viel schneller als Elfen, und obwohl Kitiara beeindruckend ausstaffiert war, war Tanis wohl genügend Elf, um die Sache in Hinblick auf die ferne Zukunft zu betrachten. Ich glaube nicht, daß seine Entscheidung politisch motiviert war, wie es in seinem selbstgerechten Abschiedsbrief steht. In der Tat kann ich nicht verstehen, warum Tanis überhaupt diese Entscheidung treffen konnte – in der Tat jegliche Entscheidung –, ohne seinen Schädel zu befragen oder (ohne Bezahlung oder Dankbarkeit) Armavirs beachtliche Fähigkeiten als Ghostwriter in Anspruch zu nehmen.

Zeile 94: *Ein uralter Wirker von Zufall und Glück*. Fizban. Obwohl nicht völlig unsympathisch, war er eine Gestalt, die aufgrund der Neigung von vielen, Helden zu mythologisieren, unverhältnismäßig aufgebläht wurde. Auch wenn er übertrieben von Tolpans gefährlichem Charme eingenommen war, so war er offensichtlich selbst ein pfiffiger alter Hochstapler, dem es gelang, sich als einen standardmäßigen »klugen alten Mann« aufzubauen und ein gleichermaßen standardmäßiges (wenn auch gewitzt herbeigeführtes) Verschwinden und Wiederauftauchen zu inszenieren, mit dem Anspruch, eine Gottheit zu sein. Mit – zweifellos – allen Vorteilen, die aus solch einer Position entstehen, während er praktischerweise die meisten – wenn nicht alle – Gefahren verpaßte.

Was sein Verschwinden betrifft: Niemals wurde ausreichend betont, daß Tolpan der einzige Zeuge bei diesem geheimnisvollen Ereignis war; wann immer es erwähnt wurde, wurde die Zuverlässigkeit dieser Quelle – so unglaublich das klingt – niemals in Frage gestellt. Vielleicht war der größte Zufall, den Fizban bewirkt hat, er selbst.

Ich fand immer, daß die kleine Rede, die er zu Kriegsende hielt (am Ende der *Chroniken* wiedergegeben), ziemlich lahm war: diese ganze theologische Phrasendrescherei stärkte lediglich den Eigendünkel der überlebenden Gefährten (vermutlich ist dafür die Mythologie gut, und darum waren sie auch so schnell bereit, ihn auf der Stelle als Heiligen zu verewigen). Doch seiner Geschichte können wir eine wertvolle Lektion entnehmen: manchmal fällt eine wichtige Person durch Zufall oder Intrige aus einer Erzählung, aus der Geschichte heraus, aber zur gegebenen Zeit und im unentwegten Drang nach Wahrheit werden wir mit einer Unsterblichkeit zurückkehren, gewonnen durch eigene Klugheit und eigene Genialität. Das ist, kurz zusammengefaßt, die Geschichte des Dichters, des wahren »Wirkers von Zufällen«.

Zeile 95: *Die Geschichte der Menschen hält das Wissen fest, so unklar das sein mag*. Diese Zeile wurde dem Dichter häufig als Fehler und Unsinnigkeit angekreidet. Stimmt überhaupt nicht! Denn wieder einmal wurde das Gedicht verzerrt und entstellt. Es war Armavirs letzte Versicherung, seine letzte Schutzmaßnahme, um nicht in Vergessenheit zu geraten! Denn die Zeile lautet richtig: »Unklar mag sein, welches Wissen die Geschichte der Menschen zusammentragen wird.« Mit der letzten Version dieses Gedichts, verunstaltet durch das Versäumnis oder die üblen Absichten der Chronisten, erweist sich Armavir als Prophet.

V. Zusammenfassung

Wieder einmal davongekommen, denn das Wasser in der Zelle beginnt zu weichen (könnte es vielleicht Raistlin sein, der die ganzen Jahre über Meilen und, Reorx weiß, über welche Grenzen hinweg mit mir gespielt und mich verhöhnt hat, wegen einer Bemerkung, die nur im Spaß gefallen ist? Wenn das so ist, bin ich angemessen belehrt worden und bitte um Vergebung. Oder könnte es alles nur eine Illusion aus Licht und Onyx sein – ein zerstörtes Gedächtnis aus einer zerstörten Kindheit?

Wie seine Ahnungen ihm bereits sagten, fiel der Dichter aus der Geschichte heraus. Im Interesse der Wahrheit habe ich ihn zurückgeholt. Für diesen Dienst bitte ich nur um eine kleine Entschädigung: daß mein Name so wie seiner in der Erinnerung bestehen bleibt, daß der Tag kommen möge, an dem Pseudonyme Relikte aus der Vergangenheit darstellen und die, die wirklich und wahrhaftig im Kern der Geschichte waren, im Gedächtnis bewahrt und geehrt werden, so daß ihre Namen in der ganzen oberirdischen Welt, durch Helme in den Vallenholzbäumen, in der Erinnerung aller anständigen Leute, ob der Gnomen oder anderer Rassen, widerhallen sollen, und schließlich, daß etwas wegen dieser Wasserleitungen unternommen wird. Um diese Kleinigkeiten bitte ich. Außerdem um eine angemessene Geldsumme, die an die dem Manuskript beigefügte Adresse geschickt werden soll, denn ich habe noch mehr zu sagen, und um die allgemeine Falschdarstellung in Zeile 95 des »Liedes« zum Abschluß aufzunehmen: Die Geschichte der Menschen hält das Wissen fest – so unklar das sein mag.

Der Schwarzzahn

Nick O-Donohoe

1

Als es erwachte, war es warm und dunkel. Eine melodische Stimme sagte: »Ich hol' ihn dir.«

Jemand bewegte ihn.

Eine höhere, kindliche Stimme antwortete fast traurig: »Nein. Ich will ihn nicht zurück. Weißt du, man bekommt den Gestank niemals ganz weg.«

Die Bewegung hörte auf. Etwas Feuchtes, Klebriges tropfte um es herum und sickerte in winzige Vertiefungen an der Klinge. »Klinge«, dachte es halbverschlafen. »Ich habe eine Klinge.«

Und einen Augenblick später klarer: »Ich schmecke Blut.«

Das Blut war ranzig und bitter und enthielt seltsame Salze. Das Ding wußte, ohne den Grund zu kennen, daß es schon besseres Blut geschmeckt hatte – besseres als dieses Goblinblut.

Als mehr Blut auf die Klinge tropfte, wurden seine Gedanken immer klarer: »Ich bin ein Dolch. Ich bin ein Dolch, der ins Herz eines Goblins gestoßen wurde.«

Eine neue Stimme, die von überall zu kommen schien, lachte. Jedes Wort hörte sich an wie ein fallender Eiszapfen. *Armes Schätzchen. Du kennst dich kaum.* Und wieder lachte sie.

Obwohl nicht einzuordnen war, zu wem die Stimme gehören konnte – zu einem Stein, einer Leiche, dem Wind oder einer Waffe –, stellte sich der Dolch eine »sie« vor.

Du kannst dich nicht sehen, dich kaum spüren und kennst dich überhaupt nicht. In der Stimme offenbarte sich beiläufig eine Verachtung gegen Schwäche. *Du hast gerade Nahrung zu dir genommen, und es hat dir nicht gut geschmeckt, nicht wahr?* Sie schnurrte: *Bald wirst du wieder Nahrung zu dir nehmen, vielleicht noch viele Male.*

Der Dolch erzitterte vor Freude und Angst: Etwas war mit dieser Stimme... Als er sich rührte, brach die Kruste des gerinnenden Blutes auf, und frische Tropfen fielen auf das Heft. »Heft«, dachte es unsicher, »ich *muß* ein Dolch sein.«

Die Stimme, die kälter war als eine Goblinleiche, sagte: *Ich habe bereits angedeutet, daß du kein Dolch bist. Häufiger, als du davon träumen kannst, haben dich Leute irrtümlicherweise dafür gehalten. Narren sind daran gestorben.*

Der Dolch bemühte sich, mehr zu hören. Sein träger Verstand begriff nichts. Als das Fleisch um ihn erstarrte, konnte er sich nicht mehr mühelos bewegen.

Die Stimme fuhr fort: *Du siehst aus wie abgenutzte, halb angelaufene Silberarbeit. Du hast einen Griff in der Form eines Kopfes von einer...* Sie zögerte, dann sagte sie: *einer Schlange. Dein Heft besteht aus zwei Klauen, wie bei einem Falken oder einem Adler, und deine Klinge ist fünfzehn Zentimeter lang, und an ihr sind Schuppen eingeschnitten. Mit ihr ernährst du dich, nicht mit einem Mund. Und damit machst du auch noch... andere Sachen, Schätzchen.*

Sie kennt mich, dachte der Dolch und bewegte leicht sein Endstück. Das erfrischende Blut tropfte wieder. Der Dolch trank.

Ich kenne dich gut. Du bist nicht aus Metall und wurdest

auch nicht von einer Hand geschaffen, nicht einmal von meiner. Vor langer Zeit war deine Rasse allgemein bekannt. Ihr wurdet geboren, um euch von denen zu ernähren, die euch benutzen, die euch besitzen, oder von ihren Verwandten. Blut erregte euch; Mord ernährte euch; Kriege führten zu eurer Vermehrung. Wenn im Herbst die Sonne unterging, verdunkelte sich der Himmel schon früh, weil ihr so viele wart, und euer Flügelschlagen war wie das Toben der Schlacht, wenn ihr von einem Dorf zum nächsten herabgeflogen seid.

Der Tonfall änderte sich. *Später gab es… einen, der sich in der Magie auskannte, aber anders als ich. Seinen Namen werde ich hier nicht nennen. Du und deine Art, ihr wurdet jahrhundertelang und ohne Nahrung eingeschläfert. Die meisten starben. Du gehörst zu den letzten Überlebenden.*

Vor einigen Jahren hat dich ein närrischer Hausierer ausgegraben und in den tiefen Süden mitgenommen, in der Hoffnung, dich als ein Relikt aus einem Krieg vor der Umwälzung verkaufen zu können. Das war gut so und auch mein Befehl. Aber er verkaufte dich an einen Zwerg, ein schwerfälliges, schwächliches Scheusal, das mir nicht gehorcht.

Die Stimme ließ den Dolch in der kalten Leiche frösteln. Wenn die Dame – es mußte sich um eine handeln – befahl, gehorchte man ihr und hoffte zu überleben. Sein kleiner Verstand konnte sich weder Ungehorsam noch dessen Folgen vorstellen.

Jetzt gebe ich dir einen Befehl, Liebling. Der Zwerg muß sterben – teilweise, damit du dich ernähren kannst, teilweise wegen seines Ungehorsams, und teilweise, fügte sie gleichmütig hinzu, *weil er jemandem hilft, der mein Feind werden könnte, falls er die Kraft dazu erlangen sollte. Das sind genügend Gründe für den Tod des Zwerges, falls ich überhaupt Gründe nötig habe.*

Aber ein anderer stieß dich soeben in diesen Goblin. Ich be-

fehle dir, auch ihn zu töten – ihn und den Zwerg –, weil ich es so will. Du brauchst Blut, um das zu tun, was du nun tun mußt; ich brauche das ganze Blut, weil es meine Entscheidung war. Finde deinen Besitzer, deinen Benutzer und deine Nahrung. Trink gründlich, und gehorche meinem Befehl. Geh jetzt. Die Stimme brach ab.

Der Dolch strengte sich an, mehr zu hören. Nach einem Augenblick rollte er langsam und schmerzerfüllt die Krallen am Heft ein und griff nach den Hautfalten des Goblins. Ganz langsam befreite er sich und zog sich unter der Leiche hervor. Nachdem er an die frische Luft gekommen war, kroch er schnell zu dem Pfad. Er bewegte sich wie eine verwundete Eidechse.

Weiter vorne hörte er die hohe, kindliche Stimme des Benutzers – sein nächstes Opfer, da es ihn gebraucht hatte. Die rubinroten Augen machten verschwommen lockiges braunes Haar, eine Wollweste und einen Stab aus, den die kleine Kreatur bei sich trug und zuweilen herumwirbeln ließ, um Geräusche zu erzeugen. Die hohe Stimme kicherte. »Nebenbei bemerkt«, sagte sie, »es war Flints Dolch!«

Der Dolch schwenkte seinen kleine, steifen Körper und den Griff mit den Krallen, um sich die untersetzte Gestalt anzuschauen, die verärgert etwas knurrte. Der andere hatte kräftige Arme und schien älter zu sein. Auf seinen Rücken war eine Axt geschnallt.

»Flint«, dachte der Dolch. »Der Zwerg, dem ich gehörte. Besitzer und Benutzer – meine Nahrung.«

Aber die beiden und ein dritter, ihr hochgewachsener, bärtiger Gefährte, änderten die Richtung und stiegen eine Treppe hoch, die sich um den Stamm eines riesigen Vallenholzbaums schlängelte. Nach dem ersten Schritt zog sich der Dolch hastig zurück. Zu viele Leute kamen ihm in den Weg, die die Stufen hoch- und hinunterstiegen.

Ein weniger einfältiger, hellwacher Geist wäre enttäuscht gewesen. Doch der Dolch hatte länger als tausend Jahre geschlafen: er legte sich ins Gebüsch und wartete geduldig die Rückkehr der drei ab.

2

Nach einiger Zeit wurde es auf einmal sehr laut: Bänke fielen um, Körper stießen gegen den Boden oder, was wahrscheinlicher war, stürzten zu Boden, eine Menge keuchte auf, während ein blaues Licht trotz der Buntglasfenster des Wirtshauses die Nacht erhellte. Eine zittrige alte Stimme schrie: »Ruft die Wachen! Verhaftet den Kender! Verhaftet die Barbaren! Verhaftet ihre Freunde!« Der Rest ging in der Aufregung unter. Jemand lief die Treppe hinunter und schrie nach den Wachen.

Der Dolch wartete, aber Flint und die anderen tauchten nicht auf. Er hörte einen Aufschlag und Gemurmel unter der Küche des Wirtshauses, und dann in seiner Nähe ein Krachen, doch der Dolch konnte sich so etwas Ausgefallenes wie eine Bodenklappe nicht vorstellen.

Kurz darauf hörte man schwere, unbeholfene, eilige Schritte. Bis an die Zähne bewaffnete Goblins liefen die Stufen hinauf und dann wieder hinunter und verteilten sich. Ein Paar Füße blieb vor dem Dolch stehen. »Was ist denn das?«

Eine grobe Stimme antwortete: »Jemand hat ein altes Messer fallen gelassen. Na und?«

Die erste Stimme kicherte: »Dir fehlt Phantasie, Grum.« Eine schwielige Hand hob den Dolch auf. »Nettes Stück.« Nachdem der Dolch zweimal hochgeworfen worden war, wurde er in eine nicht zusammenpassende Rüstung gestopft.

Der Goblin stank, aber immerhin war es lebendes Fleisch.

Der Dolch, zum Angriff noch zu schwach, lag hungrig neben den fetten Rippen und wartete.

Er brauchte nicht lange zu warten. Quietschend öffnete sich eine Tür, und eine Goblinstimme krächzte: »Die Sucher verlangen das Recht, hier einzutreten.«

Die zweite Stimme sagte: »Hier ist niemand. Laß uns weitergehen.«

»Dir fehlt Phantasie, Grum. Eine gute Gelegenheit, ein paar Silberlinge mitgehen zu lassen.«

Wieder flackerte Licht auf und sickerte durch die Ritzen der Rüstung. Beide Goblins schrien auf, auf einmal schienen ihre Körper zusammenzuspringen, dann brachen sie zusammen. Über sich hörte der Dolch eine gedämpfte Stimme und dann eine tiefere, die sagte: »Leider. Ich habe zu fest zugeschlagen.«

Während das Gespräch leise weitergeführt wurde, erstarb das Licht, man hörte eilige Schritte, außerdem das Geräusch von Möbelstücken, die umgeworfen wurden, und schließlich herrschte Ruhe. Der Dolch wartete, bis er es nicht mehr aushielt.

Er streckte die Krallen so weit wie möglich aus und rutschte allmählich unter die Rippen, bis er das schwarze Herz des Goblins erreicht hatte. Dieses Mal trank er bewußt und gierig: Jeder Tropfen schenkte ihm neue Kenntnisse.

Zuerst bildete sich sein Geruchssinn stärker aus – was ihm im Moment nicht unbedingt einen Vorteil brachte, aber eine aufregende neue Welt eröffnete. Die rubinroten Augen leuchteten erst nur schwach, doch dann wurde ihr Glanz immer stärker. Schließlich pulsierte der ganze Dolch von neuem Leben und Wissen.

»Ich bin kein Dolch«, dachte er. »Sie hat die Wahrheit gesagt. Ich bin ein Schwarzzahn.«

Es gelang dem Schwarzzahn mit Leichtigkeit, unter der Leiche hervorzukriechen. Aber eine noch größere Überraschung erwartete ihn an der Türschwelle. Als er über die Schwelle stolperte, begannen sich seine Flügel am Griff zu entfalten, schlugen einmal und hoben ihn vom Boden hoch.

Zaghaft flog der Dolch zur Goblinleiche zurück und ließ sich mit dem ganzen Gewicht auf ihren Hals fallen. Nach einem Augenblick entfernte er sich und flog gestärkt in die Nacht hinaus. Mit Hilfe seines Geruchssinns hielt er nach dem Zwerg Flint, seinem Besitzer, und dem Kender – seinem Benutzer, nicht wahr? – Ausschau.

Die Nacht war von dahineilenden Körpern erfüllt; der Schwarzzahn konnte ihre Wärme riechen, und sein Appetit wuchs. Obwohl er den Grund nicht kannte, wußte er, daß er dringend Blut brauchte, und danach mußte er etwas erledigen, etwas Wichtiges. Während er zwischen dem Dorf und dem Seeufer kreiste, stieg plötzlich ein sehr alter, vertrauter Geruch zu ihm hoch: der Geruch des Besitzes. Heftig schlug er mit den Flügeln und machte sich zu der Quelle des Geruchs auf.

Aber als er sein Ziel erreichte, war es keineswegs der Zwerg und auch nicht der Kender.

Parris, der Händler, schulterte erschöpft sein Gepäck und dachte dumpf brütend über diesen miserablen Abend nach. Zuerst war er von Goblinwachen angehalten und ausgeraubt worden. Als er schließlich das Wirtshaus erreicht hatte, herrschte dort Chaos – es hatte mit einem Zwerg und einer Gruppe von Angehörigen verschiedener Rassen zu tun, und wegen Magie war der ganze Ort in Aufruhr geraten. Dann wurde er aus dem Wirtshaus verwiesen; die Goblinwachen hatten es geschlossen. In Solace hatte er noch nie Glück gehabt; vor Jahren schon hatte er dort mit einem scharfsichtigen Zwerg ein sehr schlechtes Geschäft gemacht.

Er wanderte auf den See zu, um sich eine geschützte Stelle für die Nacht zu suchen. Plötzlich sah er eine seltsame Gruppe, die sich als Silhouette gegen das Wasser abhob: ein schlanker Mann oder Elf, ein Barbar, ein Ritter, noch mehr Menschen, ein Kender und ein Zwerg. Der Zwerg, der sich vom See fernhielt, stand nicht weit von ihm entfernt.

Argwöhnisch schaute er auf eine Gestalt, die etwas über ein Boot sagte. Die mürrische Stimme kam ihm vertraut vor; er sah noch genauer hin und versuchte sich zu erinnern, wo er sie schon einmal gehört hatte. Er konnte sie fast wieder hören, wie sie schmeichelte und knurrte und mit ihm um einen Dolch feilschte.

»Bei allen Göttern, die einem die Theokraten andrehen«, keuchte er. »Er ist es. Das ist Flint. Was treibt er hier bei diesen Leuten?«

Es gelang ihm schnell, die Verbindung zwischen dem Zwerg, dieser Gruppe und dem Vorfall herzustellen, dessentwegen das Wirtshaus zur Letzten Bleibe geschlossen worden war, und er begriff, daß die Goblins nach Flint Ausschau hielten.

Parris lächelte, aber es war kein frohes Lächeln. Sicherlich konnte er mit Truppführer Toede über eine Belohnung reden. Vielleicht brachte ihm Solace doch noch Glück.

Parris reckte den mageren Hals und öffnete den Mund, um die Hobgoblinwachen zu rufen.

Doch im selben Augenblick wurde er mit einem harten Aufschlag von etwas im Nacken getroffen. Ein zweiter Mund öffnete sich an seinem Hals, direkt unter seinem Kinn. Eine spitze, silberne Zunge schob sich heraus. Es sah aus, als würde der zweite Mund einen Schrei ausstoßen.

Darüber schrie sein wirklicher Mund. Doch kein Laut kam hervor. Parris fiel auf die Knie und blieb ausgestreckt auf der Straße liegen. Ihm blieb gerade noch Zeit, an seinen Nacken zu greifen und einen seltsam geschnitzten Griff zu fühlen, den er wiederzuerkennen glaubte...

Blut, heißer und dünner als das von Goblins, ergoß sich über die Klinge und wurde aufgesogen. Die rubinroten Augen glänzten heller, und der Schwarzzahn dachte plötzlich klar. »Ich weiß, warum ich das tun muß. Ich bin mehr als ein Schwarzzahn. Ich bin eine Mutter.«

Und die Erinnerung kam zurück: der Paarungsflug vor langer Zeit, der nur einmal im Leben stattfand, die Suche nach Nahrung und Wirten, die bluterfüllten Nächte des Kreisens, Suchens und Eintauchens in den Körper eines Wirts, das gründliche Trinken und dann das Versenken der Jungen in die Leiche. Verschwommen erinnerte er sich an die langen Wochen, die er selbst in verwesenem Fleisch verbracht hatte, in denen er alles in sich aufgenommen hatte, bis er und seine Geschwister aus dem ausgehöhlten Leichnam in die Nacht hinaus gekrochen waren, auf der Suche nach frischerer und lebendiger Nahrung. Viele Brüder und viele Schwestern hatte er gehabt...

Der Schwarzzahn spürte, wie sich eine Woge der Wärme vom Griff bis zur Klinge zog. Es würde wieder viele seiner Art geben. Es war an der Zeit, einen Wirt zu suchen. Bald würde die Schwarzzahnrasse den Himmel wieder verdunkeln.

Plötzlich kamen vom Seeufer Schreie. Pfeile schwirrten durch die Nacht. Der Schwarzzahn erhob sich mit leuchtendroten Augen und flog geradewegs auf den Lärm zu.

Am Ufer sammelten sich Goblins, die schrien und mit Pfeilen schossen. Der Schwarzzahn beachtete sie nicht, sondern flog zum Boot und zu dessen Insassen. Der Kender, der zusammengekauert an den Rudern saß, wurde zu gut von den anderen gedeckt, und Flint zappelte im Wasser. Der Schwarzzahn schwebte in der Luft und wartete auf einen günstigen Moment.

»Das war's wohl!« Der große Mann, dessen tiefe Stimme er schon zuvor gehört hatte, zog den Zwerg halb ins Boot. Flint blieb auf einem Sitz liegen, aber seine Beine hingen noch ungeschützt über den Bootsrand.

Eine verschwommene Erinnerung kam dem Schwarzzahn; in den Beinen verlief eine große, dicke Arterie, über die man einen Körper im Nu leeren konnte. Der Schwarzzahn, der nicht zauderte, wie es vielleicht ein Mensch angesichts eines Feindes in einer derart verwundbaren Stellung getan hätte, konzentrierte sich auf die Ader und stürzte herab. Seine Klinge blitzte im Sternenlicht auf.

Im letzten Augenblick packte ein Mann, der wie ein Ritter gekleidet war, den Zwerg am Gürtel und zog ihn ins Boot, wobei es heftig schaukelte. Der Schwarzzahn, unfähig, im Flug innezuhalten, sank tief in den Sitz des Bootes ein.

Der Mann mit der tiefen Stimme bemerkte ihn, wie er hilflos feststeckte. Er ächzte überrascht und zog ihn aus dem Holz. Bevor sich der Schwarzzahn bewegen konnte, steckte der Fremde ihn in einen Lederbeutel, den er um das Heft, den Knopf und den Griff fest verschnürte. Er schloß den Beutel mit einer Hand, als hätte er Übung darin. Mit der anderen Hand hielt er einen Mann mit einem Umhang fest, der seltsame Stundenglasaugen hatte. Er hatte einen Zauberspruch geworfen, als der Ernährer herabgestürzt war. Jetzt entzog er sich dem Griff des anderen.

Festgebunden wie er war, konnte der Schwarzzahn trotzdem sehen, wie der Mann mit den Stundenglasaugen ihn betrachtete. Vergeblich kämpfte er gegen die Fesseln an. Ein magerer Finger stieß den Schwarzzahn an und fuhr über den Beutel. Der Mann im Umhang gab einen leisen Laut der Überraschung von sich, dann hustete er qualvoll.

Unmittelbar zuvor hatte dieser Mann Zaubersprüche geworfen, die, so wie er aussah, sehr anstrengend gewesen sein mußten; doch trotz seiner Erschöpfung blitzte in seinen Augen Wiedererkennen auf. Der Ernährer spannte sich an. Jeden Moment würde der Magier den anderen sagen…

Doch da rang die einzige Frau im Boot beunruhigt nach Luft; der Schwarzzahn konnte sie zwar hören, aber nicht sehen. Der große Mann, dem der Dolch jetzt gehörte, stieß den Magier an. »Raistlin, was ist denn? Ich sehe überhaupt nichts!«

Der Magier erhob sich und verschwand aus dem Blickfeld des Schwarzzahns. Kurz danach sagte er besorgt: »Tanis… die Konstellationen…«

Die melodische Stimme fragte: »Was? Was ist mit den Konstellationen?« Das war also Tanis, stellte der Ernährer fest. Derjenige, der ihn wachgerüttelt hatte.

»Verschwunden.« Der Magier fiel erneut in einen Hustenanfall, bei dem das Boot leicht schaukelte. Der Schwarzzahn entspannte sich wieder; aus welchem Grund auch immer, jedenfalls hatte der Magier seine Anwesenheit vergessen!

Plötzlich fuhr Raistlin erschöpft fort: »Eine Konstellation ist als die Königin der Finsternis bekannt und die andere als der tapfere Krieger. Beide sind jetzt verschwunden. Sie ist nach Krynn gekommen, Tanis, und er auch, um sie zu bekämpfen. All die schrecklichen Gerüchte, die wir gehört haben, haben sich bewahrheitet. Krieg, Tod, Zerstörung…«

Der Magier und die anderen redeten weiter, doch der Schwarzzahn hörte nicht länger hin. »Die Königin der Finsternis«, dachte er mit Gewißheit. »Die Stimme, die ich gehört habe. Die Dame, die mir einen Befehl erteilt hat.«

Dann dachte er mit der gleichen Gewißheit: »Das sind diejenigen, die ich töten soll.«

Doch erst wenn das Boot das Ufer erreicht und die Gruppe Schutz gefunden hätte, würde er etwas unternehmen können. Dann würden alle schlafen mit Ausnahme derer, die Wache hielten. Der Schwarzzahn machte es sich im Lederbeutel bequem, träumte von Blut und seinen Kindern, während er darauf wartete, wieder freizukommen.

3

Der Magier ließ über den Schwarzzahn kein Wort fallen. Er hatte ihn über wichtigere Dinge vergessen. Am Morgen wanderte die Gruppe durch einen Wald auf eine Straße zu. Unterwegs nannten sie sich beim Namen, und der Ernährer konnte die Namen mit den Stimmen verknüpfen: Flußwind, Goldmond, Tolpan, Raistlin, Caramon, Sturm, Tanis, Flint. Der Weg vor ihnen war beschwerlich, und er roch ihren Schweiß und ihr Blut.

Der Schwarzzahn wurde ungeduldig und dann hektisch. Einmal, in der Nacht, spürte er die ersten Bewegungen seiner Brut, die wuchs und sich teilte. Gegen Mittag war er von der Spitze bis zum Heft mit neuem Leben erfüllt, und die winzigen Lebewesen bevölkerten sogar den Griff. Da er sich gut ernährt hatte, würde es eine große Nachkommenschaft werden – falls er rechtzeitig einen Wirt fand.

Während er sich unbehaglich im Beutel krümmte, entdeckte er etwas Neues an sich: Die Belohnung für das Ernähren und die Notwendigkeit des Gebärens. Sein Maul spaltete sich am Schlangenkopf des Knopfes, und er konnte die Fänge spüren, die, mit Gift versehen, wuchsen.

Die Natur hatte hervorragende Vorkehrungen getroffen: Wenn seine Kinder erst einmal von totem Fleisch übersättigt sein würden, konnten sie jedes Lebewesen auf Krynn töten. Der Schwarzzahn kämpfte hilflos im Beutel, unfähig, seine Notlage zu ändern.

Nachdem sie eine Zeitlang auf der Straße gewandert waren, verließ Caramon sie plötzlich und kauerte sich hinter einem Gebüsch zusammen. Tanis kam hinzu und flüsterte ihm zu: »Kleriker!«

Caramon schnaubte und wiederholte das Wort und fuhr mit der Hand einmal über den Schwarzzahn. Der versteifte sich und wünschte sich sehnlichst, daß Caramon endlich seinen Dolch ziehen würde. In der Luft lag ein schwacher, wundervoller Duft.

Auf der Straße unterhielten sich mehrere Leute. Der Schwarzzahn hörte aufmerksam den fremden und dennoch vertrauten Stimmen der Kleriker zu. Doch dann wurde er abgelenkt: Caramon band den Riemen auf, der den Schwarzzahn im Beutel festhielt. Er drehte seinen Schlangenkopf herum und versuchte, eine Stelle zu finden, in die er beißen konnte. Doch im Kettenpanzer des Mannes war keine Lücke.

Doch früher oder später würde er den Schwarzzahn in die Hand nehmen.

Tanis rief: »Caramon! Sturm! Es ist eine Falle...«

Schneller, als der Schwarzzahn reagieren konnte, riß Caramon den Dolch in die linke Hand und versuchte, die Kleriker auf Distanz zu halten. Der Schwarzzahn öffnete den Mund und richtete die Fänge auf die Unterseite des Daumens, wo sich eine Vene befand.

Ein Kleriker sprang nach vorne, und Caramon stieß ihm den Dolch ins Fleisch. Auf dem Gewand des Klerikers breitete sich ein dicklicher, grüner Fleck aus. Es stank widerlich, und Caramon rang nach Luft.

Der Schwarzzahn wand sich hilflos in Caramons Hand. Der Geschmack hatte ihn überwältigt, und er war voller Gier danach. Das war Ekstase. Das war das Blut des Lebens. Es war – der Schwarzzahn erzitterte – es war wie sein eigenes Blut.

Seine vielen Kinder, gleichfalls von dem Geschmack erregt, zuckten in ihm.

Raistlin, der sich auf einen Zauberspruch vorbereitete, rief: »Töte sie nicht! Sie verwandeln sich in Stein!« Caramon ließ Schwert und Dolch fallen.

Der Schwarzzahn, benommen von dem seltsamen grünen Blut, das so sehr seinem eigenen glich, lag auf dem Boden. Sein Mund öffnete und schloß sich immer wieder. Verschwommen sah er Klauenhände und Reptiliengesichter. Bevor er sich erholen konnte, hob der große Mann ihn auf und stieß ihn in einen der Kleriker. Der Schwarzzahn nahm alle seine Kräfte für das berauschende, grüne Blut zusammen.

Auf einmal fiel ihm die Warnung ein: »Töte sie nicht. Sie verwandeln sich in Stein.« In einem Stein würden seine Kinder sterben. Im letzten Moment schlug er mit den Flügeln und taumelte an den Klerikern vorbei. Es waren Drakonier. Der Dolch spreizte die Flügel, stieg schnell wie ein Falke in die Luft und kreiste nach Beute. Nie wieder sollte er ein gesteigertes Gefühl der Lebendigkeit, der Heftigkeit und der Tödlichkeit wie in diesem Augenblick erleben.

Tanis war auf der Straße. Er war weder Benutzer noch Besitzer, aber er hatte Blut und einen Körper für seine Kinder, und die Königin würde seinen Tod gutheißen. Der Dolch zog noch einmal einen Kreis und schoß steil nach unten. Sein ganzer Körper war von der Wucht des Fluges erfüllt.

Flammen von Raistlins Zauber loderten auf. Tanis warf sich auf den Boden.

Der Schwarzzahn prallte in einen Findling hinter Tanis und stieß einen durchdringenden, zornigen Schrei aus. Winzige Flammen züngelten aus seinem Mund. In der ganzen Verwirrung sah und hörte Tanis nichts.

Der Schwarzzahn schüttelte den Kopf. Dann spähte er nach

links und rechts. Tanis war weitergelaufen. Der Schwarzzahn breitete erneut die Flügel aus, erhob sich und kreiste. Er versuchte, in dem Durcheinander seine Beute auszumachen. Die Kleriker waren ihm im Weg.

Flint und Tolpan, die bei Sturm standen, waren ohne Deckung und ungeschützt. Die Aufmerksamkeit des Zwerges war auf einen ankommenden Drakonier geheftet. Der Schwarzzahn richtete sich auf, faltete die Flügel und stieß auf den Zwerg herab, der die Augen auf die schwertschwingende, menschenähnliche Kreatur gerichtet hatte.

Der Drakonier holte mit dem Krummschwert aus. Flint schwang seine Axt, doch im selben Moment sprang Tolpan auf die Füße, die Augen auf Sturms Schwert gerichtet. Der Hupakstab des Kenders warf den Zwerg nach hinten. Das Schwert des Drakoniers sauste über den Zwerg hinweg, der erschrocken kreischte und mit dem Rücken auf Sturm fiel.

Der Schwarzzahn schoß hilflos wie das Schwert vorbei. Seine Bewegung war zu schnell, als daß jemand sie sehen konnte. Als er den Flug abbremsen konnte, befand er sich mit Tanis auf gleicher Höhe, der bei Flußwind und Goldmond stand. Vor Enttäuschung zischend, schlug er schnell mit den Flügeln und zielte auf Tanis' Herz.

Tanis sprang auf die Drakonier zu und erschlug eine Kreatur von hinten mit der flachen Seite seines Schwertes, dann überwältigte er mit einem Rückhandschlag einen anderen.

Der Schwarzzahn verfehlte sein Herz, konnte sich aber an seiner Kleidung festkrallen. Die roten Augen leuchteten stärker, als er den Kopf seitwärts und zurück drehte, bereit, die Fänge zu entblößen und sie in das Fleisch zu graben.

Als Flußwind, der kein Schwert und nur noch wenige Pfeile hatte, zu Tanis rannte, fuhr eine Hand des Halb-Elfen über den glatten Hinterkopf des Schwarzzahns.

Tanis ließ Flußwind an sich vorbeilaufen und wehrte die Feinde mit der flachen Seite seines Schwertes ab. »Hier, nimm den Dolch!« rief er Flußwind zu. Flußwind ergriff ihn.

Der Schwarzzahn, der gerade zu einem tödlichen Biß ansetzen wollte, als er von Tanis' Taille gerissen wurde, versuchte, Flußwinds störende Hand zu erreichen. Die Fänge waren entblößt, der Daumen des Barbaren war in Reichweite. Immerhin war Flußwind jetzt der Besitzer...

Er drehte ihn um und schlug ihn in den Rachen einer Kreatur...

Gierig wie er war, ließ der Schwarzzahn die Zähne in das Fleisch des Drakoniers sinken. Der Geschmack war scharf und beängstigend vertraut; es bestand eine Verbindung. Mit seinem Körper stieß der Schwarzzahn an ein Medaillon, das an einem Lederband hing – ein silbernes Abbild seines eigenen Kopfes.

Das Gift ließ den Drakonier in einem Krampf nach vorne taumeln, und die Fänge des Schwarzzahns gruben sich noch tiefer. Selbst im Rausch des Trinkens war sein Denken ruhig und klar: ihm würde ausreichend Zeit bleiben, die Fänge herauszuziehen, bevor der Drakonier sich in Stein verwandelte...

Flußwind riß den Griff des Dolches nach oben und brach der Kreatur den Hals.

Der Barbar stöhnte von der Anstrengung, während der Drakonier sein Leben aushauchte. Der Schwarzzahn, im eigenen Biß gefangen, zuckte in Flußwinds Hand. Erschrocken ließ der Barbar den Dolch fallen. Das schwere Gewicht des versteinerten Drakoniers fiel nach vorne und zerschmetterte die Klinge des Ernährers. Winzige Ebenbilder des Dolches, so groß und weich wie Ohrwürmer, zappelten auf dem Boden und starben vor ihrer Geburt.

Das Seufzen der Königin zog sich durch den zerbrochenen Schwarzzahn und ließ ihn erstarren.

Du hast versagt, sagte sie gleichmütig, *aber ich werde nicht versagen, und wenn ich diese Lebewesen brauche, dann kann ich sie mir auch von anderer Stelle nehmen. Stirb also.* Die Stimme verstummte, und der Schwarzzahn wußte, daß er sie nie mehr hören würde.

Dennoch leuchteten seine Augen am Dolchknopf noch eine Weile.

Terry Brooks – Shannara

Terry Brooks
Das Schwert von Shannara
23828

Terry Brooks
Der Sohn von Shannara
23829

Terry Brooks
Der Erbe von Shannara
23830

Terry Brooks
Die Elfensteine von Shannara
23831
Der Druide von Shannara
23832
Die Dämonen von Shannara
23833
Das Zauberlied von Shannara
23893
Der König von Shannara
23894
Die Erlösung von Shannara
23895

GOLDMANN

Abenteuerspiele

Joe Dever/Jan Page
Der Hexenkönig
23960

Joe Dever/Jan Page
Flucht aus dem Dunkel
23950

Steve Jackson/Ian Livingstone
Der Hexenmeister vom
flammenden Berg 24200

Joe Dever/Gary Chalk
Das Schloß des Todes
23956

GOLDMANN